陈应松精品文集 卷一

陈应松 著

松鸦为什么鸣叫

中国言实出版社

图书在版编目（CIP）数据

松鸦为什么鸣叫 / 陈应松著 . -- 北京 : 中国言实
出版社, 2020.5
　　（陈应松精品文集 ; 1）
　　ISBN 978-7-5171-3458-9

　　Ⅰ . ①松… Ⅱ . ①陈… Ⅲ . ①中篇小说 – 中国 – 当代
Ⅳ . ①I247.5

中国版本图书馆 CIP 数据核字（2020）第 069553 号

责任编辑　代青霞　李昌鹏
责任校对　张国旗

出版发行　中国言实出版社

　　地　址：北京市朝阳区北苑路 180 号加利大厦 5 号楼 105 室
　　邮　编：100101
　　编辑部：北京市海淀区北太平庄路甲 1 号
　　邮　编：100088
　　电　话：64924853（总编室）　64924716（发行部）
　　网　址：www.zgyscbs.cn
　　E–mail：zgyscbs@263.net

经　　销　新华书店
印　　刷　北京中科印刷有限公司
版　　次　2020 年 6 月第 1 版　　2020 年 6 月第 1 次印刷
规　　格　710 毫米 ×1000 毫米　1/16　14.5 印张
字　　数　222 千字
定　　价　558.00 元（全八卷）　　ISBN 978-7-5171-3458-9

目 录

松鸦为什么鸣叫

忽然下起了大雪。伯纬已经踏上了雪线之上的公路。传说过去翻过皇天垭，再翻过韭菜垭，便有一条通往房县的古盐道，伯纬没有走过。那得走上几天，要经过杀人冈、打劫岭、百步梯、九条命——这是实实在在的地名，九条命是九个背盐工的命，而韭菜垭六十年代发生的杀死七个人事件却并不遥远：房县两个挑夫杀了来神农架踏勘的林业部和省林业厅的技术员们（有的才大学毕业，刚刚结婚），那两个挑夫就是沿着那条藏在原始森林的路，挑着抢劫来的钱财往房县逃窜的。现在，那条路已经湮埋在荒无人迹的深山老林中，眼前的这条大道取代了它。深厚的冰，还有路边石崖上的冰瀑，这一线，那一堆。雪花大且夹杂着生硬的雪霰。从这里四下望去，整个皇天垭露出森严的气象，遥不可及的山头和山坳间蒸腾着深蓝色的雾气，连枫杨树也因恐惧而竖起了干瘦的枝条。只有落叶松在舞蹈着，展开玉色的裙子。看久了，它们会成为一群树精。伯纬发现，公路上有影影绰绰的人正在冒雪砌护路的水泥墩子。

这是好事情。伯纬甩了一记羊鞭，怕羊群在人群和沙石堆里走散了。还有一些临时工棚。他很高兴。他看了看那些已经砌好的护墩，先用石头，再在周边用一个框子灌水泥砂浆。因为那些木框子就摆在路边，很大很大的一个个，简直像棺材。不过，伯纬掂量这样的墩子是否能阻挡得了出事的汽车。小车马马虎虎，大车一样会把它们撞飞了坠下山谷。

山上没有草，雪线之上的山头，雪把草都覆盖了，羊没啥可吃的。他赶着羊下了山，他要把这儿的情况告诉家人。

"山上全在砌护路的水泥墩子。"他对他的老婆三妹说，对女儿、女婿和孙子说。

"羊还在叫嘛。"他的老婆三妹从厨房里出来，吃力地睁着被冬天的火塘熏得红肿糜烂的眼睛。

没有谁理他，没有谁在乎他说的这件事：砌护路墩。

他坐在火塘边，开始抽烟。从野外拉屎回来的狗顶开门进来了，伯纬还以为是一只因为饥饿蹿进来的羊呢。狗的身上沾满了浮雪，爪子是湿的。伯纬呆呆地吃了几口烟，闻到一股焦煳味。是狗，把自己的毛给烫了。

"如果护路墩这么修下去……"可是他的心情并不那么美，尽管那些影影绰绰的人和零乱的工地给了他整个冬天的惊喜。雪会越壅越厚，羊的叫声会更难听。砌墩子的工人们会龟缩在工棚里然后将那些石头和砂料遗留给翻浆的春天，成为一桩有头无尾的工程……然而事情总在变化。但他已经老了。他吧嗒着烟，吧着吧着，一颗牙齿吐了出来。

早先的伯纬还是十分完好的，光溜的面孔像刚刚换了皮的红桦，两只手十个指头一个也不少，牙齿整齐、耐看，单眼皮，没有多少心思，劲儿很大。这大概是二三十年前的概况了。有一天，他研究着皇天垭通往村里的那个挂榜岩。油光泛亮的挂榜岩上面传说是一部天书，谁研究出来了谁就可能被招为皇帝的驸马。这儿的人总爱谈论皇帝，但是他们不知道离皇帝有多远。千百年来，这个傻笑话还真让一些人上当。清朝同治年间，举人坪的三个红、白、黑举人，硬是在这里坐死了。伯纬这天终于看出了点门道。他看清楚了至少有两个字，一个是草写的"路"字，一个是草写的"缘"字。于是，伯纬跑回村里对人说：

"那上面我认出了两个字！"

村头的皇榜庙已经改成队部了，上头有许多毛主席语录和"大办民兵师"之类的标语。门口总是坐着一些老人和面相疲软而实质凶恶的狗，还摊晒着一些腌制的猪头皮，一些药材，如升麻、扣子七、淫羊藿、头顶一颗珠等。

狗和大胆的山猫、松鼠在那个小石潭边饮水。这时候，几个老人就笑他，并唆使狗朝他狂吠，他们看不顺眼他，以及他身上不知从哪儿弄来的绿军装。他们说："伯纬，你认得几个字？"他们手头拿着手抄的歌本，如《七姐思凡》《黑暗传》，嗤笑这么一个敢胡说的不知天高地厚的年轻人。"草写的？草字不合格，神仙不认得。是怀素的草书呢，还是张旭的草书？嗬嗬，哈哈……""如果你也把字都认出来了，皇天垭不知要出多少状元！"

第二天出坡之前，背着大挖锄的伯纬又偷偷地去了挂榜岩，那两个字——"路""缘"清晰地向他迎来。的确是这两个字。满壁都飞动着这两个字：路路路路……缘缘缘缘……

二十多岁的后生娃子伯纬背着挖锄并不在乎村里那些人的嘲笑，这没有什么。他若是没认出来，他也不会相信这种鬼话。

皇天垭村从山下牵来的路像一条汪亮的绳子，看着那条小心翼翼、大弯大拐的路，人们的眼睛有时会无缘无故地湿润起来。小路爬上了坡上的人家，可它不声不响。溪水跌跌撞撞地把路冲断了，却依然发出那种不卑不亢的、干干净净的声音。紧接着，路又蹿上了悬崖。一个在路边耕地的农民和他的牛一起摔下了悬崖。那一天晚上，伯纬哭了一整夜。他问自己："莫非我失恋了？"其实伯纬没有女人，没有接触过。

过几天，伯纬就要到红旗岩修路了。

这完全是一种巧合。

公社要人去房（县）兴（山）公路建设指挥部修路，每村至少要出两个壮劳力。队部的庙台上，正在议论伯纬和另一个地主子弟王皋去修路放炮炸石头的事，几个老先生恶狠狠地说，让伯纬去修路，让石头砸死他。

早先，神农架可没有这样恶毒的人，现在这种人出现了，他们就像伐木队的恶狠狠的斧头，见什么都想砍一刀，其实他们并无什么恶意。他们看见伯纬和王皋背着行李卷儿离开村子时，打着招呼说："去京城啦？你娃子真有福气，果然要当驸马了。"

伯纬和王皋懒懒地沿着山脊的小路走，这是一次寂寞的旅程。要过很多山，要过很多河。要不停地脱鞋，卷裤腿。要认方向，还要砍树砍藤子才能找到路。

天黑的时候他们只找到了一个岩屋（就是浅岩洞），只好在岩屋里铺了被子过夜。中午的糁子已经吃完了，再没有吃的，汗在身上作祟，山里全是野兽的嗥叫。伯纬燃起了火，王皋掏出一瓶辣酱来拧开盖子，递到伯纬面前，对他说："你吃这个吗？"伯纬知道王皋一天都没有拿出来肯定是珍贵的，他就在黑暗中把辣酱倒了一点在口里，真香，辣，辣得香。又趁黑暗往口里倒了一些，呱唧呱唧地嚼着。伯纬说，你妈做的？王皋说，三妹做的。三妹是他新婚的妻子，田三妹。伯纬说，嫂子的辣酱做得这么好！看着看着就要辣出汗了，就要浑身通泰了，王皋却突然哭起来：

"咳咳，这回我死定了。"

"你如何能说这种话，怎么死定了？"

"他们不是说要砸死伯纬吗？"

"砸死伯纬又不是砸死你。"

"反正我死定了……"

山里的风像一把雕骨的刀子，卡在石头缝里的松树和冷杉，发出了野狼般的吼叫。伯纬发脾气了，他记得他那一天怒火中烧，狠狠臭骂了一通王皋，击退了鬼怪，以后才捡了条命。而鬼怪附了王皋的身。

"……你是在说屁话，伙计！你饿昏了头吗？你趁早闭住你的臭嘴，好好睡觉！"

王皋说："我总觉得我这次是去死的，我真的有这种感觉。"又说："兄弟，如果我死了，就剩下一把骨头，你能够用双手把我捧回去吗？"

"好，好。这行，这没有问题。"

"如果你跌了一跤，把我的骨头弄散了呢？"

"够了！散了，我捡起来不就得啦！"伯纬冷汗直冒。

"假如都掉下了悬崖呢？"

"我实在忍无可忍了，伙计！"伯纬说，"我把你背回去不就完啦，我死了卵朝天，我不找你。睡一会儿不行吗？你看月亮到哪儿了！"

"那我们起个誓吧。"

"睡一会儿不行吗？！"

第二天继续赶路。走到第三天，到了工地。

报到后，两人就被分到工程四队去炸岩了。

炸岩就是炸岩。男人炸岩，女人刷边坡、挖水沟、铺路面。炸岩，早晨背了炸药、雷管、钢钎、八磅锤出去，晚上带一身硝烟味回来。全在悬崖上吊着过日子。

王皋怕，他是个胆小鬼，怕炸药又怕悬崖，他曾经说过："我吓也要吓死。"上了工地，系安全带、领雷管的时候，先是两条腿发颤，然后全身哆嗦。"我能不能唱一个歌呢？"他唱了许多的歌。王皋有一副好嗓子，可他唱歌就像打摆子。王皋本来想凭他的嗓子去宣传队的，但去不了，没人要。刚开始的几天，王皋连唱都不敢唱，后来，他的胆子大了，开始唱歌了，先唱《做人要做这样的人》，再唱："妹妹住在对河坡，喂条黄狗恶不过，别人来了动口咬，哥哥来了顺毛摸，狗儿也爱有情哥……"这是偷偷地唱的，只与伯纬在一起时。神农架的情歌也像丧歌，是如此的哀伤悲切，味儿深厚，但不悠长，好像随唱随忘那歌中情感似的，好像不让人知晓，一个人偷偷唱给自己听似的。

伯纬找后勤组弄了个炸药箱装东西，上把锁就是很好的衣物箱了。王皋不要，王皋宁愿趁休息时去山上砍树，找木工组做个箱子。他的那一瓶酱，自上工地就不给伯纬吃了，放在自己的木箱里，躲着伯纬偷偷地戳几筷子。

四队是专在崖上打点炮的，就是在崖上打了落脚点，炸宽了，让二队来放坑跑，也就是打竖井。四队干的是下地狱的活儿。因此，工地上就流行一个歌子："洋二队，土四队，不土不洋是三队，久经沙场数一队。"

王皋学会了这首歌，就天天拉长喉咙唱这首歌。他一定是在感叹自己的命运。有一天晚上，睡在另一头的王皋蹬醒伯纬说："我梦见了死人，全是死人。"

伯纬说："你是醒着的哪。"

"我梦见河里伸出好多手来，拉我们崖上放炮的人。要死人了。"

"你分明睁着眼睛说梦话。"

"我一眯着就全是那些手，肯定要死人了。"

"我看你要发疯了。"

5

"我估计也差不离……"

第二天，在竖井里放炮的二队，炸飞了六个人。对面的崖壁上到处贴着炸飞的肉，树上挂着炸飞的膀子和腿。

四队跟二队隔着一点距离，听到地动山摇的爆炸声，王皋就吓软了。两人在悬崖上一个掌钎，一个甩锤。掌钎的王皋把钎都吓掉了，掉进了万丈深渊。那些炸飞的人，伯纬他们都见了，他们看见一些人的肢体飞到对面崖上去，有一个脑袋——就一个光秃秃的脑袋，往崖上飞去，好像要啃那儿的一棵倒挂香柏。伯纬定眼看，那脑袋果真啃住了香柏，没有身子，切切实实的一个脑袋。接着，松鸦就铺天盖地来了。这些松鸦，它们先前藏在哪儿呢，说来就来了？

松鸦的叫声又嘈又乱，还有那些嗡嗡作响的爆炸回声。王皋的钢钎又掉下了崖，两人只好荡绳回到半山的一个凹处。

"伯纬，我们还活着吗？"伯纬就听见王皋用几乎是被石头埋齐脖子的声音沙哑低沉地说。王皋的手抠在一个石缝里，另一只手抓着伯纬背上的绳子。

"你唱，你现在正是号丧的好时候。"

"我不想唱了，活着比死了还可怜。"

峡谷里黄烟不散，一股股浓郁呛人的火药味让人忍不住咳嗽，风好像也突然没有了，风也炸蒙了，松鸦们的翅膀在烟雾中扑腾，看得到它们灵巧的头、黑色的羽。渐渐地，硝烟散去，更多的松鸦正在石壁上寻找那些血腥和碎肉，它们四处乱撞，哇哇哇哇，你可以听出是一种慌慌张张的狞笑，一种不能自持的幸灾乐祸，哇——，哇——。

他们静静地、无望地听着。看着那棵香柏上的头掉下去了，一群松鸦利箭一样地跟着，笔直地插入峡谷深处。

伯纬那天听见王皋自编了一首用"哭嫁歌"唱出的歌子：

> 神农架山高坡又陡，
> 羊肠小道难行走，
> 一年到头修公路，

修到何时才出头，

……

伯纬说："你还不如唱'狗子也爱有情哥'！"这时候，伯纬看见王皋的腿不颤了，正拼命地伸出一只手往悬崖边挤！

王皋想干什么？王皋前面有一块花布，挂在悬崖边的一蓬匍地蜈蚣上。在这样的时刻出现一块花布，在这么荒僻之处，在上不沾天下不沾地的地方。伯纬想阻止王皋去得到那块来历不明的花布，可是王皋的手已经攥到了那块花布。是从哪儿飘来的呢？王皋兴奋地说，一定是头上砌护坡的女工掉下的。而伯纬想，说不定是咬着香柏的那颗人头上飘下的呢？

没有血迹，所以他高兴，也不发抖了，大嚷道："给三妹做件小褂子还有多的。做娃娃服最好。"娃娃服就是女人们当时穿的一种胸衣。

王皋把花布揣进了怀里。这天回到工棚，王皋就把花布悄悄放进了箱子。

追悼会誓师大会是经常开的，不过像这一次这么多棺材还没有过，还出动了直升机，听说是从武汉飞来的，停在山顶，把一些伤员运走了。王皋见死了这么多人，就不敢晚上出去尿尿了，找后勤班弄了根废板车内胎，剪断，从床边的棚壁上挖个洞，通到外面。这一下屙尿方便了，可是没两天，那日晚上屙着屙着，尿漫上了床铺，王皋在半夜时分大喊："是哪个坏蛋搞了破坏呀！"原来，有人开了个玩笑，在外头把他的废内胎打了个结。又过了两天，王皋打开箱子时，那块花布不见了，成了块桦树皮。王皋当时愣在那儿半天，脸白了，气急了，对伯纬说：

"我碰上了岩包精。"

那一天，王皋就恍恍惚惚的了，丢三落四，上工去的时候竟然没穿鞋子，队长要他领五个雷管他领了八个。那天，他的任务是挑竿炸石。就是竹竿上挑一包炸药，在隐蔽处贴悬崖炸，炸出石窝子能踏脚后，再去打眼。王皋用竹竿挑了炸药，荡下绳子就下去了。他点上了火后炸药不响，他以为自己未把引线点燃，从岩边伸出头去看竹尖上的炸药，头一伸出去，炸药响了，他的半个头也没了。

伯纬那天在崖顶作业，他伤了风，又腹泻，与一些姑娘运石渣。死人的

7

事是经常发生的。工地大了，死个把人不稀奇。但死的是王皋，这就不同了。晚上，他对木工班两个专门做棺材的师傅说："王皋的棺材就不做了，我背他回去。"

他把事情的原委一说，指挥部就准了他几天假，要他把王皋背回去。

因伯纬与王皋打伙同睡，他留下了王皋的棉絮，拆了包单子，将王皋一裹，用麻绳捆得严严实实。这之前，木工班的师傅给王皋雕了半个木头脑袋安在他头上的缺损处，再用一条劳保毛巾一缠，也看不出缺损了什么。就这样，伯纬背着王皋的尸体上路了。

太阳牛卵子热，农历九月的太阳为何还如此浓烈呢？不过你只有爬山，背个百把斤的东西才会觉得太阳还存在并且有夏季的企图。其实，太阳是不动声色的，是你冒犯了太阳。只要你坐下，山风一吹，又凉了，背脊上、胯子里的汗变成了恶作剧的凉水，就是这样。

烘热的秋天是因为山要成熟，山要把东西蒸熟，只剩下最后一把火了，或者火烧完了，要焖一焖，要等它跌气，东西就能端上桌了。所以伯纬有时歇下来摘"猫儿屎"吃时还是发涩，五味子又酸，苦李苦，棠梨像木渣。能摘到一串好五味子，他就连籽带皮都吞进去。

进了河谷的时候，他数了数，至少有七八只松鸦跟着他，在他的前后左右怪叫。它们闻到了死尸的腥气。伯纬不敢肯定，这些松鸦是从他起程时就跟上了，盯上了，还是在半路上招惹了它们。伯纬望着它们，比它们的叫声更响亮更悠闲地说着话："别开洋荤啰！我会把王皋给你们吃？"

九月，连老林子都是明亮的，空气里流动着干燥的、带点酒味的气息，像谁的酒坛打泼了。山楂和红枝子、蔷薇都成熟了，一串串地打着他的脸，它们喧宾夺主的气势把空气都映红了，并且让人精神抖擞。第一天走得还算轻松，说轻松，是因为王皋已不能说话了，这使伯纬觉得他背的并不是一个人，而是一捆山货，药材啦，苞谷啦，门枋啦。想怎么背着就怎么背着，横着，顶着，扛着，夹着，都可以。过去背门枋时，一根至少有一百八十斤，可小小的王皋满打满算不过一百一十斤，甚至更少。第一天下坝店，过响水河谷，再走庙垭、邱家坪，到了赵家屋场，不知不觉已经近晚了。他才想到，他得喝水，他得吃东西，烧两个苞谷也可以，最主要的是，抹汗了睡觉。

这怎么睡呢？他在赵家屋场的山脊上看着那山坡上的两三户人家。没有炊烟，狗正在远远地朝他吠叫。"我总不能背个死尸进门讨歇吧！我把他藏在人家菜园边，放在老林里？半夜被野兽啃了那我不白背了，我怎么好跟王皋家人交差哪！"

正在犯难的当儿，他看见了不远的石崖下有一汪水，在暮色中泛着美妙的白，他先不想那些，就走下石崖去水坑里喝水。他埋头喝了一气，直喝得打出嗝来，再洗脸，洗身上的汗，人就轻松多了，恰好水坑边有人点种的矮苞谷，掰了几个，半生不熟，汁儿也是麻涩的。吃到后来，吃出点味儿来了，竟把肚子撑饱了。再下面，有一个牛棚，他把王皋背起来，钻进去，找了些干草塞在自己的背下，一躺就睡着了。

年轻的伯纬一觉睡到大天亮，醒来时霜色镀银。他迷迷糊糊地不知自己在哪儿，回头看到那捆被被单裹着的东西，想了半天，才想起是被炸死的王皋。

"王皋！王皋！"

他赶快看王皋被野物啃吃了没有，翻来覆去后，总算松了一口气，心想，今晚一定放到人家家里去，保险些。

早晨，依然照晚上的办法，吃苞谷，喝水，然后准备翻猴子垭。

再想背起王皋，却背不动了。

"我昨天背得动，而我今天就背不动了？"伯纬十分诧异。"我还是我，为什么我今天就背不动了呢？"这样问肯定会把他问得挺起腰杆来。背了几步，又背得动了。

天是晴的，而且是大晴天，晚上好像下了一场小雨。

"王皋，你不要吓我呀，我是把你背回去的，你不要耍鬼板眼，我晓得你喜欢开玩笑的。你再一用劲儿，老子就把你丢下崖去，让你喂老熊了。我把你丢下去，哪个晓得，给你妈讲，给三妹讲，说是把你埋在半道上了，死无对证，你把我有什么法！"

这样一说，王皋就不在背上作怪了，服帖了。趁着晨风背了三里地，就闻见了臭味。

昨天的七八只松鸦还紧紧跟着他，而且老飞在他的前面，好像知道他该怎么走。伯纬说："叫吧，叫吧，让你们饿死！"他放下王皋休息，发现被单里的王皋发胀了。"怪不得这么死沉的。"他说。

上猴子垭的路有时候陡，有时候平，有时候还有那么点儿下坡。喘口气的下坡，迂回的下坡，死尸在背上就很轻松，还有弹性，伯纬就会感谢他。再上坡，又沉了，伯纬就吼了："不要作法，啊！"伯纬想到兜里有王皋的一个酱瓶子，瓶子里还装着由花布变成的桦树皮，他是把它紧紧盖着的，现在他想把它打开——当然是在看到对面坡上有两个人干活的时候，他把树皮取出来，为了压邪，在皮上吐了口涎水，插在捆王皋的绳子里。

"王皋，我晓得你哪个都不怕，就怕岩包精。"

这么说着，浑身的皮肤有点发紧。他把桦树皮又抽出来，放在地上，狠了心，咬破了一块指甲皮，挤出两滴血，滴在桦树皮上。

没有什么变化，没有现原形。他对桦树皮说："我是不怕鬼的，你只管管好王皋这王八日的，他怕你。"

他这下狠狠地把桦树皮插进了绳子，拍拍王皋，扛起他来，分量的确轻了许多。

路时阴时阳，时阴的地方一色的高山栎和刺叶栎，青枝绿叶，长得比春天还好；时阳的地方混杂着灌木和小乔木，落叶的，不落叶的，浆果、核果、坚果，什么都有，都在加紧与太阳勾结，圆满自己的野心。

只有令人头晕的死寂留给了山路。伯纬就对王皋说："伙计，你唱点什么好？"

尸体没有任何动静。莫非他要激将？伯纬于是戳着包单子，说："几只鸦雀也比你唱得好，至少，它不会像你总是吓得屁滚尿流的。"

想到了什么，伯纬哈哈大笑起来。伯纬换了个肩，继续说："我不喜欢你唱鸡娃子的洋二队土四队，洋二队又怎么样？死的人比咱们多。我还是喜欢你唱'狗儿也爱有情哥'……狗子也爱有情哥？那是想舔他的××……你个哑糊苕，唱出这样的歌来，我唱一首，包比你的有味！"

伯纬突然扯起喉咙就向山冈上喊了起来：

　　　　十八姐儿二十岁的郎，

一夜摇断九张床。

打一张铁床摇断榫，

开一个地铺蹬倒墙。

伯纬喊得青筋暴突，声音是直的。伯纬发现泪水沿着他的面颊往下淌，伯纬腾出一只手来揩泪。伯纬稳稳地踩着石头。伯纬下陡坡了，伯纬说："王皋，你一句话，就让我今天背你。昨天我也在背你，明天也要背你。明天背得到家吗？王皋，我答应的事我做了，我不骂你，算我倒霉了，臭得稀烂也要把你背回去的……"

伯纬越想越伤心，把王皋往地上一扔，指着他说："我臭了你会背我回去见我的爹娘？为什么我硬把你丢不下？听听吧，听听天上是什么在叫吧，已经两天了，我又没有枪。我用石头吓唬不了它们。你死了，我疯了。我前世欠了你八斗，还是欠你五吊？……你还是个饱死鬼咧，你鸡娃子跟标致的三妹睡了，你还是个子弟都跟她睡了，我贫下中农没摸到女人一根毛。你鸡娃子今天给我老实交代，你跟三妹摇断了几张床？……"

苍蝇出现了。他看见了苍蝇，在松鸦混乱持久的叫声中。那些个顶个的苍蝇，跟吸花蜜的蓝喉太阳鸟差不多大。

他重新背起了王皋。

从东南隘口吹来的风简直像一千头怪兽，横扫千军，把身体的热量一下子掏空了，人歪歪欲倒。怪模怪样的巴山冷杉吐出了怪模怪样的嚣叫声，呜——呜——，头上的那些松鸦也在怪叫着斗风前行。它们因为无处下口被激怒了，加上这阴森的风，让它们突然变成一些可怜的小飞虫，没有吃食，疲惫，绝望，不耐烦了。

伯纬前倾着身子，他都扛不住了，背上还压了个死尸。他想今晚在这个鬼地方非得借宿了，不然他会被冻死。前两个月那么炎热的天，几个四川来的采药人就在凉风垭遇冰雹冻死在山洞里。神农架的夏天冻死人并不稀奇，何况现在已经到了深秋。

只有绕一里路到杨爹的家里去。杨爹一个人住在东坡，捌木为火，挖芋为食。听说他有个儿子，但谁都没见过。

　　一颗亮星出来了，猛一抬头，又看见了一轮满月。天空呈挨黑前的蛋青色，单调寥廓。天的确要黑了，还没有见着杨爹的屋影，就听见"嘣"的一声，麻耳草鞋的耳子断了，鞋散了。他把王皋放在一个坡上，四处去寻葛藤，用藤子把草鞋绑在脚上。走了几步，不对劲，硌人，比石子硌得还疼。只好停下来。一只有鞋，一只赤脚，伯纬欲哭无泪，走不了。此时，冷月隐藏在冷杉林间，像一只鬼鬼祟祟的豹猫。伯纬对搁在树干边的死尸说："王皋，碰上老虎，我只好把你扔下了。"嘿，这时他瞅见了王皋脚上的一双鞋，是解放鞋，指挥部给死者发的寿衣寿鞋，不管三七二十一，就去扯他的鞋。"嘿嘿嘿，伙计，借我用一下，我背你，又不是背我自己，费鞋。"扒了王皋的鞋，两人互换了，让王皋穿上那双破草鞋，自己套上新解放鞋。耶，夹脚，蜷起脚趾凑合，踏在地上舒坦，摸夜路也不怕鹅卵石子了。

　　一匹疯狂猎叫的狗也无法阻挡他去拍杨爹的门。杨爹的门没有关，他一头闯了进去，并麻利地把王皋塞进了门旮旯里，神不知鬼不觉。

　　杨爹在吃什么或者已经吃完了，他放下筷子打量着进去的伯纬。他是一个五十岁、也许六七十岁的荒废了的老头儿，头发荒了，眼神荒了，动作也十分荒凉，牙齿外露，微笑，不停地咀嚼。

　　"哦。"他说。

　　"我从红坪来。"伯纬对他说。

　　于是伯纬坐下了，看着他的碗。碗是破的，筷子一支红，一支白。他的衣裳是破的，手也是破的，结着血痂，还有许多泥渍。他站起来，有点步态不稳，用巴掌的下部揩着鼻涕，同时唤狗。狗来舔他的碗，舔干净了，他收了碗放到窗台上，摇摇晃晃地钻进床铺睡下了。

　　没有灯。伯纬只好把火塘的火加大，吹火，又从墙角的一个畲箕里抓了几个洋芋埋进火里。

　　"你就这样睡了吗？"伯纬朝他说。

　　那个人没有说话，好像在整理床铺和衣裳，发出木板压榨的痛苦响声。

　　"我莫非今晚要坐一夜？我也要睡觉！"

　　他赶紧翻洋芋吃，生的熟的半生半熟的就那么吞。然后找盆子洗脸，也不管主人的毛巾有多腻多脏了。他舒舒服服地洗汗，发觉狗盯着王皋！

"喊！喊！"他用毛巾小声而严厉地赶狗。

门没有闩，他索性把门大打开了，用手示意狗出去。

狗并不出去，迷迷糊糊地望着他，又朝那被单里捆着的东西淌涎汁。伯纬想着怎么把狗赶开，他跨出门槛，在台阶上故意褪下了裤子蹲下。这一招很灵，狗以为伯纬要拉屎了，赶快跟出去候在伯纬身边。伯纬瞅准时机，冲进屋里，把门关上，狗被关在门外了。

他摸索着上了杨爹的床，试探地挤出了半边被窝。他睡着了。突然，在洪荒烟云的梦中舒服解乏的伯纬感到身上的某一个部位焦辣似火地疼，醒了，抽着冷气想想哪儿不对劲，是卵子，哦，是卵子。可恶的杨爹把他蹬醒了。他听见那老头结结巴巴地说："你你你好臭……好……好臭……"

"我好臭吗？"伯纬完全清醒了。"他妈的，我好臭？"黑暗中，他也闻到了一股从哪儿飘来的臭味。伯纬只好坐起来，因为横蛮的杨爹将他快要蹬下床去。

这样的哑糊苔还能闻出臭味来，证明他过去是打猎的，鼻子跟狗一样灵敏。他抱着双膝，狗不停地在外面啃门，并发出求救的呜呜声。杨爹的耳朵是聋了，要不然，狗一进来，什么都完蛋了。

他听着狗啃门的声音，缩在床头的一角，再试着重返被窝。睾丸疼，迷糊了一会儿，天发白了。他只好下床，喝了一瓢凉水，揣了一大兜洋芋，背上王皋，开门就走。

晨鸟的啁啾不一会儿被不远不近的松鸦声代替了。松鸦又与他汇合了。这一口气走了几里地，穿过了阴魂岭、八人刨、锅厂河，又上了狼牙尖。嫣红的晨光全贴在狼牙尖上，灿烂夺目。因此，群山向阳的一面该白的白了，该红的红了，该黄的黄了，该绿的绿了，袒露出它们坚硬的气派来。而在背阴的一面，一切似尚在沉睡中，被梦魇陷得很深很深。

"嗬嗬，"他对王皋笑着说，"我为你鸡娃子背了黑锅，害得老子差一点没得后代了。喂，听见没有，你说怎么补偿我吧，我没有别的要求，我不要你整十盘八碗，也不要你提烟提酒，借你的三妹陪我焐一夜脚……不同意？不表态？……嘿嘿，小气鬼，一瓶酱都舍不得的，还舍得把老婆让别个睡……"

天又变了，下了一场呼呼啦啦的雨。天又晴了。但是雾气上来了，两米开外不知是人间还是地府。他在寻脚下的路，扑通一跤，跌了个嘴啃泥。在雾中摸那个长长的包裹，不见了。

雾越来越浓，一时半会摸不到那个人了。他喊："喂，王皋，你躲在哪儿了？你还有心思给老子躲猫迷！"

伯纬的膝盖不听使唤，破了，流血。雾慢慢消散了，他顺手就扯到了几根地锦草，又捋了几片南星叶，放在嘴里嚼烂，敷在膝盖上。血止住了。他又用一片南星叶盖住伤口，找了根藤子系住，再去找王皋。

王皋掉到悬崖下去了。

不过不是直陡的，又有树可以攀爬。就往下蹚去，从一蓬华钩藤刺蓬里扯出了王皋，扛起，往上爬。这一趟损耗了伯纬的许多气力，上了崖，人就虚脱一般冒黄豆大的汗珠。而松鸦的叫声现在变得更凄厉了。在这没人的老林中，莫非它们要作法了唤什么东西来加害我？

伯纬一定要甩开它们，伯纬发了狠，要走得比松鸦还快，要甩开它们，甩开它们！

老林的阴影只会越来越淡，天空会豁然开朗。他的腿有劲儿，像风钻一样要钻透恐怖的老林。

他跑，他拼了命。有时候把命赌上了，风就呼呼地向后面倒去，再沉的东西都没了分量。看不见任何东西：鬼、怪、老林子、野物、陡坡和河水。

松鸦在前面等着他。松鸦在出一个隘口的树林上叫得正欢，还有杜鹃的叫声、斑背噪鹛的叫声、长着红尾巴的林鸲的叫声。可是，它们的叫声为何如此狂乱？

他的眼睛在换肩时被王皋那破烂的身子挡住了，前面好像有个影子，一过性的揪心感觉让他抬头就直击到一头红鼻子的老熊！

"我的命苦哇！"他轻轻地叫了出来。

老熊站着。他也站着。他跑不能跑，动不能动。他背着那么沉的一个死人，可他不能动。他知道，他爹就是个老猎手。他爹反复告诉过他，"见了熊你千万不要动弹"。熊是不吃死人的，它不会吃王皋，它想吃的是背王皋的人，活的伯纬。"可你不动，你只管盯着它也是有用的，野兽都怕人，没有不怕人的野兽，包括老虎。只要你不去先伤害它，它是不会主动攻击你的。"爹曾经碰到过一群野猪，硬是用一双眼睛把它们盯跑了，但老熊服这个吗？
"你盯着它，它是个熊瞎子，屁用！"

伯纬还是要盯，不动，像一根树桩。熊也盯着他，熊站着就像个人，像个绅士，老林中的绅士。现在，绅士要走了吗？绅士没走，小眼睛眨巴地望着伯纬，温和，淳朴，憨厚，暗藏杀机。

伯纬快疯了，他的腿正在被什么东西掏虚了，肩上的那个死人像一堆石头压着他。他要成为那个死者的垫背人，与那人一起到地府同游。

阳光从老熊的背后射过来，毛茸茸的影子就落在伯纬的脚前。它在移动吗？慢慢地，那个影子与他拉开了距离。红尾的林鸲正在啄一只松鸦，也许它也太紧张了，而松鸦的叫声让它讨厌。老熊在一棵被人伐倒后已经腐烂的大铁桦上斜斜地站着，歪过头朝伯纬最后看了一眼，就窜进了一片冷杉林中。

伯纬依然一动不动，脚下像生根了一样。后来，腿一软，王皋把他压趴在地上。

伯纬送回了王皋的尸体，路就打通了最险的红旗岩，看着看着将要翻过皇天垭了。伯纬高兴了，春节也不回家，就在工地上值班。

晚上大家吃肉喝酒，喝多了酒，到了十二点，远近的村子里都响起了"出行"的鞭炮声，工地上没鞭炮，伯纬高兴，就摸出两个雷管出去甩。开了门出去，那天晚上下起了大雪，冻了凌，他一脚没踏稳就摔倒了，两个雷管在手上炸了。

伯纬在黑暗中绝望地喊："完了！"他爬起来围着工棚跑，双手疼痛，跑了一圈又一圈，手上的疼甩不掉，十个指头都炸得没了。值班的人跑出来寻他，拉他，拉不住，他疼，他说："娘耶，给我拿点毒药来喝吧！"

一辆指挥部的汽车到三点多钟才把他运走。开这辆苏联嘎斯车的师傅，大家都叫他"阎王爷"，专门收尸。工地上死了人，都是他的车拖，且只有他敢走夜路，无论凌多厚雪多深，他都敢走。伯纬一上了他的车就被他吼了一顿："我说你别号丧了，我跟你说，哭也要三个小时走，不哭也要三个小时走。那还得看车况和路况。"

伯纬不能不哭，这样的时刻，一双手都没有了，会不哭？傻子哑糊也要哭。哭到医院，四肢就冰凉了。伯纬醒过来是因为医生撬他的牙齿。他听见医生说没有血输，都在过春节。撬他的牙齿是让他吞一种强力养血丸，一颗又一颗，吞了一大把。那时，他已经在手术台上了。一个医生说："这下麻烦了，这尿人醒过来了，又得费麻药。"于是要他坚持住，便往他鼻子里灌麻药。边灌，医生边问："还疼不疼？"伯纬说疼。另外的医生就用一个铁夹子夹他的脖子，不让他摆头。灌麻药的医生又问："你的手是怎么搞的？"伯纬回答说是雷管炸的，医生问："你结婚了没有？"伯纬说没有。医生又让他数数字，一、二、三、四、五、六、七……三十三、三十四……大概数了不到五十下，伯纬就被麻翻了。

伯纬再醒来，他看到的世界很有点异样了。这源于他的手，他的两个手五花大绑，伸出四只角来，那就是手指，其他的手指没有了。这四个手指还是嫁接的，嫁接了五个，有三个没活。谢天谢地，活了的是右手的两个，一个能动，一个上部分能动，实际上是一个半，这是后来的情形。他看到了他的哥、嫂、爹。伯纬的血流尽了，血管细得像头发丝，全瘪了。给他吊点滴，只好在脚踝那儿切开一条口子进针。

伯纬不让进针，蹬那个针头，喊道："让我死，死了好些！"他的哥和爹把他按不住，叫来两个年轻力壮的医生，把他捆在病床上。医生说："不进针，你感染了烂死。""那也比活着好！"他在绳子里哀鸣。捆了他五天，把他捆服了，脸上渐渐有了一点人的颜色。针允许打了，也咽粥了。

田三妹提了十二个鸡蛋来看他。六个没煮，六个煮了。没煮的要他早晨喝生的，说是补血。田三妹说："是我妈让我来看看伯纬兄弟的。"伯纬躺在床上嘀咕说："只怕是你妈让你上街来换盐的吧。"田三妹说："绝没有这回事。"说到后来，她就哭了，她站在伯纬的床前，拿着他包得像一株包菜的手，只是哭，又不说话，这让伯纬难受，伯纬也就拍着床沿号啕大哭，谁劝都劝不住。他说："谁说王皋不是享福去了，我这哪还叫人哪！不就是一只鸟了吗？只能用嘴啄食了，我又没有鸟嘴那么硬那么尖，鸟吃那么一点点就饱了，我若再每天吃那么几大碗，谁给我吃啊！"

家里人说："我们养你。"那是宽他的心。

伯纬能端碗了。在手术台上，医生就给他的左手残掌设计了一块平掌，然后用两个残指一卡，还行。

伯纬用勺子吃饭。伯纬穿橡筋裤。伯纬拿勺子拿一次掉一次，苞谷粥溅得他满脸都是。他后来笑了，他说："我像猫子舔食。"

伯纬出院回到了村里，村里人一见他那一双手，白净的脸上也没有了阳气，都说，伯纬要到宜昌讨米去了。

"伯纬怎么还没有走呢？"

他们后来看到伯纬上了山。他不是去修路的，他在砍竹子。

他砍了竹子，他研究砍刀。他最先研究的是砍刀，怎么抓住它，怎么用力。好歹砍了一捆，放在爹的屋山头。

砍刀的柄细些，能抓住它了，跑不掉了，还没让血痂掉壳，就又去抓斧头，用斧头砍树。

伯纬在清晨的山上嘿嘿地砍树，砍得木屑四散飞溅。有人看见了，那些下地的人，看到的是伯纬在砍树，而不是别人，伯纬用什么攥斧头呢？他们左看右看横直看不懂，雾气和树枝挡住了他们，可的确是伯纬在砍树。一棵树倒下了，让葛藤左牵右绊，倒了很久，总算倒下了。

伯纬扛着犁上了山。伯纬还能拿犁？莫非还能甩响牛鞭？牛鞭是在夕阳下山的时候响的，牛铃也响了，那是伯纬赶着牛回来了，犁尖上缠着新鲜泥土的气味，这表示，他耕过了。

他像一个什么也没发生的人，一个出坡、吃烟、喝瓦罐茶，然后回家弄点小酒喝喝，吃饱了，在门槛上抽袋烟睡觉的地道农人。他能干，残指、残掌、腕儿、肘、膀、腋窝，都帮他重新认识农具，一桩桩，一件件，漫长的认识，用血，用茧，用咬牙切齿。

他每次出坡都背一捆竹子下来，还背一捆茅草下来。

有一天，他突然说："爹，我们分家吧。"

他爹他哥吓了一跳："分家？你自己吃？"

"我当然自己吃。"

他要在屋后的坡上搭一间茅屋。家里只好给他搭了，全是他自己从山上弄来的料。然后，爹和哥给他一床被子，一张床，五个碗，一口锅，还有一

17

个吹火筒。后来，爹把自己烫酒的小铜壶也给他提来了，说，是他变天时手疼，喝点酒活血止疼。

他开始刨洋芋，自己打火做饭。可他抓不住洋芋。他练了很多天，还是抓不住。上山又把裤裆挂破了，不想给嫂子去补，自己补，可他抓不住针。他把很大的工具都征服了，但征服不了洋芋和针。

"洋芋是生命中的生命噢，可是我奈它不何；没有针，我的体面就没有了，我不能强作镇静，出坡，到人家里吃酒，揣着手在裤兜里晃来晃去，我还是个叫花子。"伯纬捧着针线，泪水簌簌地往下落。

三妹的公爹用儿子王皋的死亡补助款烧了一窑木炭卖给已经到了皇天垭的修路指挥部。第一窑没事，第二窑刚点火时，支书派人来给他的窑里丢了三枚雷管，然后说他家开地下工厂，没收了他家的房子，把他全家赶到村里一间四壁透风的锯木场里。

已经到了四月，可山上的雪还没有化，从垭口那儿吹来的风依然是雪风，不仅仅是半夜凶猛，有时白天也狂暴，锯木场里陈年的锯末被吹得满天都是，背阴的地方依然滴水成冰。三妹和公爹公婆及弟妹们一大帮子，还有王皋的一个哑巴叔叔，都挤在锯木场里，盖着单薄的被子甚至是稻草。

伯纬见了三妹，看着她已经出怀了，鼻子和眼睛冻得通红，偎在稻草里，就对三妹说："到我窝棚里避避寒行吗？"

他于是扶着手脚麻木浮肿的三妹到了自己的茅屋里。

开春了，三妹公爹一家，要搬到巴东去了。巴东来的亲戚有十几个人，十几个脚篓来搬锯木场的东西，桌椅板凳，犁耙锅灶，还有两张矮床，一口三妹与王皋结婚时嵌玻璃的红漆柜子。十几个人要背着那么大的东西翻山越岭，要从鸦子口进去，要走大龙潭、小龙潭，过巴东垭、三十六把刀，再过长江。

三妹的哑巴叔叔来喊她，咿咿呀呀地比画说："东西都走了，你也要走了。"

四月莫非是搬家的季节？映山红在山岭上一下子全绽开了，推开腐叶枯枝，推开藤蔓浓雾，翻出了春的衣物，要晒一晒两百天漫长的冬季了。

三妹跟着王皋的哑巴叔叔走了，一步一回头，身上背着小巧的花篓，花篓里装了些伯纬给的洋芋。那是他自己种的。

可是到了晚上，三妹又出现在伯纬小屋的门口了。

"你怎么又转来了呢？"伯纬从火塘边拿着一把正砍柴火的斧子站起来迎接她说。

"我给你把洋芋都刮了，我给你煮洋芋吃吧，伯纬。"三妹的袖子上别着一根针。针到了女人的手上，熠熠闪光，楚楚动人。

三妹留下来了。

那天晚上没有被子，两人只好滚在一床垫絮里。伯纬说："没一床被子，我过意不去。"

"这好。"三妹说。

"我也不会花言巧语，"伯纬说，"有一颗米，我掰半颗米给你和娃儿吃。我会凭良心的。"

"那就把你受累了。"三妹抹着泪说。

伯纬上了山，他要刨地种苞谷。他背着盛种的袋子，背着挖锄出门。三妹拉着他的手说："这一双手怎么挖得出土？"

伯纬说："我总要让你和娃儿有饭吃。"

那一天，伯纬烧了一块火田。他把看中的坡地四周砍出了一道防火墙，然后点火烧山地上的灌木、下木和葛藤腐叶。三妹跟着伯纬去了，她的镰刀下面也割倒了一些能引火的葛藤和枯枝。那一天，天都烧穿了，那一天的火真大。那一天，三妹露出的歌喉让伯纬都惊住了：

口衔种子手扒窝，
上山种下苞谷坨，
……

伯纬说："三妹，你唱得好哇。不过我还是喜欢听王皋唱，王皋总是发抖，可他发抖唱的歌最好听。那叫什么……那叫颤音。"

三妹说："王皋的歌是我教的。"

19

"我早就知道了，"伯纬说，"不过还有一个歌，你教不了：洋二队，土四队，不土不洋是三队，久经沙场是一队……还有一个：神农架山高坡又陡，羊肠小道难行走，一年到头修公路，修到何时才出头……"

"公路已经到挂榜岩了。"

公路的确修到挂榜岩了。炸石的声音"轰——轰——"，从山隘口腾起的黄烟和碎石，一直溅到了他们的坡地边。伯纬边挖树蔸，边说："那都是我们修过来的。"他往手掌上吐了几星唾沫，三妹看到，伯纬的掌心全是血，他压根儿就没有掌心。

"你还能不能唱一点什么呢？"等炮声止息了，伛着腰挖地的伯纬对三妹说。

在地的另一头的三妹大声说："生个儿子长大以后让他来养你，给你还债。"

伯纬抬起头，他听清了。"难道不是我的儿子？难道不跟我传宗接代吗？"

"你是个好心人，伯纬。"三妹说着说着就哭了。

晚上，挂榜岩那儿的锤声叮叮当当，三妹就在锤声里生了，生了个妮子。

妮子瘦得像根筋，除了眼睛像人，其他都不像人。

秋上，伯纬从山上背回了七八百斤苞谷，卖了给妮子去治病。在镇上治了五天回来，一家三口没了吃的。伯纬又背着背篓给道班去背碎石子。伯纬用在风雪中背上坡的石子换回了苞谷，磨了粉，做成了糁子糊糊，给差一点拉痢疾死掉的妮子吃。伯纬的手指已经扣不好扳机了，就挖了几个陷阱逮野物。他在山上的窝棚里守了三天三夜，总算逮住了一只青麂子。那一年的冬天，青麂子是怎样掉进他的陷阱里去的，简直是个神话。冬天里，麂子加糁子，还有什么话可说呢！

第二年春天，又烧了一块田。一场雨下来，火田里生出了一大片油亮亮的油菜。哪儿来的油菜呢？又没下种。这就怪了。嫩油菜掐了菜薹，再长成菜籽，收割了换油，三妹的肚子还是瘪的。

运木材的大汽车轰轰隆隆地开进山了，又开出山了，一车一车带着树脂死亡芳香的大木头碾压着新开的碎石公路，好像要从山上栽下来一般往香溪河开去。一天，伯纬家的一条母狗也跑上公路，去看热闹，一下子被压伤了屁股，两条后腿就没劲儿了，拖着爬了回来。

狗快死了，后来又活了，支着两条前腿。母狗有两只小狗，因母狗的后腿萎缩，哺乳的奶也干瘪了，两只小狗还是去吮，伯纬见了就踢小狗，说："就往裆里钻！"还踢那条母狗："生这么一窝，好像就你能耐。自己都快死了。"狗被踢得嗷嗷叫，大的，小的。

那时，三妹抱着妮子正在择野葱，看母狗被伯纬踢得拖着后腿去了屋后的蜂箱处。三妹哀哀地说："伯纬，我对不起你，给你生不来娃子，我们娘儿俩走吧。"

三妹说风是雨，就去堂屋的石磨柄上收衣服，从猪草堆里拿背篓把哇哇大哭的妮子往背篓里塞。伯纬冲进去一把抢过来妮子，说："三妹，你多心了。我从来没有嫌弃过你们。你走，走到哪里去？你若走了，我还有什么滋味？"

妮子要上学了，伯纬决定把她送到离家五里之外的学校去住读。学校在狼牙岩下，有一栋紧靠岩壁的房子，有一溜通铺，睡着二十几个住读的孩子，有大有小。学校门口有一条河，孩子们在河里舀水喝，洗脸，寒冬腊月也是。到了星期六，伯纬就赶着一头山羊去接妮子。那山羊是三妹从她娘家牵来的。原因是，一次伯纬挖洋芋，残破的双手攥锄柄使不上劲儿，薅到了自己的脚，烂掉了一个趾头，三妹就不再要伯纬出坡了，她自己出坡干男人的活儿，让男人放几只羊，就这么，从娘家牵来了一头种羊。

伯纬放羊，腰里用背叉子插一把开山刀，还拿了一把手锄子，砍柴加挖药材，细辛啦，柴胡啦，蛇菇啦，独活啦。伯纬的羊越放越多。最多时达二十只，吃了，卖了，死了，总在十多只。他总是喜欢把羊赶到山顶上去，在皇天垭的口子上，看公路和公路上的汽车。有时候，往山下走的时候，车轮子就悬在他头顶。车是这山里唯一的活物，假如没有云彩，没有野兽，这静静的山冈上，公路就像趴在那儿喘气的蛇，没有一点生机，被人抽了筋。如果喇叭响来了，车来了，车满满当当地瞎响，嘀嘀，嘀嘀，路就活了，山也活了。羊开始惊慌地叫，嘴里含着青草。伯纬喜欢公路。他常常掰着自己那几只不能动弹的手指，摩挲着，想着它们与眼前这条公路的关系。在下雨的时候，雾气朦朦，他在想，王皋会不会从那隘口走下来，浑身湿漉漉的，说："要

21

点炮了。"

公路已经安静了，不再有炮声。可是，有一天，下雪的一天，"轰"的一阵声音，过去炸石松动的石头大块大块地垮了下来，砸到了一辆安徽来这里拖木材的汽车。车跑得太凶，太沉，把路也压坏了。进山的是空车，出山的是重载，一车一车的松、杉、桦、栎，都是做枕木，做榨木的料，还有香果木、麦吊杉、青檀以及麝香。一只大公香獐子只产一两麝香，小的产十克。运木材的车源源不断，总会砸到车的。山的身子炸松散了，神也散了，抟不住，只好往下狠狠掉。

伯纬看见在风雪中清理路基的工人，只清理了一些小石头，腾出一条路来，让其他的汽车可以勉强行走，更大的巨石和压在石头下的车，就那么撂在公路上了，雪往上落，撕扯下来的树和树根也哀哀伤伤地横竖在那里，雪一个劲儿落着，神农架的雪就是那样，没有一点声响，却很严厉，但是到了晚上，你听吧，那树林里冰凌炸裂的声音简直像鬼魅，对这个世界是不留情面的。那是因为树枝和树干不堪紧缚，穿透冰雪而拼命呻唤。

但是现在没有声音。快过年了，伯纬想到快过年了，他一个人站在那里，手握着羊鞭，去看那还未全被雪掩埋的石头和石头下瘪了的解放牌汽车。是解放牌。一车上好的山毛榉，根根水桶粗。哦，他看不见那个人，驾驶室的那个人（只有一个吗？），可他看见了一只可怜的手！那手是在呼救吗？那手从车窗里伸出来，从一块深褐色的巨石缝里伸出来，是手，还是树枝？人的手，上面全是比石头更深的紫黑色血！他看见了那人断断续续的身子，或者说是衣裳。现在雪越下越紧，好像雪知道了，不想让伯纬看清这一切。这不好，看这样的惨事毕竟不好，快过年了，不吉利。

可那只手！

他也曾经有一双鲜血淋漓的手！也是在年关里，在一个雪如飘絮的时辰。

伯纬赶着羊群回家了，他魂不守舍，进门就对三妹说："给我烫一壶酒。"

当伯纬在半个小时后提着空酒壶回来，他的老婆三妹才问他到哪儿去了。他告诉了她公路上的一切。

"那你说了什么呢？"

"我说，我说师傅，你冷吗，你是安徽的车，安徽定没有我们神农架冷的，你喝点酒暖暖身子……我还说，我说了些什么，让我想想……噢，我说了我们这儿有酒规的，我敬你一个（杯），我就先喝一个，再给你一杯，然后你再回杯，回一个……回你就免了，我自己来，我斟满，神农架的人喝酒从不耍赖。我一杯，他一杯，看着看着酒壶就空了。"

"你是疯了吧？"三妹看着冻得鼻子发红的伯纬，他成了雪人。

"你说什么，你竟敢说我疯了？！你这个狗杂种，你敢说我疯了！"伯纬喷着酒气。他骂人了，他指着三妹的鼻子，他从来没有骂过她的。后来，三妹看见伯纬在那儿愤怒地流泪。

过年的那些天，伯纬都要提着一壶酒去公路上，酒在伸手可及的驾驶室内外。刚开始几天，他都能看见一只松鸦在岩石垮塌的山崖上叫着，在一棵落光了叶子的火漆树上，孤零零地叫。叫得人心里全是些阴暗、黏稠的东西，不知哪一天，他再抬头看时，树上什么也没有了。他对那个人说：

"山上越来越寒。快开春的这段时辰，总是最冷的。你喝几口去去寒气。"

有一天，他说："不是供销社卖的火酒，我不喝那个，自家酿的，地封子酒，度数低，不打头……冬天来的客少，酒还是有的，喝不完。这么寒冷的季节，哪个到咱们神农架来呀……"

又有一天，他说："想你的亲人快来了吧，我反正会供你酒喝的，一直等他们来。要说错，修这路我也有错，我这双手还不是修这条路炸坏的！那时候天寒地冻，咱们也赤膊下河，筑路基呀，取河道下铁笼呀，靠啥，靠几口酒，所以，有酒了你也别怕了，阴间阳间我看差不多，一杯酒，什么都能对付过去……"

春节在那种持久的高寒中悄悄地过去了，太阳出来过几天，但山上的积雪不为所动，仍然占据着显眼的地方，掩盖了山区的真相。

吊车开上山了，死者的弟弟也来了。他们把死者挖出来后，发现驾驶室那儿一股浓郁醇厚的酒气，还有碗菜饭。后来他们问明白了，这是一个叫伯纬的残疾人干的。他们把伯纬从看热闹的人里拉出来，大家看到，死者的弟弟一膝向伯纬跪下，在泥水中向伯纬磕了几个响头，说：

"我哥总算没冻着，他天天有酒暖身子。"

那些人看见死者的弟弟从手上捋下一块表来，硬要给伯纬戴上，说是一点谢意。在推推搡搡中，那块表硬是戴在了伯纬的手腕上了。伯纬说：

"这块表对我们乡下人也没有啥益，你们搞工作的人才用得上，又金贵，我是受之有愧。"

死者的弟弟在运走他哥哥的遗体时对伯纬说："我是不会忘记你这个好心人的。"

神农山区的山好像渐渐地矮了。那不是矮了，是因为参天大树都砍光了。没有砍光的是一些不成材的歪脖子树和小树秧子，路袒露出来，看得清清楚楚，在山壁上，在河沿上，先是拖木材的车，后是拖门枋的车，再是拖棍棒子的车，拖木炭的车，再就是拖树枝的车了，再呢，没有了。大车少了，小车却多了起来。那些小车呢，先是吉普，后是切诺基，还有拉达，再是桑塔纳，后来，"沙漠王子"也出现了，奔驰也出现了……名堂越来越多，还夹杂有许多小"轻卡"，拖点人、货的，还有个体户不知从哪儿弄来的破客车，摇摇晃晃，叮叮当当的。在夏天，山还是绿，绿得想再长成一个森林的样子，暴雨还是下，泥石流，也有把什么都晒枯的干旱。冬天的雪却小了，也推迟了。但是，在雪线之上，在皇天垭，风雪年年依旧。雨雪霏霏的日子，车一样横冲直撞，在厚厚的油光凌上，各式各样的车轮依然有人驱动，开过去，开过来，你追我赶，去房县，去兴山，甚至去更远的宜昌和汉口。吱吱的刹车声令人心惊肉跳。赶着一群羊的伯纬看着那些刹声中的车轮擦着悬崖，心想，现在的司机咋就胆子越来越大了，吃了豹子胆吗？其实并不是的，那是因为钱。但当官的呢？坐桑塔纳和红旗、奥迪车的呢？也是因为钱吗？坐在山石上的伯纬想不明白：他们为何这么匆匆忙忙？他们是在赶杀场？——这当然是在公路上有人翻车，又听说死了几个之后。

有一天，伯纬赶了头羊去镇上卖，在十八拐路边上，一个司机停了车在烧黄表纸。一问，是这儿翻车死了一对年轻男女，在此合埋了一个长坟，司机说，车开到这里不烧纸，你的车上坡就熄火。司机告诉他，所有跑这条路的司机，经过这里总要带点纸烧的，你不烧，那小两口就作法，把你的车熄火，这叫留下买路钱。有的师傅不晓得，一到下雨夜，往这一带走，总会见一男一女拦车，你让他们搭车，他们就嘻嘻哈哈爬上去了，搭一段就喊停车停车，说到了。荒郊野地，两边都是老林，到哪儿啦！你若不让他们搭车，你的车不是抛锚就是滚下山去。

这个故事越传越完整，细节越多，谁谁见到过，谁谁不让其搭车，赔了小命。可是，伯纬经常在这一带转悠，有时也到夜里，却从未见到过那一男一女。坟上的草长得老高了，上面的打破碗碗花开出花了结絮，结絮了开花，坟上遗了松鸦、夹鼻乌鸦的粪便，藏着蓝喉太阳鸟小小的暖巢。就是在阴雨霏霏的扰人季节里，看走神了也没见到过那两个冤死鬼的魂影。

但是车祸却实实在在地多了起来。司机们烧多少堆纸也不管用。

有小翻的，有大翻的；有滚下几百米悬崖的，有被树挡住了的；有死了的，有没死的；有伤了的，有没伤的。

有一天下雨的黄昏，一个农妇乘搭一辆解放军的军车，上面装有一具棺材。农妇披了雨布站在车厢里，车行至十八拐，天已经全黑了，农妇听说过这鬼魂的事，心情异常紧张，紧盯着车上那口水淋淋的棺材，突然，那棺材盖子移动了，从里面伸出一只手来，搭便车的农妇当即吓得掉下车来摔死了。其实棺材里是个活人，运棺材的那老头，下起雨来，没处躲雨，就钻进棺材里，后来，他伸出一只手来，想试试雨是否停了，他哪知道又上来了一个搭便车的人，结果把人吓死了！

可是，据司机们说，你要翻过皇天垭，不管你紧不紧张，耳朵里就会突然像打鼓一样，下坡时更厉害，头就大，像一团气化开了，眼睛看哪儿呀，脑壳就一团气儿，虽然一过性的，可方向盘一闪失，车轮就离了路，往下一栽，你还能知道是死是活？一切都靠天安排了。

海拔三千米的垭子，有人说是高山反应，大脑膨胀；也有人说，这儿的磁场可能扰乱了你的整个生物电波；也有人说，皇天垭是鬼垭子。

"轰——咚——咚……咚——轰——喀——轰……"

这不绝如缕的翻车声是在妮子满十六岁定亲的夜里。伯纬喝了些地封子酒，一觉醒来，清清楚楚听见了山上传来的恐怖声。第一下，滚下去了，第二下、三下、四下，是撞在石头上，再打翻滚，再被树或什么撕开了（或者劈开了树），再滚，再没声息了，躺进了山谷。从前后发生的响声判断，车大约滚下了两百到三百米。

25

那时候三妹并没有睡觉，在收拾着亲戚们吃过的酒席后的残局。伯纬坐了起来，虽然是一个严冬，窗子紧闭，但跳闪的油灯似乎带来了汽车坠岩时卷过来的风。

他在黑暗中坐着，他比较熟悉汽车翻滚下的声音。如果你听到闷雷似的"轰隆……轰隆"声，持续不断，忽大忽小，那就是装运木材的车，一车的木筒子散落后滚动的声音，宛似一列在老铁路上行走的闷罐火车；而尖锐的响声来自小车："哧——哗——叭——轰喳——哐当——"；个体户的旧客车摔下去的声音是最不中听的："轰——哐——哐隆——哐啷——"间或夹杂着一种哧儿哧儿的奇怪器声。伯纬通过声音，知道车是在哪一个地段上出事的，哪儿的石头与树抗拒车子毁灭性的冲撞会发出什么样的怒吼。他知道，任何石头和树木，你若沾惹了它，它是会发出声音的，它们都有自己的个性，伯纬对山上的东西都摸透啦。车子和山石、树木的对抗时常会发出不共戴天的声音——人的喉咙在这个时候是微不足道的。面对灾难的沉默，是人的最软弱之处。也许是因为太远，他听不到。反正，只有当你走近现场，你搜寻，找到那些一息尚存的人之后，才能听清楚他们在微微地呻吟，命若游丝。

伯纬因为听这样的声音，脖子伸长得像桉树。他下了床，他穿好衣服。他从房里出来，对厨房里的三妹说："我去看看。"

"我怎么没有听见？"三妹知道他要去干什么，这么说。

伯纬已经往坎下去了，他在猪圈里拿了一把竹子，又上来，在火塘里点燃。竹子烧着的声音，噼噼啪啪地响。

过去，车出事的不多，垭子口还有个小小的养路站，现在搬走了。所以，如果他不去看，也就不再有其他人看了。

他听见了松鸦的叫声。那是从呓语到清啼的过程，含糊的、直觉的叫声和十分清醒的、充满了暗示的叫声、应和声是不同的。在黑夜中，昏睡的松鸦们除非闻到新鲜的、浓烈的血腥，不然它们是不会在这样的时刻惊起的。

天空真是出奇的好，星星出奇的多，月亮出奇的亮，山也是出奇的静。在这荒僻而神秘的高山上，月亮的光似乎刹住了整个世界向更深的寒冷坠去的脚步。冷是冷点，如果没有松鸦的叫声，人心决不会打战，至少对于从出生起就在这儿生活的伯纬来说是如此。

在去现场的途中，他会突然蹦出一个感觉：什么事都没有发生，是一个惊梦罢了。当汽车完成了它的死亡之旅后，总会有一个沉寂的间隙，那时候，受伤的人连呻吟都还没有学会，疼痛还没有开始出现，也许膀子断了，肝脾裂了。

他从几块陡峭的苞谷地抄小路上了垭子口，他很容易就找到了汽车摔下去的地方。他用残损的手高举火把，大喊道：

"喂，有人吗？有人没有？回答我一下！"

确切地说，是松鸦的叫声把他引向这样的悲恸之地。在这里，至少有一群松鸦，因为无数的夜晚从嗜血的梦中醒来，练就了一双夜鸦般的眼睛。

因为举着火把，所以他的视野极其有限，在一路往岩坡蹚下去时，寻找那岩缝里、灌木丛、葛藤刺棵中的人影是一桩难事，他只好走一步喊一声：

"有人吗？人呢，你们在哪里？"

在看到谷底下的汽车之前，他找到了一个男的。喝多了酒的伯纬现在知道他在干什么了。在这之前，他还在给客人敬酒，他面前的酒杯加上自己的门杯一共有十几个，一个杯子要喝两杯才能还回去。所有的人认为他入赘的女婿以后一定会孝顺的。"就跟自己的儿子一样。"他们这样说。这是恭维他。他的乱糟糟的脑子在听到翻车时早就平静了下来，对于没有亲生孩子的遗憾一上床便忘了。现在，他忽然想起这个事来，想到自己的家伙不行。他看到了那男的家伙——那人没有裤子，私处缩得像棵枯蘑菇，头上、大腿上血糊如汤流。

"还有没有人？"伯纬问那个男的。

"还有。一个女的。"那个还活着的男人说。

"噢。那我先下去找女的好吗？"

"你能不能给我找条裤子，我的裤子？想办法把我包包吧。"那个男的用很沙哑的烟喉咙在他后头求情说。

包包当然指的是下身而不是伤口，看来，羞耻心在这种时候也是很重要的。伯纬只好又转过身来，放下火把，思考着怎么把他包起来，天很冷，他的伤口的血已凝固了，赤身露体的确不妥。于是他与那个人商议，能否先把那人的工作服脱下来包包。那人答应了。可是当他去脱那人的衣服时，那人

27

说："膀子断了。"

有一件毛衣，但伯纬隔衣已摸到了刺刺的骨头，的确膀子断了。伯纬只好脱下自己的棉袄，包住了那人的下身，并要他不要动弹，免得疼痛。伯纬说："我找到下面的那个了我再来背你，要得啵？"

伯纬探到坡底并不是一件轻松的事，虽然摔下去的汽车把好些树都压断了，但冬季那些坚韧的刺藤把下脚的空间几乎全堵住了，手上的火把弄得不好会引燃那枯黄的茅草、落叶，引发一场山火。为什么偏偏是在夜晚呢？他想，莫非真有岩包精和树精，还有那作法的阴魂？

一辆汽车庞大的躯体卡在岩缝里，它的前端耷拉在一个险隘上。菩萨保佑，一个朝天的车门口仰面躺着一个女子，好家伙，爬上石头又爬上车子去看时，女子也光溜着下身。

"喂！"他喊。

火星落在那个女人身上，他欠下身去看时，女的好像已经死了，脸煞白煞白。

他俯身去抱那个女的，还年轻，长头发，模样儿也不错，就是死了，软的，脸上有血，屁股、下身都有血。而且那女的浑身的骨头都似乎断了，像小时候他爹给他做过的翻筋斗的小木人。死了，就好说，他用手腕去夹那个女的，然后移到腋下，把她拖下石崖。他正在喘口气时，上面的那个男人却喊了起来：

"我的裤子，还有被子！"

哦，还有一床被子，在驾驶室里。湿漉漉的，有血腥味，全是血。那个女的爬出车门时一定没死，后来死了。他在那女的腋窝里触到了一丝热气，但那已经属于死亡了。

真是麻烦，他拖出被子，又要背那个女的，又去翻寻男的裤子，的确没有。没有就是没有。他抱上被子，扛上女的，又拿着所剩无几的火把，爬上去。看到那男的已经靠着一棵树站了起来，吓了他一大跳。

"没有裤子？"那男的气呼呼地问。

"没找到。"伯纬说。伯纬心里说："你就不问问这女的死了没有？"他背着那个女的，把被子给了那个男的，让他顶着，伯纬问："你可以走？"

"走吧走吧。"那男的说。

这人是人是鬼？他为什么这么不耐烦？他们是那一对……

伯纬感觉到了那女人的重量。他又背着死人了，那个男的顶着一床被子在向上移动，看上去像一个怪物，这使伯纬心里一阵阵发寒，虽然汗珠子从头发深处往外冒。

"车子是怎么了咧？"他问，他拼命问。

那个顶被子的男子却不再说话。刺和树枝总是挂他的裤腿。究竟是刺条还是鬼的手扯他？

好在，他们终于爬上了公路，那个男的没要他扶一下。在他拼命问话时，他听见肩上的那个女人这里响一下，那里响一下，全是骨头断裂摩擦的噪声。他坐在公路的中央，他说："我这就去捡树枝。"

他在公路边捡树枝了，那个男的用被子紧紧捂住自己。后来火升起来了，照亮了，照亮了一切，路，树，被子，死人和他自己。还有天上哪儿的鸦鸣，都照亮了。寒风使劲吹。他说："会有车的，会有车的。"他坐在那儿，口舌干燥，现在，他开始回味那些血腥味，他所见到的男人和女人的血腥味。他想喝水，或者吃花椒。

他拼命地想吃花椒时，车来了。是一辆手扶拖拉机慢慢吞吞而且声音洪大地开过来了。多好的声音啊，越大越好。对，最好是手扶拖拉机。他张开双臂，站在路中央，大喊："出事了！出事了！"

手扶拖拉机像是从天而降，活生生的师傅开着它。他终于看见手扶拖拉机停下来了，只是机器还在隆隆地响，师傅问道：

"又出了什么事？"

"翻车了。"

伯纬先把那个女的搬上车厢。车厢里只有几根门枋，然后和司机一起把那个男的抬上车。那男的从被子里扔出伯纬的上衣，说："能不能把你的裤子借我用一下？"

反正是一条破裤子，里面还有件绒裤，伯纬就把外面那件沾了泥巴和血水的裤子脱下来给了那男的，并对他说："车我给你照看着。"

伯纬把火堆移到靠山崖的避风处，又找了些树枝来烧。不知不觉，天就亮了。

他正靠着石头打盹，就听见了羊叫。那是自己的羊，他的老婆三妹赶着羊上了山，手上挥舞着鞭子。

早晨没有一点雾，天空很干净，现在透过山下的林隙可以清楚地看见那辆摔下去的汽车。

"你的裤子呢？"三妹问他。

"我给了那个男的。"伯纬说。

"他未必没有裤子！"

"没有裤子，那男的还活着，女的死了，两个都没有裤子。他们的裤子可能还在车里。"

一转眼，家里多了两个人，女婿和外孙。因是招婿，外孙成了孙子，跟伯纬姓。伯纬很高兴，有了把谱系传下去的人了。伯纬赶羊上山，也要把孙子牵着，"憨娃，跟爷爷捉叽溜子（蝉）去""憨娃，跟爷爷打老虎去"。伯纬没有手，就两只不能动弹的怪头怪脑的指头，牵着孙子，赶着羊群上了山。孙子哭，不愿跟他，要跟着出坡的爸爸妈妈和婆婆，伯纬不干，伯纬就爬上树去捉叽溜子，但是女儿和女婿早把孙子抱走了。

伯纬总能把孙子抢过来，他才不管他哭不哭呢。"你再哭，红毛大野人就来了！"他吓唬孙子说。

有一次，孙子在山上摔了一跤，额角跌破了，脸上被石头划了好深一条口子，伤愈之后，脸上就有了条亮疤。老婆和女儿女婿就一定不让孩子出门了，于是伯纬也不出门，缠着孙子要给他讲古："……盘古的爹是哪个？是江沽。江沽咬死了浪荡子，尸分五块，落在水中，长起一座昆仑山，也把江沽包起了，像个鸡蛋壳，经过一万八千年，江沽就变成了盘古。江沽的爹又是哪个？是幽泉。幽泉的爹是哪个？是混沌。混沌的爹呢？是混元。混元的爹就是黑暗……黑暗老母空中转，身怀有孕一万八千年……"后来他唱了起来，唱的是《黑暗传》。"你晓得岩包精吗？岩包精能把树皮变成花布……""红毛大野人其实就是山混子、岩包精、树精……有一天，一个打猎的人进山打猎，下好大好大的雪，雪地上有几十双小娃儿的脚印，到了一个悬崖那里，脚印不见了……"

他太喜欢他的这个孙子，每当这时，羊圈里的羊就会饿得直叫唤，没有人放出去吃草。

这样是肯定不行的，家里的人执意要他天亮后就出去放羊，家里的活儿有老婆三妹做了，包括带孙子，坡上的活儿有女儿女婿做了，包括打猪草。开山刀、手锄子、背叉子，他都放下了，他只是放羊。再说，山上如今已没药可挖，连柴胡都挖光了，升麻还有一些，党参、头顶珠是少而又少了。独活和杜仲都家养了，他家就栽培了一亩多地的独活，杜仲树已有十七八根。他干些什么呢？他在山上，羊吃着马胡骚，有时候也啃一些带刺的小叶淫羊藿，他一个人在山上，他想给谁说点什么，唱点什么，山始终不说话，羊也始终不说话。

他好几天都无缘无故地盯着皇天垭子的垭口。垭口像一张巨大的嘴巴。有一天早上，他终于看见垭口动了，像山的两片嘴唇动了，垭口里伸出一条舌头——一簇密匝匝的树。山说话了，山发出了"嗷——"的低吼声，又像是打哈欠。山懒洋洋地开始说话了，那哪叫说话呀，也就是活动活动。他对山垭子说：

"老哥，你终于开口说话了。"

这不过是一种错觉。他在期待什么呢？

羊发展到三十多只了。他总是让羊吃马胡骚和淫羊藿，在垭子下的油桐包那里，背阴的地方大片大片的淫羊藿无人采挖，他让羊吃了这些东西不分季节地交配，跟人一样，羊就发展得很快。

这一年到了腊月，伯纬就熏了十六只羊胯子，也就是杀了四只羊。冬天的野花椒籽遍山都是，这种花椒籽压羊腥味很好。他想给在香松坪工作的哥和嫂嫂送两只羊胯去，还有羊骚、羊肝和羊肾什么的，给哥补补。另外，他打了一斤野花椒籽。他准备停当了，背着羊胯走到了公路上。

他想搭个便车，不花钱的，于是他选择了车招手。小车是不敢招的，它不会停下来带他这个又脏又破又残的农民，他招手的是货车。

他总算在寒风中截上了一辆拉木地板的货车，货车也在他身边停下来，司机把头从车窗里伸出来，伯纬看到，正是那个穿走了他一条裤子的男人。他又开上了一辆新东风。

"我到香松坪去。"他对那个司机说。

司机指着驾驶室的人："都坐满了，下次再带你。"

说完，车就开动了。伯纬缩着被冻硬的鼻子，他被丢在路边。明明还可以坐一个人嘛。他浑身的气都不顺畅。他无意间回头看到了垭口的那张大嘴，他对高远的垭口伤心地说："我其实知道这伙计姓嵇，他是个鸡娃子！"他那"子"字的弹舌音滑溜溜地向上走着："鸡娃子——"他大喊，"你还穿走了我一条蓝咔叽裤子咧，你们两个都不穿裤子，搞什么哟！鸡娃子！"

给哥嫂送羊胯子的那一趟，他来去共花了四块钱，坐的小"面的"，挤死人。主要的是，他实在想不通那个姓嵇的，自己救了他一条命为何搭个便车也不让，这是神农山区的人吗？他想到他那冻得像枯蘑菇一样的下体，还有隔着衣服也能摸到的断骨头，现在他又攥上方向盘了。假如它又断了呢？从山头辘辘辘辘地滚下去，我还会半夜爬起来背他们吗？

夜里，老婆三妹磨牙齿的声音比呼啸的风声还大。伯纬听见的却是垭口说话的声音，山吼了。它在吼什么啦？老婆什么也不知道，山开口说话的事，还有那个嵇师傅不带他一程的事，他已经不能在家里说这些了，他们烦他。

然而，皇天垭又翻了两个车。是不是垭子开口就要吞掉一个车呢？一个大车，一个小车，小车是白天翻的，大车是半夜翻的，大车在半夜下了挂榜岩，只有结结实实的一声，没有铺垫，也没有余音，咚！一声山塌下来的声音，伯纬一听就知是从那陡壁直上的挂榜岩往下掉的，四百米的崖，伯纬想，人和车都报销了。

这太可惜了，我又得去背尸吗？

伯纬看了看堂屋的火塘里还有余火，还可以点燃一把竹子。他慢慢地坐了起来。被子里和被子外的气温是不同的，而屋外呢？

他在穿衣裳时把磨牙的三妹弄醒了。她在黑暗中问：

"你又听见了什么？"

"我总是睡不着。好像挂榜岩出事了。"

"那我陪你去。"

"算了算了，挂榜岩出事，神仙也白搭，我看看就回。"

在火把照耀的雪野，人好像是去进行一次犯罪似的，给人的感觉总是鬼鬼祟祟、畏畏缩缩的。尤其是一个人。他咯吱咯吱地走在冻住的雪上面，到了公路，老远就看到一个黑影朝他走来。

那个黑影拖着沉重的脚步，还有长长的影子，穿得十分臃肿，看起来就像个独行的野人。野人穿过公路的镜头已经被许多人看见过了。伯纬喊：

"喂，你是哪个？"

"我的车翻了，我跳了车。"

"你怎么样？要不要我送你到医院去？"

那人说："我还好，就是不晓得车咋样了。"

"你人还活着吗？你人跑出来了！好，你到我家去把衣裳烤干，去喝口茶。"

他让那人走前面，他举着火把在后头跟着，又回头看了看没有什么东西跟上来，才为那人指路。

从阎王爷的腋窝下跑出的这个司机还惊魂未定，脸上像涂了石灰一样，烤火时嘴里还发出噬噬的寒战声。

"过十八拐，你没有烧纸吗？"伯纬问。

"我烧了。"

"你是怎么跳出来的？"

"我完全记不清了。"

伯纬烧旺了火，让那人烤得鞋底发出难闻的橡胶味，又给他冲了一杯糖水。三妹也起床了，给那人烧苞谷吃，并对那人说："我还是第一次看见我们当家的带个活人回来。"

那人抓住满头的脏发说："不是我跳得快，现在早成肉饼了！"

那人吃了两个烧苞谷，打了几个嗝，停止了寒战声，站起来跺跺脚："我现在还能走，这不晓得托了哪个的福，我这就回镇里去报警。我想请你们帮我保护一下现场。"

那人丢下二十块钱，在走出门槛时又被伯纬塞回了他的口袋："阎王爷不敢要你的命，我就不敢要你的钱，我去帮你守守便是了。"

伯纬跟那个人一起出去，三妹塞给了他一壶酒。在挂着冰瀑的挂榜岩下面，车子已经四分五裂了。他依然先点起火，把酒放在火边，再去捡拾一些捡得动的东西，比如坐垫啦，挡板啦，轮胎啦，腾出一条路来好让其他车通过。然后，伯纬就坐下来拢拢衣裳喝酒。

他品着并不太浓烈的苞谷酒，自己酿的，刚好够自己要的那个劲儿。他就想到有自己的酒喝是一桩极幸福的事，自己种下的哪一颗苞谷变成了现在的酒汁儿，自己种下的，掰下的，搓下的，又蒸熟的，发酵的。总之不会像那个人一样深夜了从阎王手里挣脱后还要一个人摸黑走十五里路去报案。其实一个人只要苞谷酒，你就会省下许多事儿，要那么多东西做什么，要车，要驾照，要汽油，要大把的票子，要木材通行证，最后要了你的命……

火星飞舞在空中像一些四处飘散的萤火虫，到处闪烁着它们的趣味。伯纬抬头看看天空，星不多，气温寒冷，皇天垭的那张大嘴巴闭住了，黑魆魆的，它忽然好像暗示给伯纬：今天没有松鸦闹事。

噢，真的，一声那种不祥的叫声都没有，它们的翅膀和嘴巴也都像垭口的那张嘴给冻住了吗？冰瀑是凝固的气势，而岩上的树白森森的，没有鸟禽飞动的迹象。噢，没有见一滴血。就是这样的，今天没有见一滴血，于是，他感觉到十分清闲起来。坐在火边还是冷，公路上的积雪并不厚，但结成了硬壳；在火边的冰凌烧化了，又冻住了。伯纬只好站起来，围着火堆，然后又围着汽车的残骸跑圈儿。他还摔了几跤，不过他笑了。像他这个年纪，滑倒了以后是会笑的。

他后来在火堆边做了一个梦，梦中见到了他的爹，在老林的一间茅屋前晒衣裳。爹已经死去很多年了，后来又看到有一只毛冠鹿用白色的嘴唇舔他，醒过来一看，他的老婆三妹在往他手里塞糁子。但是没有羊。

"人家都在忙年，我看你忙什么！"三妹说。

"嗬嗬，我忙什么！"伯纬嚼着老婆做的喷香的糁子，掺了蜂糖的。蜂糖是自家的蜂糖，还有一丝儿山里的百草香味儿。

不久，那个司机带着交警和保险公司的人来了。伯纬把他晚上捡的一堆东西交给那个人，然后说："那我走了，我还要去放羊。"那人说："你先莫走，你也是一个见证人。"又对保险公司的人和交警说："我就是碰见他的，我还到他家喝了杯糖水，他老婆还给我烧了苞谷吃。"

伯纬对交警和其他几个陌生人说："这个师傅是我看到的命最大的人了，嘿嘿。"

那人不让伯纬说话，一说就捣拦他："算了算了。"

伯纬只好沉默了，看那些人拉尺、拍照、记录。其中有一个对那司机说："你吃了人家的苞谷，我们今天吃什么呀，喝皇天垭的西北风？"

伯纬这下找到了说话的机会，他说："到我家去，到我家搞饭去吃，顺便给我孙娃儿照一张相好吗？"

那些人就跟着伯纬去了他家。

伯纬家从来没来这么多有头脸的客人，穿制服，背照相机。伯纬和他的家人赶快刷羊胯子，用斧头砍，下锅，煮洋芋。

热气腾腾的羊胯子就放在火塘上，用一个铁架子架着，苞谷酒搁在一张矮桌子上。围着火塘的一圈人筷子碰筷子，吃得有人冒汗了，脱衣了，话多了，脸上的酒血也不自觉地走蹿起来了。

"……那可真是吓死我了，"那个交警说，"我在十八拐的下头走了一整夜，我想抄小路翻过垭子的，明明快到公路上了，又往回头走，心里想，走错了，可脚偏要往回走，直来，直去，直来，直去。那时我在派出所，有枪，我就记起我有枪，掏出来，连开了三枪，人就清醒了，上了公路。"

他讲的是他几年前的一次半夜迷路。

死里逃生的司机说："一翻皇天垭，我就会听到敲锣打鼓的。"

他们问伯纬见到过什么稀奇事没有，伯纬说："我住了几十年，啥都没碰到过。"

后来他们问到他的那一双手，就谈到修这条公路死了多少多少人，有多少多少稀奇古怪的死法。伯纬没说什么，只是搓着一双残手给他们敬酒，他说："你们多喝点，这是掺了蜂蜜的酒，又不打头。"

保险公司的人说："一进你的屋就有一股蜂糖酒的香气，你还是蛮能干的啊。"

伯纬笑笑说："反正就这一坛子酒，你们今天要把它喝完。"

果然，一坛子为过年准备的蜂蜜酒喝了个底朝天。交警趁着酒兴在屋外为伯纬的家人照了几张相，说是在春节前一定洗好了搭过来。

伯纬想坐个便车去县城卖两只羊，那些人便牵羊的牵羊，撵尾的撵尾，把他带到县里去了。

过了几天，来了两个保险公司的人，没有给伯纬捎来他想要的照片，是来调查那晚车祸的事的。那两个人因为不愿意走这严寒中的路，其中一个加上被伯纬的狗咬了一口，一肚子火气，手上拿着爬山的竹棍，进屋了还没放下，倒是喝了伯纬女儿泡的茶水，没说上两句话就问伯纬："你是什么时候看到那个人的？你是何时见到那辆摔坏的车的？你在车摔下来之前没有见到那辆车吗？车是不是早就停在挂榜岩上了？你真的不认识他？你总是半夜出来走动，一摔了车你就起来救人？是一碗糖水？两个苞谷？他当时的情况怎样？他的心情轻不轻松？你是几点几分离开的？你替他守车没要他一分钱？出事现场你看见破坏没有？"

伯纬接待这样的两个没有好言语的人。他悄悄跑进厨房对三妹说："不要做饭给他们吃了。"三妹的刀正放在一块羊排骨上。但是，他出来后还是听到他的老婆把刀剁下去了，且发出很响的响声。

"他是骗保摔车。"那两个人对伯纬说，"你也没有什么好怕的，问一问，你照实说就行了。"

"我当然不怕。"伯纬掰着自己没有知觉的半截指头，"我怕什么，我又没做坏事，我怕什么。我只晓得车翻了，我应该去帮别人一把。我从来就是这样，不管是夜里是雪天。"

"嗯，"那两个人说，"就是这样的，你不知道，这当然不怪你，你一番好心，可是被坏人利用了。"

他们向他解释骗保摔车是怎么一回事，他们讲着保险行业的一些名词儿，让伯纬听不顺耳。后来留他们吃饭，他们走了，对伯纬说："请你把你的狗抓住，我还得赶快回去打狂犬疫苗。"

三妹是真心诚意地想留那两个客人吃饭，她张开两只油腻腻的手出来送客。送走了客，她埋怨伯纬应该把两个人留下来。

"他们把我当犯人一样在盘问。我还惹了一身臊咧，好心当作驴肝肺了。"

"我在听，他摔了车，别人还跟他赔车？"

"那当然。"

"有这么好的事？"

"人家一年投保了两三千块钱，他们为什么不赔？"

"现在不是说不赔吗？"

"不赔总有他的道理。不过莫非硬要把人也摔死了就是真翻车，否则就是假翻车？"

"那哪个搞得懂！"

"莫非他真把坏车摔了？"

"他吃多了吗？"

"真骗保，那要坐几年牢，"伯纬抽了一口烟说，"刚从阎王手里逃脱，又要到公安手里去了。"

"为什么会出现这种稀奇事呢，这年头？"三妹问道。

她看见伯纬正在吃力地摇头，被烟火熏得像枣子的眼睛泪汪汪地一片。

"你总是见到一些鬼事。你早晨起来的时候把眉毛往上抹三下，火气就升起来了，你爹妈没告诉过你吗？"

伯纬是第一次听到往上抹眉毛就能避邪秽，于是他就听从了三妹的建议，早起的时候往额上抹眉毛。

松鸦的叫声在这一天还是出现了。公路上汽车来往如梭，似乎没有任何出事的迹象，可松鸦开始叫了，而且叫得很凶。一种短促的声音，"哇"，那就是松鸦。而叫得很长的，叫得更恐怖的，"哇——"，是寒鸦或者秃鼻乌鸦，这一带，在松林、巴山冷杉和刺楸的密枝上，多是那种听起来寂寞而微微发寒的松鸦声，而且，它们的样子并不怪诞，你也很难发现它们，除非哪儿有了血腥或者即将有血腥。还有另一种声音——你若在床上不愿离开被窝时，听到好像捏着鼻子叫"要"或"娘"的鬼鬼祟祟的声音，是松鸦中的母鸦和雏鸦它们在早晨的叫声。如果是晴天，晨光明晃晃地照在山崖或树枝上，天空的衬景显现出一种光溜溜的靛青之色的话，这些鸦声还多少给早晨带来一些活气；如果声音渐飞渐远，在另一片老林扒子里鸣叫的话，那就像隔山说话，没有事的，只当是一种平常的鸟叫，只当是一个人踏空了一块悬石，让它滚落下去；如果是在雨雾天呢，在将雪不雪的日子，在浓密的冰雪

37

冻得人欲生不能、欲死也不能的时刻，松鸦的叫声，它们轮换地变幻各种腔调的表演，就暗含着一种命运的诡谲，好像你的一切都早已捏在了谁的手里，所有该发生的，都是上苍安排好了的。

没有事。

伯纬抹了抹眉毛，只是朝漫天的云霞打了三个喷嚏。牛在石坎边的水洼里舔水。水太冰冷，是它用蹄子把冰砸个洞才能舔到的，它不敢狂饮，只能一点一点地舔食。猪在垫圈沤肥的枯草中瑟瑟发抖，把它们的嘴拱在更深的草叶中。狗在跳跃着，追逐并凌辱家里饥饿的猫。那猫连在那早晨伸懒腰的机会都没有，哀哀地叫着，想说话，想申冤，有时竟能说出一两个与人一模一样的单音来。

女婿和女儿都到田里挖冬花去了，三妹正用腿夹堵着调皮的孙子给他喂一种很稠的苞谷糁子。他们坐在火塘边，浓烟朝门外飘去。

"你听见什么没有？"三妹问。

"我昨晚睡得死。"伯纬故意岔开说。

"早晨唉！"三妹不耐烦地说，"你抹了眉毛没有啦？"

伯纬打开羊圈把羊们赶了出来，趁这难得的好晴天去把它们喂饱。羊群沿着山壁挨挨擦擦地前行，遗下光亮的羊屎，从翻起一层层外皮的红桦林间往里走，然后，这些羊群追着山脊的影子上山。羊们喜欢太阳，它们总是在山巅痴痴地对着太阳看上几个小时，白髯飘飘，像一些仙风道骨的老者。

的确没有什么事，公路上的阳光像银带子一样四处飘摇着，比别处的阳光显得更集中。

"快过年啦。"他在说。他向更高的难以翻越的皇天垭口子说。

垭子的大嘴没有说话。

"老哥。"他又说。

有两辆车向那张大嘴爬去，像两只小金龟子蠕动。

什么声音也没有。他记起来，在他出来的时候，他听见三妹在跟他说："你去多了，那儿就出事。"

"他妈的，鸡娃子。我未必是个灾星！"

他躺在已经化完了雪并被风吹干的阳坡上，有些草还真柔软，紫羊茅啦，老鹳草啦，蓝韭啦。

"可我喜欢公路。"他说。他自言自语地说。他看着自己晒在阳光下的手，那不是手，是个树菀子。

他现在是在山上，在人迹罕至的山上，冬日的苞谷地里只有一些荏子，没有人，一棵野唐梨上有什么在晃动，不是人在摘果，是两只毛猴子。一簇丛生的粗榧间飞出一只山凤，遗失下两支蓝色的长羽。

可是天麻黑的时候松鸦的叫声又像烟雾一样呛过来了，很凶。他听见了汽车喇叭不停的叫声，是小车的。他刚把羊赶回圈里。他对惊慌出来观察的三妹说："我没有到公路上去。"

他现在要去了，谁阻挡都阻挡不住的。这样的时候谁都不敢阻挡他。他是那么麻利，取竹子，点火，拢在残指上，精神亢奋，双耳赤红，连脚下的力士鞋也系得紧紧的，落地轻轻的，醉了，不醉，都是这个样子。

喇叭叫得急，是因为失去了控制，翻在了八字槽槽底。槽是个泄洪的槽子，只长着些小树，挡了几下，响声不大，也就轰轰几声便翻下去了，都是一眨眼的事。

伯纬站在公路边朝下看，他在想车为何走到这边来了呢，除非它是上坡。上坡又为何开出了公路？那么慢，想必是个没出师的学徒小伙子？

松鸦在头顶上叫，它们还没来得及睡觉呢，那一定是死了人。在早晨它们就嗅出来了，它们为何有这么好的鼻子？如果它们能通知人们这儿今晚有血光之灾，那又会怎样呢？可怜它们不会说人话。司机和车上的人们也听不见，他们从老远来，自我感觉良好，匆匆路过，谁知道哪儿要他们的命。

死了一个，伤了两个。

伤的两个，一个是司机，一个是局长。司机被伯纬从喇叭长鸣的瘪车子里拉出来时，指着高处挂在了一棵榛子树上的人说："那是我们局长。"

说话的司机，伯纬从一开始就没见到他的嘴脸，也没见到鼻子和眼睛。伯纬把他从车里拖出来就是这个样子。他的鼻子眼睛和嘴巴全被撕下来的头皮盖住啦。

伯纬说："你叫马山槐，你经常走这条线，我知道你的名字。"

"我是马山槐。你放羊吗，你就是在这条路上……放羊的那个瘸手啵？"

"我是不是身上有羊臊味？"

"嗯嗯。"

"你的鼻子好灵。"

"你帮忙把我的眼睛弄出来。"

伯纬正准备去弄他耷下的头皮，那个挂在榛子树上的人就喊了："你们在说什么，看我的姑妈怎么样了。"

伯纬说："您的姑妈已经没气了。我是先背您姑妈呢，还是先背小马？"

小马说："背局长吧。"

那局长在朝槽下面的他们发脾气了："背什么呀，给我搞杯茶来，我干死了，我血都流光了。"

伯纬"嘿"地笑了一声说："这到哪儿弄茶去，凉水都没有。"

局长说："看看我的杯里还有没有。"

伯纬说："杯子在哪儿？摔破了没有呢？"

那个懒得说话了的小马指了指汽车。伯纬又高举了火把到四轮朝天的车里去找，一个杯子压在那个局长死去的姑妈屁股下，他的姑妈好重，好像故意压着不让他取那个杯子。取出来了，划了他的手，是个破的。

这时，那个局长却在黑暗里瞎叫起来："救命哪，救命哪，救命的为何还不来！"

伯纬拿着那个杯子说："我在给您找杯子，是个破的。"

那个局长喊他，要他去，但伯纬不好离开小马，小马明显比他的局长伤重些。他见得多了，他知道谁的命还有几分。

"您能不能先让我帮小马把血止住？"他伸长脖子说。

他的火光已经照到了小马白瘆瘆的颅骨，连皮带毛都扯下了，中间还有个小月牙似的口子，在一团一团地往外冒血水。

可是那局长依然喊救命，声音尖长，已经盖过了在他身边飞舞的鸦鸣。伯纬看到，有两只松鸦已经站到那吉普的轮子上去了，这让伯纬慌乱起来。他仿佛伸手就能触到松鸦，不是一只，而是成百上千只。那个喇叭的叫声也让人心惊肉跳。他钻进车里去找茶杯时也在找哪个电开关，可惜没有找着，他不懂车。

他就只好去背局长。

局长被一根很有韧性的树枝托住了，这是他的福气，他的脚下，是比铁还坚硬的石头，还有个高坎，多么可怕！

局长也不轻，他的一只腿断了，手也断了，额上还有个洞，也在间歇地涌血。伯纬跷起脚去取他，局长呼出一股恶臭的血腥气加胃气来，差点把伯纬压趴掉下石坎去了。他哇哇地叫唤着，诉说着他的不幸："我什么都经过了，坐牢、被人砍杀、火灾、心肌梗塞，就差车祸了，我算是齐全了，我的妈耶！"

伯纬说："您先不要慌，这么冷的天，越慌心越寒，血又流得多。我先给您把血止住。"

伯纬拿眼四下寻找，他记起好像看到了一株南星，叶子止血挺不错的，可是局长却说："你不要动我的包！"

噢，有一个包就在那株南星后头，黑漆漆的。

"那里面也没啥东西，你给我一下，哎哟，我的手。"

伯纬掐了两片南星，把包也拾起了，边拉拉链边说："有毛巾把伤口捆住最好。"

在局长发出厉声阻止时，拉链已经露出了嘴巴，里面是大叠大额的钞票，几千块，甚至上万块。

"要你不动，要你不动！"

"我是找毛巾帮您包扎。"

"你是个好人，我看得出来，你救我上去了，我会感谢你的，好不好？"

"我不会要钱。"伯纬说，"我要钱，十几万我都得到手了，"他故意夸张地说，"这里翻车的，大老板，省里的干部都有，上次，有一个厅长……"

"你是好人，你是好人。"

伯纬用南星叶给他垫上再包扎时，局长一直絮絮叨叨那几个恭维他的字。他说："我是个倒霉货，我是个局长，你的衣裳这个样子了，我到时把两套新工作服给你，我的血都流到你身上了，蛮对不起呀。"

局长只有一只好手，又要拿包（包吊在腕儿上）又要抱住伯纬的脖子，同时还举着火把。

伯纬不能举火把，他要抓住局长，他又没有手，几个硬戳戳的指头还要去钩树，或者抓石头往上爬。他呼噜呼噜地喘着气，可是局长已经没有话了，局长反正在他身上。

竹子熄了两支，又常常被树枝挂住，一条一条发烫的火屑飞到局长和伯纬头上、手上时，两人会同时叫起来，还有血，局长的血没有止住，往伯纬的脖子里流，流进去时像一条条滑溜冰凉的蚯蚓。

他跪着往上爬，局长的骨头断得厉害，不能帮他一点点，他的膝盖把冻硬的雪压得嘎吱嘎吱响，就像一路打破着玻璃。

太陡了，槽子太陡。他们总算爬上了平坦的公路。伯纬要把火烧起来，这样才好拦车，又能取暖，同时还可以把熄灭的竹子点起来。伯纬的裤子连磨带挂，膝盖已破了。他又去背小马。他先前给小马留了条毛巾。现在毛巾正攥在小马的手里，他没有自救，头皮还耷拉着，还是看不见鼻子眼睛。

"喂喂，你冷吗？"

得到应声后，知道小马还活着，他就去掀小马的头皮，并揩他的脸，终于露出那个熟悉的小马来，是那个人，马山槐。头皮捆住了，但小马的眼睛依然闭着。伯纬问他哪儿不得劲，他说，全身都不得劲。

"那我们准备上去了，上面说不定拦到车了。"

"你不能正面背我，我的肋骨好像刺到肝里面去了，里面疼得很。"

说这些话的时候，车喇叭的嚣声正慢慢地偃息下去，最后变成一线呜咽，取而代之的是松鸦，现在只剩下它们的声音了，在阴暗的角落里响彻云天。这使伯纬鼓起了劲儿一定要尽快把小马背上去。

"松鸦叫得好凶。"小马无力地说。

伯纬正把他从侧面扛起来，说："你不要这么想，让它们叫去，那是因为局长的姑妈。"

"我们局长还没有死吗？"

"你们局长还没有死。"

松鸦的翅膀包围了他们，形成一个圆圈。伯纬总是钩不住树，滑，伯纬差一点把小马摔下槽底去了，他一步滑下了十几米。他抓住了小马，可是他的手，他听见了自己皮肉撕裂的声音。他要冲出松鸦的叫声。背着活人总比背着死人强。不过眼下背上的活人跟死了一样，就剩一口气了，有时候还打出很响的嗝来，仿佛要把最后一口气呛出来似的。

他上了公路彻底软了，头顶上没有松鸦，只有几颗寒星在闪烁。松鸦的叫声、车喇叭的呜咽都和槽底下的风声混杂在一起。风声里有灌木和一些大树的惊乍。他又去背那个死去的局长的姑妈。

他第三次爬上公路，看到他的老婆和女婿都在火堆边了。他的老婆三妹抱着一床破烂的棉絮。他听见他的老婆在埋怨："老鸹都飞到我们屋顶上去了。"

他们一共拦了三个车，车才停。前两个车有一个完全不理茬，另一个说到前面去掉头，也一溜烟跑掉了。第三个车装一车橘子，是个面包车。伯纬说："我们帮你把橘子卸下来救救两个人，怎么办呢？"

一家人七手八脚把袋装的、篓装的、散放的上千斤橘子给搬下来了，把伤的死的三个人抬了进去。伯纬对老婆和女婿说："你们看橘子，我送他们去医院。"

到了镇上的医院，伯纬按医生的交代把局长的姑妈先背到后头的太平间里去了。太平间叫"后头"，医生都这么叫。"后头"，伯纬很熟悉，没有灯他也摸得到，一个未锁的门，进去有几块大木板子，用砖搁着，能放一个人。

回来以后，他又背局长和小马去拍片。医生看了片，看了人，对里面的一张手术床说："哪个先上？"

小马说："局长先上。"

局长也没谦让，哼哼叽叽地进去了，门也关上了。

镇医院半夜没有生火，也没有人，所有的医生护士都到手术室里去了。伯纬陪着小马坐在冰凉的条椅上。门外的风又大，伯纬把门关好了，要把小马扶到靠里面的一张条椅上，说："里边风小些。"小马就坐了过去。他的一只棉衣袖子还剪开了，因为那只胳膊断了。他淌满了血的膀子就露在外面，一些骨头从肉里钻出来，看起来就像个跟人打过恶架的失败者，样子十分可怕。伯纬想同他说话，最好还多一个人，或者有点儿歌声就好了，自己唱的，录音机里、收音机里唱的都行。他自己的膝盖也露在外头，破了，也有血，也没有了知觉。两个残手冻得像紫茄子，他想起听到手上出现的撕裂声，他这才有时间看，是右手，过去的虎口与掌子连在一起的地方破了，他动了动那半截大拇指，虎口就生疼。

"都腊月二十六了，再过三天就要过年了。"他捏着伤口对小马说。

小马没出声，闭着眼睛坐在那儿，头上缠着湿漉漉的毛巾。

"也不知道你们局长的手术大不大，估计那鼻子上额头上的两个洞几针就缝了，手和脚上夹板。"

小马点了一下头，又好像没点，没动。

"你坚持一下，这儿条件有限，就一个手术室。这儿我蛮熟悉的，我当年手炸了，就是在这儿做的手术，现在医生都换了，又混熟了，凡是我救的人，我都要送过来，放心些。"

小马好像睡着了。好半天，他忽然说："我们局长的包……他拿着？"

"当然他拿着。"

"他死了也会拿着。"

伯纬看着小马："你说这话？"

"也会拿着。他的钱嘛。"

"他不会死的，进了医院，进了手术室，就放心了。人哪这么容易死呀。我当年血压高压只有二十，低压只有八了，还没死，活到如今好好的。医生说，我再晚来五分钟就没命了。我就是再晚来五十分钟，我也会活着。人就是这样，哪会那么容易丢命哪，不会的，你只要想活，你就能活。除非你不想活了，还有人帮你活呢。"

他不停地给小马说话。手术室没一个人出来，仿佛医院里没人，手术室也是空的。电灯又暗，伯纬看着小马突然害怕起来。他提高了嗓音说："喂，小马，你说点话看看，要不我喊医生来给你吊点盐水！"

"更冷。"小马说话了。

"你是说吊盐水更冷吗？不吊？那就不吊。小马，你饿不饿呢？你想不想喝点水？你上不上厕所？做手术时一针把你麻翻了，想撒尿都撒不好了。"

小马摇摇头。

"为什么有那么多钱？单位的吗？"伯纬在找话说。

小马又摇摇头。

"局长自己的？"

小马还是摇摇头，很不情愿似的。

"你不知道，你左右不知道。你们局长说，准备给我两套工作服……那么多钱，我总算搞懂了一个问题，我要是有这么多钱，我也会把车挂到四挡五挡了往家里飞。我现在才晓得车祸是怎么来的了。"

小马还是在摇头。

"你蛮难受吗，小马？"他看到小马身子一阵阵发紧，"你是不是冷哪，我去搞床棉被来。"

伯纬就去拍手术室的门，他不停地拍，他害怕。他顾不了那些。

门终于打开了，一个穿着白大褂的女同志欠身出来说："有什么事？"

伯纬听到手术台上有敲打声，忙哪，但是他要说说："外面的伤员冷，能不能搞床被子？"

女同志说："被子？除非做过手术了上床。那不行啊。"

伯纬说："你们还要多长时间呀？"

"马上完了，别急别急。"

他扶在门框上的手只好缩回了，因为那女的又要关门，当然是笑着关上了那扇手术室的门。

他只好又坐到小马的身边，抱怨说："都是些新手，新来的小医生，手脚又慢。"又对小马说："医生手脚要快，你们手脚要慢。以后开车，你千万要慢点，跑那么快做什么，慢一点，图个安全，到头来受罪的是自己……"

他这么说着，劝着他，他好像觉得小马已经死了。小马还是坐在那儿，闭着眼睛，垂着头，一动不动，但像死了。伯纬不用去触摸他，一看就知道他是个断了气的人，他见得多了，瞟一眼就感受出来了。

伯纬瞟着他，不知如何是好。他的脚往旁边挪了挪，想离开小马尽量远一点。他用手去试试小马的鼻子，的确没气了。

"外头的死了！外头的人死了！"他猛拍手术室的门。

门开后，里面的医生终于知道伯纬说的什么，一个男医生和一个女护士跳出来，他们要伯纬帮忙把小马平放在条椅上，男医生捏起拳头砸小马的胸脯，又用手掌压。女护士拿来一个大针筒，一根粗针管，两人嘀咕了几句什么，女护士抒起小马的衣服就朝肉里面扎去。一筒药水推完了。男医生用手去摸小马的脉搏，又用听筒去听他胸前，然后站起来，摇了摇头说："不行了。"

伯纬站在那里，那一刻从头到脚颤抖不止，仿佛心里边残存的最后一坨热量被什么卷走了。他把目光停留在那张被他擦过，又被他包扎过的脸上。他看灯，看墙，看医生，又看那张悄没声息的脸，很年轻，又安静，好像遽然间缩小了，瘪陷了，归顺了某种很强大的势力。伯纬哭了起来！伯纬说：

"小马，不是我不救你，我是把你送到医院了的，只怪你的命了。"

他对医生说："我把他背到后头去吗？"

医生说："可以。"

伯纬抹了抹眼，用一双脏兮兮的手抄小马的腋窝，弓起身背上他，去了后头，才知外面正大雪纷飞。他在黑暗中把局长的姑妈挪动了一些，把小马放下来，挤上木板，放稳了，摆平了，再进医院的走廊。没有医生了，都进了手术室。在那个空荡荡的走廊里，伯纬又一阵好哭，泪水简直像挖穿了的泉眼，就觉得今天让人一阵好哭。他离开了医院，摸黑往家里赶。

十几里路，雪又下得紧，风也刮得寒。好在，鸡叫了。

看到家就有了一股人气和温暖。天已经大亮，羊在叫，牛铃在牛屋里发出了骚动，牛又渴了。鸡在叫，孙子也在叫——他站在门口，单衣单裤地站着撒尿，尿把裤子也打湿了。

怎么没一个大人管他，寒冬腊月下雪天，一大早的，让他一个人站在门口？他迈开山里人的大步就上前去抱他，想把他抱进屋去。这时，在里屋的三妹丢下一个舀潲水的瓢就飞快地一把从伯纬手里将孙子夺过去了。

"你不要碰他，腊时腊月的，你刚背了死人回来！"

说啥啦？伯纬愣在那儿，像一截糟木头。他站在自家的门口，看到了屋里的几个人，两男两女：三妹，那个头发垂落下来已经花白的，另一个，妮子，胡子拉碴、像根犁拐的女婿，孙子，四个人。

他们是谁？搞什么的？是他的家里人吗？这不是他的家！是谁的？他不愿意想，不愿在意识里把它明晰起来，就像他不愿细看那些变幻不定的云朵一样。

伯纬好伤心，伯纬的双手还没有放下，还是抱孙子的那个姿势，僵痴在那里。又一次，他颤抖不已。他本来不想说的，他终于说话了，他说：

"我这辈子就是个背死人的命。"

他说完，进屋，舀水喝，脱了衣服，上床睡觉。一屋的人，那四个人，都听他清清楚楚地说出这句话来，然后看着他把一身血壳的衣裳摔在糠柜上，发出很响的声音。

春节有两个人来看他。都是被他救过的，提了橘子、酥食和火酒。火酒让女婿提回家去了，伯纬自己不吃火酒，商铺里买的火酒，总是打头，喝了又不容易出汗，闷得慌。

开春了，雪化了。又来了一个客人，是安徽的。伯纬差一点认不出来了，就是那个压在石头下的安徽司机的弟弟，说是路过，来看看恩人。那个人说：

"我现在算是下岗了，又没有发财。没发财也要来的，我欠您一笔人情。"

"哈哈。"

伯纬笑着给了那人一拳，然后留他吃饭。那人也不客气，喝了半斤酒，吐着满嘴的羊脸子腥膻味对伯纬说："我给您钱，您会骂我；我不给您钱，您也会骂我，骂我忘恩负义，您先不要说话，听我说完。我想了个点子，我帮您在公路边搞个小卖部，卖点东西。现在人也多了，车子也多了，守着这么好一条公路，不生钱划不来……听我说，生钱是来路正大的钱，不是收费站的钱，也不是交警乱罚款的钱。"

怎么推脱，也不行，就这么办了，那人早就在村里叫了人，买了些木板、青瓦、檩条及椽子，不到两天，花了几百块钱，就把个小卖部拾掇得清清爽爽了。那人临走时又一膝跪下，涕泗横流，说：

"我哥生前也是个识好歹的人，他会保佑您发财的。"

伯纬说："我只求平安，不求发财，恭祝你也一样。"

伯纬进了些烟、酒、麻花馓子、鞭炮、洗衣粉、力士鞋什么的，还找人进了点蝴蝶标本、木制的刻有"神农架旅游"的小钥匙扣。他守着店子。有时，三妹来打打招呼，他就去放羊，他知道哪儿有好草。

生意不咋样，一天卖不出去十块钱。歇脚的人歇脚，还白搭上茶水。一些司机飞快地开着车在车上给他打招呼，没有闲空停车，忙着赶路挣钱。于是伯纬就在小屋后砌了个羊圈，把几十头羊赶来了，没生意就关了门伺候羊儿们。

这一天，他赶着羊群经过挂榜岩，就见一个老师模样的人正在给一群来这儿旅游的学生讲解：

"……你们中说不定就有谁能破解这神农架天书，我相信我的眼力。不管是我们的祖先留下来的，还是外星人留下来的……"

他走近去，他还听见那个老师正口沫乱飞地给那些年轻人讲什么神秘的北纬30°文化带，什么野人啦，恐龙化石啦，金字塔啦，魔鬼三角区啦。听着听着，那些年轻人转过头对他的羊群发生了兴趣，有的男的学着羊叫，女的尖叫，然后和他的羊一起拍照，叽叽喳喳。

情形太乱了，羊到处挤挤擦擦地跑，他要那些年轻人帮他吆喝，后来，汽车发动了，那些人又雀跃般地往车上钻去，留下四散的羊，它们咩咩的叫唤声太让人激动了，伯纬好久都没有这么高兴过。他骂它们，骂羊，用鞭子抽它们，抽空气，抽这个早晨。

太阳直通通地照在岩上，现在他被温驯的羊们簇拥着，他手抚着头羊的角，他仰望着岩壁，是什么字呀？一个"路"字，还有一个是"缘"字还是"情"字？

他都记不得了，是二三十年前的事，他认出来过，现在，他恨不得把两个眼珠子伸出来，扒着那些天书的缝看个究竟，啥字呀？啥字？

这样眼就看花了，什么字都没见着，那些天书里是腾起的烟雾，是密密匝匝的老林，是一群扑打着翅膀四处飞散的松鸦，还有呼啸的手臂，深壑般的喉咙……它们全像蛇一样纠缠着，冲撞着，翻滚着，煎熬着。

这时，从岩壁的天书间弹出了一片歌声，怪清亮的，比犁铧的敲打还有刚性：

洋二队，土四队，

不土不洋是三队，

……

鸡娃子有点怪呀。今天洗懒（脸）我没有抹眉毛？

他抹着眉毛，说：

"王皋，你还在吓我！"

他赶着羊群上了山，山上有极好的草甸。

（原载于《钟山》2002 年第 2 期）

火烧云

一

红云蔽空，太阳如炽，山冈和坡地呈现出一片赤褐色。空气中冒着火光——看久了，的确腾出红闪闪的火光，绝不是幻觉！人畜都躲在各自的角落里喘息。现在，树木蔫了，庄稼蔫了，田里裂出巨大的口子，从里面传来一声声奇怪的哼叫，好像是沉睡的祖先被惊醒了，正张开冒烟的喉咙辗转呻吟……

"除了背水的人，都上山找水去！"

县图书馆馆员龙义海哑着嗓子喊一群灰头土脸的村民。他的嗓子也在冒火。他是从很远的县里来的，他现在的身份是县扶贫队队员。可他那样子，别人见了，也恨不得想给他扶扶贫。领口已经松弛无度的圆领衫，从那里露出精瘦高傲的锁骨，一件灰白色的西装短裤，一看就是老婆用旧长裤改的（剪了一刀而已）。脚上的力士鞋与农民没有两样了，被汗水濡湿了，后跟还开了一个弯弯的口子。他这么嚷着，村民们就散开了，像一群山鸦子。他正想点烟，有人就把他的烟抢去。也不是什么好烟，一块钱一包的红金龙，他就这个水平。他索性把烟摊开来，"哪个要？"一下子，烟就抢光了。人们抽着烟，谈论着今年出奇的干旱。

背水的人要翻山越岭到二十几里外的伙计沟去，早出晚归才能背回一桶水来。他们背着塑料桶或椭圆形的木腰桶，在耀眼的太阳下走在滚烫的山路上，随行的狗发出烦躁不安的狺吠声，那声音好像要咬着什么似的。

"看！"有人喊。背水的和找水的人都往山坡上看去：一群野猴把牙齿扎进了红桦树干，在那儿拼命吮吸桦树里蕴含的桦汁儿——狗咬的正是它们。

可是，发现桦树是一场灾难——猴子们不一会儿就像粘在了树上一样，身子猛烈地摇摆着，嘴里凄厉地叫着，一只哨猴在石头上又蹦又跳。

"哈哈，它们的牙齿拔不出来啦！"有人说。猴急猴急的，渴急了，牙齿栽进了树干。这些可怜的猴子叫得更凶，不一会儿，都挣脱了树干。

"抢猴牙去哟！"有人一声喊，龙义海身边的人一下子就没了。不一会儿，他们手上都举着带血的猴牙回来，在树上拔的。可怜的猴子！这是龙义海在这儿看到的又一桩稀奇事。

另一桩稀奇事就是这场干旱，五十八天没有下雨了，他也五十八天没有洗澡了，而且是夏天。他闻见自己身上一股腐烂的臭味，他已经对自己的肉体充满了厌恶，想把自己扔掉，把身上的所有东西扔掉，手、脚丫子、嘴、胸脯、睾丸和鸡巴，只留下记忆，在县城图书馆的记忆。

"龙干部，你是条旱龙。"

"你是条火龙……"

那些人找他打趣，嘲笑他。"我的运气可真他妈孬！"他嘀咕着，有一种强烈的宿命感觉突然出现了，"我是什么鸡娃子龙！流脓！"他已经四十六了，一个馆员，一个图书管理员，始终就是那么个馆员。他知道来日已不多，随时会被指派为内退对象，为别人让开一条生路。可是他却被指派成了扶贫队队员，相当于过去的学大寨工作队——这是他的看法。带着全馆捐赠的三百余件衣服和一些陈旧过期的期刊、书籍，他踏上了远离县城的高高的骨头峰村。

此刻的骨头峰正发出噼噼啪啪的响声，石头晒得开裂了，纷纷往下掉落，砸得山谷一阵乱响。山坳里，在白金一样销熔着的烈日下，是那些黯淡的、成色古旧的房舍。没有新鲜的东西，连鸟影，连树都很陈旧，跟他带来的那些书刊一样，淘汰货，被时代无情地淘汰了。他灭熄掉烟头上了一个山头，黑黑的牙齿露在外面，在心里唾骂着自己，也唾骂着这让人心烦意乱被雨水

51

忘记了的大地。

山上的树丛间，连青苔都枯卷了，到处是那种龇牙咧嘴的卷皮。已经在山里钻了好些天，在五里地周围，已经把每一块石缝都翻了个遍。过去的两处水源早干了。走着走着，他发现村长没了影子。

"嗳，村长呢？"他左顾右盼，直到证实村长确实溜了。村长姓粟，一个很糟糕的名字：粟田光。这几天正在为他儿媳的离去焦头烂额。儿媳妇娘家是山下，平原，大约也是看中了上山是做村长的儿媳吧。粟村长自有了这个儿媳，注意力就转移了，生怕有个闪失，儿媳溜下山去。粟村长有一个蓄电瓶，有一台卡拉 OK 机，这是十分罕见的，这就留住了山下的儿媳。山下的儿媳常常用弯弯曲曲的嗓音唱邓丽君。可是这几天实在熬不住了，虽然粟村长严加防范，还是偷偷跑下了山。村长急得不行，听说已给儿子出了个撒手铜计谋：让他带个炸药包去，扬言炸翻丈母娘一家。为了维护骨头峰村和粟家的尊严，人他妈是得匪一点，匪有硬气，匪有阳刚之美，老婆就得乖乖地回来，渴死，也是在那被太阳烤得冒烟的骨头峰死的，谁叫你当初嫁给我！儿子去了，却泥牛入海无消息，估计已乐不思蜀。粟村长必须出动了，在这样的时刻，众人都看着他，他必须维护一村之长的威望——连儿子媳妇都当了逃兵，他面对干渴的村民与村庄，有什么发言权？

"这家伙！"龙义海骂了一句。他想到"一碗水"看看。"一碗水"有点水，可就只有一碗水，一个小水窝，在光秃秃的石头上，在孤岩那儿，是一个神奇的水源。舀干水后他们看了，研究过几回，没有石缝，没有泉眼，而且总是一碗水，不漫不溢，你舀干了，再渗出一碗水来。不过这些天它渗得慢，一天估计三五碗水。当年骨头峰村的先民，就是看中了这个"一碗水"才住下来的。骨头峰村常常被山下的人称为"一碗水"。

突然，一个鼻青脸肿的人从林子里蹿出来，一下子跪倒在他的面前。他正在喘气，或者说正准备喘气，就看清楚了是寒巴猴子。这娃是个劳改释放犯，改造得很循规蹈矩了，眉目间全是委屈和可怜，也是在狱警面前待久了的缘故吧。

"怎么回事？"龙义海一愣，问。

"我不能没有房子住啊，他们又打我。"

"他们"是指麦和尚父子——麦和尚和儿子麦半天。

龙义海有点不以为然，他甚至有点烦眼前这个人。他说："我以为你是来跟我一起找水去的咧。你有什么事又让他们烦了？"

"我要房子，我不能没有房子，结果他们搬去了我五个碗，半筲箕煮洋芋……"

寒巴猴子戴着黄色的太阳帽，大约是劳改农场的"劳保"物资，一件大大的背心已有些破烂了，好像是捐赠之物，图书馆的二胖子穿过的，上面有个彩色的骷髅。龙义海看着眼前这个被折磨得寒寒巴巴的人，没让他起来，就让他跪在滚烫火热的石头上。

"村长不在了，村长下山了。"他听见寒巴猴子说。

不好拒绝。他就说："走，走，去看看。"

从地上爬起来的寒巴猴子跟在龙义海的后面。在"一碗水"那儿，他喝了一口水，要寒巴猴子也喝了一口水。水进喉，心里宽爽了许多，就问："'一碗水'属于哪个的地？"寒巴猴子说："在我的地里。"寒巴猴子的苞谷也奄奄一息了。寒巴猴子要龙义海再喝一口，龙义海含了一口水，起身来，又悄悄吐到了一株苞谷根上。这小子的煮洋芋为啥也让那凶恶的父子给端走了呢？真是歪嘴巴吹火——邪（斜）完了。这个世界还有没有王法？龙义海知道，那麦家父子占寒巴猴子的房子有四年了，人家劳改回来了总该还给人家吧。这几个屌日的，土匪，高山上的土匪、流氓、渣滓、野兽！有什么东西从他恹恹的神态间砰然升起了。那些狗东西怎么能这么欺负人家呢？人家还是孤儿。这真是要命的事。现在，寒巴猴子住在马克兵家的牛棚里。粟村长都睁只眼闭只眼，他龙义海有什么办法？占了人家的房，还把人家打昏死过去。一路上寒巴猴子自述，麦家父子把他打昏过去后，还是瞎子老米外孙的一泡尿给灌醒的。

"老麦，请你出来一下。"在寒巴猴子的老屋门口，龙义海喊。

麦和尚从里面走出来，手上拿着一根粗壮的苞谷。他的两只强盗眼斜斜地看着龙义海，牙齿翻在嘴唇外边，咬着，两个炸腮，一张脸是个框架结构，骨棱棱的。也没说话，也没让座。

"你也不想让我们坐坐？"龙义海说。他指指门口的一处柿子树阴凉，"就这里，老麦，端两把椅子来呀。"

麦和尚极不情愿地端出了一把椅子。

"来，坐，坐。"龙义海招呼满脸青肿的寒巴猴子，"好柿子，好柿子。"他看看头上说："这是你的？"他问寒巴猴子。当着麦和尚的面问。寒巴猴子很惧怕的样子，点点头。头上，柿子挂了一树的青果。龙义海张着嘴傻乎乎地看着，突然回过头来对麦和尚说："有水没？"

麦和尚显然不耐烦这么跟这个人慢慢晕乎，说："我没下沟背。"

"那你喝啥？噢……你们刚才……打架了？"他抠着腿上的一个红疙瘩，乜斜着眼问麦和尚。同时把一支烟朝那人递过去——也就是扬起手吧。这就把想发炸的麦和尚压住了，烟是个好东西，乡下人不会不接这口。

龙义海把火递过去："你们爷儿俩打他一个？这不好，这很不好。"

"他贱，他妈劳改释放犯！"

"可政府放了他，你火什么？大热天，你哪儿来这么大的火？说说看，为啥，为啥哩？"他慢悠悠地说。

"他占我的房子，这是我的房子，我要，他就打……"寒巴猴子站起来大声说。

"你、你……你坐下，我这不是问他吗，你插什么嘴？真是的。"就问麦和尚，"你说，咋回事？"

"没事，就打了，没事。"麦和尚这日的就往屋里走去。

"你、你、你待会儿。"龙义海急了，"你怎么打人呢？你说出个理来，有理走遍天下不是？"

那人不理他了。龙义海站那里，站不是，坐不是，走也不是。

"人家的房子给人家，对不对？他不要你的，你也不要他的。你说出个道理来大家听听嘛。"龙义海喊。

"蛋屎的道理。"里面的人说。他看到麦和尚将手上的苞谷扔给了他儿子麦半天，麦半天在那里暗笑着，龇着黑碜碜的大嘴，满身石板赘肉，把手上的苞谷往黄桶上死劲地磕。

一只鸡喳喳喳地飞出来，从龙义海头上划过，把龙义海的头发刨得稀烂。

一片鸡毛沾在了龙义海的嘴巴上。

"哎，你家鸡咋像鸟一样，也没个调教。"他拉着气呼呼的寒巴猴子就走。不走又咋的？人多起来了，来看热闹了。龙义海只好走，说："都去找水去，凑在这儿干什么！"他恨这些麻木的村民。

"我的房子要不回来了吗？"寒巴猴子在山道上哭喊。

他也不知道怎么安慰他，感觉手硌得疼，啥玩意？展开手，手心里竟不知何时攥着一块石头，已经捏出水来了。

"麦和尚，你要遭报应的！"好半天，等他一个人之后，他突然对着山大骂起来。

二

马坊是人民公社时养过马和办过小学的，龙义海就住在那里。几个老人在扎草龙，是村里准备求雨的。

"龙干部回来了？"领头的是瞎子老米。他能听出进出的人是谁。里面到处都是干枯的芒草。龙已有了雏形。至少龙头现出来了。龙须是龙须草，龙眼是两个大胡萝卜。

"小心火烛哪。"他说。这是他反复交代的。

"麦家父子欺人太甚。"有人说。"不杀杀麦家的威风能活吗？这不是逼人死是怎么的？"有人提高嗓音说。显然他们都知道了。村里发生的事，风一样传得快。他才想起寒巴猴子是瞎子老米外孙的一泡尿给灌醒的。可他无言以对。那些老头看着他，看他不附和，不激动，只抽烟，流汗，五心不定的。他不想接他们的话茬。他说："老米的龙眼还真神。闭着眼睛也能雕？"有人说："老米浑身都是眼睛，你们不信吧。我看他晚上回家的时候过沟，点竿都没要。"老米说："瞎子哪还有白天黑夜，唉。"叹了一口气，就扩开喉咙唱起了《黑暗传》："混沌老祖初出世，无有天地五行势，举目抬头看一看，四方都是黑暗暗……"

龙义海有点自卑。他已经在自卑中煎熬了几个月，连村长都老是提起捐赠的衣物中竟有二十七件裤头。在这些山里人面前他还如此自卑，这是在来之前没想到的。在县城，他有工资，他生活安定，无忧无虑。他在图书馆分发着借书证，整理书籍，面对集市上卖菜卖碗的老百姓他总有点优越感吧，可在这里，优越感却荡然无存。"他妈的，这是咋回事？就咱不是财神！"这么想，想通了。"我若是银行人、公检法，或是工商税务，给他们钱，建房、修路、牵水管、修水塔，一切就会不同喽。"

寒巴猴子的事总得解决吧。一想到他鼻青脸肿的那个样子，心就不爽。还真不知道他怎么住，一个孤儿，没了房子，这干热的天，他是怎么生活的？那就去看看吧。出门碰见了二英和瞎子老米的闺女桑丫以及马克兵的妹妹马克霞，她们是去背水去的。三个妮子在村里最光鲜。问她们为啥这时候才出发，她们说互相一约就迟了。龙义海说，这时去，啥时才能回来？她们说反正三人做伴，也不怕什么。问她们寒巴猴子住哪里，她们随手一指。那山坡下不是马克兵家的牛棚吗？是的，在牛棚里。

这娃四年前在镇上打了一次群架，打伤了镇上的一个有头脸的什么屁人，结果给抓进去了，还判了四年刑。在劳改农场干了三年半放回来，哪还有家，哪还是个人。家占了，人是个叫花子，见了谁都想磕头。哪像打过群架的，就像阉了卵子回来的。龙义海第一次瞧见他就觉得这娃子废了，就有点小瞧他的意思。人见不得跟自己性情很近的人，自己就是这卵相，恶心死了。二十六岁的人，拖了三年半的砖，拖到二十六岁了，耸着肩，勾着腰，犯了王法似的，总想要人同情。越这样越得不到同情。这道理他可不懂，懒得跟他说。抓走的那年，他可不这样，听说天王老子都管不住他，到处踩人家鸡吃。抓他那天，麦子离收割只差十天了，他就对隔壁的麦家父子说：帮我割割，卖了替我存着，我回来用。"那你怎么谢我呢？"麦和尚问。戴着手铐的寒巴猴子说："你家逼仄，我房子就借你住了。"麦和尚的儿子住进了寒巴猴子祖传的房子，接了个媳妇，住下不走了。寒巴猴子回来要，麦和尚说你一个劳改释放犯，户口都没有，要啥鸡巴房？户口没恢复不能说房子不能恢复，寒巴猴子要，麦家父子就一顿打，说："老子给你照看了四年房，还帮你耕了四年地，你的房子赔老子了。"这还不说，村长老粟还找他要四年的农业税，说是麦和尚等他回来交的，寒巴猴子把在劳改农场拖砖赚的一千多块的血汗钱全交了。他怎么也不明白，麦和尚种他的地收粮食，他要为麦和尚交税。不交税连地也不退。为了地，寒巴猴子只好乖乖地交了。这以后，要房子，要一次，被打一次，他还骂不还口打不还手呢，这尿人！

龙义海走进那低矮的牛棚，一股畜便气味汹涌而来，头上还不知被什么挂了一下。寒巴猴子用木瓢吃着饭。哪是饭，就是一些猪食样的混合饲料。龙义海看着棚子里的一切。寒巴猴子大概有四五件衣裳，龙义海认得一件是图书馆黄馆长穿过的灰色长裤，化纤的；一件是馆员老沙穿过的西服，胸前有一个烟灰烧的洞；有一个包，估计是释放时劳改队发的；有两捆柴火；有一个用木棍支的床，栽在泥土里面；有一床垫絮，都分不出颜色了；有一双千层底布鞋。是谁给他做的呢？是瞎子老米的女儿桑丫？瞎子老米常要他去他家吃饭。瞎子老米是个好心人。寒巴猴子常帮瞎子老米家干点重活，如劈木柴，如和泥糊垛壁子，如给大牯牛顺气，收麦子上垛。麦子一割，雨就来下了。

"马克兵要棚子。"寒巴猴子说。

"他家添牛了？"龙义海问。

"不是，他妈不是要强行将马克霞嫁给山下一个四十多岁的老光棍吗？"

龙义海拿出一瓶云南白药，给了寒巴猴子，说："你把它喝一点进去。"

寒巴猴子和着水吞了一些药粉。"你想今后怎么办？"他问寒巴猴子。

"我只好去找派出所。"寒巴猴子说。

"可你们村长又不在。"一想起村长，龙义海就怒从心起。你他妈的算什么村长，害人。这样的村长应该被枪毙！

"……你找派出所？"他沉吟半晌，说，"也行。你还能走吗？"

寒巴猴子说，能走。他是看着寒巴猴子走的。这小子说走就走，赌气似的。走得歪歪扭扭，头重脚轻，顶着毒辣的太阳就走了。他想说什么，没说。站在那儿，就听到有人喊他："龙干部！"

是马克兵。也是一个苦大仇深的表情。两只嘴角像断了铁扣的皮带，非常松弛地垂耷下来，好像谁欠了他万担粮。"寒巴猴子呢？"马克兵问他。

龙义海手指着烈日下远远的下山路，那儿有一个兔儿大的影子。

忽然一声尖锐的叫声从坡上传来，一个女人的。龙义海扭头一看，是马克兵的妈，手拿着一根撵鸡的响棍，大声说："你想分家就分家？你想跟你妹子住？你这个囚儿苞子，小杂种！"

"恶母狗来了！"马克兵一见就跑，飞也似的直下山沟而去。

"马克兵呢？马克兵呢？"豹眼猴齿一副凶相的马克兵的妈问龙义海，又不像问龙义海，问空气哩。没等回答，挥起响棍就照牛棚一顿扑打。"我叫你住！我叫你住！这些不争气的杂种！"

"哎哎，哎，您这是……"龙义海就去拦。哪拦得住！那女人像个疯子："这是我的牛棚，你走开些！"那疯女人拖起棍子又去追马克兵。棚子打出了一个洞。

寒巴猴子非常快就回来了。有人给龙义海说寒巴猴子回村了，又有人说寒巴猴子提了一只鸡和几十个鸡蛋又走了。

火烧云正在西天嘹亮地燃烧着，天地赤红，群山如火，景色异常瑰丽壮观。龙义海在马坊用艾蒿熏着蚊子，他没有吃饭。蚊子太多，喧嚣着奇异的声音，持久不断。

派出所没有来人。村长也没回来。寒巴猴子在那天深夜才回家。第二天，龙义海找到他，他告诉龙义海说，一个乡警说解决要先交五十元办案经费。寒巴猴子就回了村把鸡与鸡蛋都提了去乡里卖了，凑足了五十元钱给乡警，乡警说让他先走，他随后就来。

龙义海还是第一次听说派出所解决问题要办案经费的，他也不知道这老山野林里的规矩，是不是办案比城里辛苦，得走很多路，所以才……这些乡警，还是人民的警察吗？他与寒巴猴子坐在马克兵的牛棚门口等着。那儿可以看到山下通往村里的唯一一条小路，任何人进村都走这条路，他还在想村长粟田光也应该回村了，如果警察真来了，他们吃什么？村长不张罗，他们连水都没有喝的，真的没水，他就要寒巴猴子去"一碗水"把水全舀来，以备警察解渴。

这是第五十九天。

寒巴猴子在"一碗水"那儿边舀水边等水，手搭凉棚朝那条白晃晃的小路不时瞭望。他只看到了对面山冈的火烧云下面，是一队背水的人；人影很小，像一队爬在树干上的大黑蚁。他想在那队人中分辨出桑丫，可那是徒劳的。他的眼肿着。昨天，他不停地在路上走着，为筹乡警需要的五十元钱。他的头还疼，闷闷的，里面像灌了一桶糨糊，人在行走的时候，整个身子都晃荡，好像身子的哪儿轻了，哪儿又重了。

他把水舀进小桶里，却听见灌木丛一阵响动。他以为是风。静看了一会，没声了。他想乡警啥时会来呢？乡警会大老远来吗？乡警收钱了连字条也没给他一张，说："行了，你走吧。"可是，乡警根本没问是咋回事。乡警也不流汗，坐在有电扇的派出所里，喝着凉茶，他会顶着这毒烈的日头上山来吗？他有点怀疑那个乡警了。他把水提到了自己的苞谷地里。他抚着苞谷的叶子。叶子已经没了水分，枯了吧唧的，耷拉着脑袋。

水慢慢沿着根蔸往里渗，渗得太快，一会儿湿了，一会儿又白了，水不见了。水，水太少，泥土哑哑地叫喊着，好像唤醒了它们麻痹甚至死去的喉咙，更疯狂地一起向他得寸进尺地吵着："渴啊！渴啊！！"

水浇完了，浇了十根，又听见灌木丛一阵响动，他一抬头，呀，一只鬣羚！又看到了一只，一只小的！一大一小，母与子。

鬣羚跟他一起走向"一碗水"。

它们的毛色很差，它们也已经干渴到底了，浑身肮脏不堪，肚腹上吊着干屎和泥球，通红的眼里像燃着灶火，突出的嘴巴上沾着一圈褐黄色的涎沫。它们与他若即若离，但意图非常清楚，就是要接近"一碗水"。

"喊！"他赶它们。鬣羚后退了一步，站定了，揣摸着这个人的动向，有否敌意，有否生命危险。可是，对于水的渴望使它们十分地固执，脚像生了根一样，对后退不感兴趣，并且有一种一往无前要与面前的这个人争夺那窝水的决心。

寒巴猴子想到的是那只小的鬣羚，他可以咬开它的脖子喝它的血。这将是一次畅饮。小鬣羚很小，比羊还小，而且孱弱，脚步蹒跚，它紧贴在大鬣羚的后腿边，大鬣羚保护着它。

又蓄了半碗水。寒巴猴子把水舀出来，放到烈日下。瓢不稳，他找了几块石头垫着，还是不稳，并且把水洒了一些。他端起水瓢，向鬣羚走去。

大鬣羚以怀疑的目光审视着这个向它走来的人，它这下开始退却了，已经到了苞谷地和灌木丛的边缘。可是，水，碧绿清亮的水，荡漾着，水面上

59

映着一朵云彩……大羚羊是如此不顾一切向水奔来，它连看也没看寒巴猴子一眼就埋下头喝起水来，一股腥膻味和骚臭味朝寒巴猴子扑来，把眼睛都熏得睁不开了。寒巴猴子本来想用另一只手去摸一下这个野牲口的，可是那东西太贪婪，宽大的舌头舔着水瓢，恨不得把水瓢也吞进去，因为水瓢浸满了水星子嘛。

小羚羊也凑了过来，它带来了许多苍蝇，张开嘴巴就去舔喝。寒巴猴子看着这瘦得像老鼠的可怜的幼羚，终于把手伸过去。可一触到幼羚的身子，那小东西就一个瘸腿往后闪，向他睁着迷惘的、警惕的眼睛。

"你过来嘛，过来听我训话，不然老子关你的禁闭。"他说。他用人话说。他带点邪皮地吼，并去拽幼羚的毛。幼羚听不懂他的人话，大羚羊也听不懂他的人话，大羚羊以为他这一拽有侵犯幼羚的意图，于是大羚羊突然发力，一对黑色的尖角就向寒巴猴子冲来，想撇开他。寒巴猴子一个趔趄，照大羚羊一掌，欲把它推远些，大羚羊一埋头，角就像两把尖刀往上一昂，想挑开他的肚子。寒巴猴子一让，大腿就一阵火辣的剧痛，刺啦一声，皮肉撕裂开来。寒巴猴子抱着腿，那大羚羊还用充血的眼睛和豁出去了的气概瞪着他。

"哎哟！哎哟！不识抬举的！哎哟！"他大叫，一屁股跌坐到水窝里。

屁股上一阵沁凉，他忙脱了短裤，拧，拧出几滴珍贵的水来，接到口里，又咸又酸又臭。

两只胜利的羚羊走了。他坐在滚烫如沸的石头上，抱着伤腿抽气。山下的小路上，仍没一个人影。

三

看着那渐渐成型的草龙，浑身更加燥热，好像人滚在草堆里，穿上了毛皮衣一样。

"点火的时候你一定要去那儿，龙干部。"老米给他说。

"我最怕火了。"龙义海连连推辞。

"你是条龙啊。"

"呵呵，"龙义海苦笑，"蚯蚓差不多。"这种迷信，他还是避而远之，不掺和的好。他走向外头亢奋异常的阳光里。

"桑丫还没回来呢，天色不早了。妮子在外贪玩。"老米拍打着身上的草屑也往外走。

走在一起了，龙义海就问："有雨吗，老米？"

老米瞎眼往天上瞅瞅，又把鼻子很响地闻闻。"鬼的雨，雨星也没有。"

"龙王爷去哪儿啦？"龙义海说。

"它喝干了泉水和河里的水，就是要它吐出来咧。"感觉龙义海走开了，拉高嗓音对他说，"晚上，有只腊蹄子，去喝两杯。"

龙义海听清了，连连摆手道："酒是断然不能喝的，请相信我说的话。"

"你这人，我又不是拉拢你。"

可龙义海挣脱了老米的拉拽，像一道瀑布泻下悬崖，两只腿比兔子都快。"喝了酒更渴，要喝大量的水，我不会喝这杯酒的。"

龙义海爬往村长的屋场，他听见了歌声！"弯弯的小河，青青的山冈，依偎着小村庄。蓝蓝的天空，阵阵的花香，怎不教人为你向往！"失而复得的歌声，邓丽君弯弯曲曲的歌声。真是太美了，仿佛一股清风吹来。村长老粟回来啦，他儿媳也回来啦。

"粟村长。"龙义海进了屋。

"唔，唔噢。"村长没什么激动，含着一支烟，朝他眼皮也没张闪一下。"坐吗？"他说。

"回来就好。你都听说寒巴猴子的事了？"

"听说了，听说了，"粟村长说，"他去报了案？叫警察？"

"是。"

"鸡巴用，"村长说，"哪个给出的馊主意？"

"他自己。为什么没用？"

"那尿用，"村长耷着脸说，"喂，我说，不背水，你们喝尿呀，小光。"他喊他儿子。"过去不是已经调解了吗，恰好当时副乡长来村里，那又怎么样？该退的退，该还的还，那又咋样？嗝，龙干部，这你又不是不知道？"他压低嗓音给龙义海说，"我那活祖宗媳妇，可烈啦，三个月身孕了，听说是个儿子，B超照了的。我忍得心滴血。不是这，老子不一脚踹死她。"他的牙齿这时候跳出来，配合那双红彤彤的炭火眼，就像个吃人老虎。

"没有水可是不行的。没有王法也是不行的。"龙义海说。

"水都没有喝的，这是什么日子啊。"

村长焦急地在厨房里找水，摔瓢。他是想自己喝还是想给龙义海一口喝？那边房里的邓丽君就没了声，也回复一些摔东西声。对着干哪，气不顺哪。他感觉待在这里多余了，就退出门。他想这可真是个事情，这么下去不得了的，我要把这里的情况向外面报告，这里的真实情况要让他们知道，要告诉他们，有一些人，有一群人，正在干渴中默默地煎熬着。这里有个村庄，叫骨头峰村，这里有许多冒烟的嗓子和庄稼，还有一些冒烟的人，整座山，都暴露在无休无止没有尽头的烈日下烤着，像放在锅里熬油。没有一滴雨，整整两个月没一滴雨！

他觉得他有这个责任，他要告诉外界这儿的一切。他不能每天侥幸地盼着，盼老天爷的恩赐下一场雨，盼山上的几处泉眼又复活了，又流水潺潺，又鸟语花香，又莺歌燕舞了……

火烧云在天空越爬越高，几乎布满了头顶。人在汗水中蒸煮。要是有一桶自来水从头到脚淋下来就舒服畅快了。火烧云多远，照理说也应铺到了县城的上空，那里的情况会一样。可是，那里因有自来水和空调，天上有雨无雨无所谓，人们不再面对着土地，期望土地。那里的人对年景的期望全在一张工资单上，或是一杆秤上，一个职称上，一个权位上，人们的愿望与雨水无关。生活的差别真是大啊！

天黑了。背水的人陆陆续续回村了。瞎子老米没有接到女儿桑丫，他只走到村口。不过他摸到寒巴猴子的牛棚里，给他说要晚上务必去他家吃饭。

寒巴猴子便在棚后的路上候桑丫。桑丫终于进村了，走着走着，肩上的桶飞了一样，她一惊，回过头，有人托着了她背上的水桶。"是我。"寒巴猴子说。

"该死的。砍脑壳的。"

听到她的骂声，心里一阵暖意。就像有家的人，就像骂家里的人，骂最亲近的人。

天黑黑的，尚有些干燥的天光，天上的星星也烤人。桑丫闻到了寒巴猴子身上一股厚重的汗馊味。她惊恐的心一下子放平了。刚才，她走到老后，她的脚好像磨破了，水没敢在途中喝一口，背着沉沉的水桶就慢慢挪在了后头。黑黢黢的山冈刺破了弥漫不去的红云，一些轻飘飘的鬼火又蹿出来了，在田野和草丛间游弋，好像有许多野鬼在她周围行动着一样。她的脚上穿着一双寒巴猴子的凉鞋，泡沫的，好轻，寒巴猴子脱下来给她的，说背水穿不滑。桑丫就穿着了寒巴猴子的男式凉鞋，二英和马克霞说："寒巴猴子的。"她们打趣她。马克霞说："你有人疼有人爱，可我那该死的妈不让我爱别个，要我嫁给老桦皮，说骨头峰村的妮子就这个水平，她只要一个录音机作聘礼就行了，该死的，简直惨无人道！"桑丫看着泪泡了眼的马克霞，心里也发疼，桑丫不说，不否认也不承认，心里苦笑。寒巴猴子说，鞋是用劳改的钱买的，在沙洋农场的百货商店买的，神农架还没有哩。

"你爹要我去吃饭。"

"沟里的水退得好快，人都快下不去了，明天得要长绳子吊水……"

"明天还去吗？"

"不去喝啥……喂，你能背吗，他们打了你。"

"没事，我被打惯了。我是打不死的程咬金。"

没有话了。他听见桑丫在抽鼻子。

"怎么啦，桑丫？"

追赶着桑丫，听到了狗叫。桑丫家到了。

"进来呀，寒巴猴。"瞎子米伯喊。

寒巴猴子的两个肩胛畏畏缩缩的，被桑丫的外甥毛坨拉了进去。他们家的狗也拽他的裤腿。

"包叔，包叔！"毛坨喊他的大姓。他听见桑丫在水缸里倒水的清亮亮的声音。毛坨拿来一块石头，像乌龟，说是在后山上捡的，已经摩挲得很光滑了。估计是块化石。这毛坨是桑丫姐姐的儿子，姐对桑丫说："你要嫁了，爹没了眼睛，让毛坨给爹当眼睛。"反正毛坨读不进去书，喂牛是把好手。这毛坨骑了牛在后山里乱钻，找石头，找野果，在牛背上竖蜻蜓，倒骑着牛背唱山歌："高山的姐儿下山来，黄泥巴脚，大花鞋，走是那样走，崴是那样崴，旱烟叶子挎一口袋。"小姨桑丫就打他一嘴巴，说："死鬼，你姨吃旱烟了？你妈也吃旱烟？"毛坨就做鬼脸，就大声说："高山姐，坐花轿，半边屁股长大包，大包疼，进不得屋，回你的娘家吃苞谷……"

"包叔，你又活过来了？你喝了我的尿，好喝吗？"

寒巴猴子说："好喝，好喝。"

"那就多喝点。"米伯说，"你只管喝。"米伯跟他斟酒："你能喝多少喝多少，一年就醉一回我看看。"

不上桌也得上桌，拿起筷子来，香辣腊蹄子就飞进了碗里。酒像止渴的泉水，汪着白。米伯不要桑丫和毛坨斟，米伯霸了那小锡壶，像一个明眼人一样，准确地摸到锡壶，把酒倒入寒巴猴子的杯里，滴酒不漏，说："老龙不来，说不喝，苔。越天干越喝，才能清凉。这叫以火攻火，以毒攻毒，今天你只管把自己弄醉。"

寒巴猴子糊里糊涂就下去了几杯，他不能喝酒，心中就烧了起来，像搁了盆火放在肝肺上，正紧巴紧巴地烤呢。寒巴猴子不解：为什么米伯今日要我弄醉？

"米伯，我不能喝了。"

"没水？棚里没水？没水桑丫背了水，舀两瓢去。"

"有水，'一碗水'不是还有点水吗？今日遇上大羊了，挑了我一角。"就捋起裤子给他们看。

瞎子米伯看不见，可他说："你是什么运气啊？"

桑丫说："酒可以活血化瘀的。"

"月亮出来了没有？"瞎子米伯低着头说。

他们朝门外看去，呀，一轮满月正挂在对面的山上，像一面拭得精亮的紫铜锣，幽幽地焕着光芒。

"这是阴历几月了，桑丫？"米伯问女儿。

寒巴猴子的脑筋在转动着，他听到桑丫回答"阴历七月"，屁股一滑，差点没从座位上滑入桌底。他站了起来，搬开板凳，恭恭敬敬双膝"咚"的一声朝米伯跪下了。

"今天是我的生日，二十六岁生日！"

"起来，混蛋，起来！没长骨头？男儿膝下有黄金！"瞎子老米发火了，将筷子重重地拍在桌上，瞎眼窝瞪着，翻白。"你邪了！见人就是一跪，你裆里长的啥哪！三年半的牢饭就把你吃成这个样子了！真是！你这样，人家更欺负你，柿子拣软的捏。"

寒巴猴子站了起来。

"把酒倒进喉咙里，别碰舌头，往喉咙里倒。"

寒巴猴子张开喉咙，把酒直通通地倒进了喉管。

小锡壶拍到了他面前。

寒巴猴子拿起壶，张开喉咙，咕噜咕噜咕噜地把一壶酒全倒进了喉管，连滋味也没尝到。

他扛不住了，拔腿就往外跑。他跑上岭，在岭上吐啊，哭啊，哭啊，吐啊。吐完了，泪也干了。他望着慢慢爬升的那轮满月，在明澄的夜空里，在云朵里匆匆地穿梭着，像一个含情脉脉的女人。

"米伯，桑丫，毛坨，我会一辈子记得你们的好的！"

四

正睡得迷迷糊糊，听见了锣鼓声，知是祈雨的人开始闹腾了。还在睡意中挣扎，棚子上突然遭到痛击，一块石头穿顶而过，落在寒巴猴子的身边，好险！寒巴猴子吓出一身冷汗，彻底清醒了，滚下床来。又听见女人男人的粗壮叱骂加上几双脚板噼噼啪啪的奔跑声，围着棚子呼啸。寒巴猴子打开柴扉一看，马克兵兄妹在向山坡下飞跑，他们的妈妈和舅舅在后头挥舞着树棒紧追不舍。

咚咚哐哐的锣鼓声过来了，还有鞭炮的爆炸声，寒巴猴子看到一条长长的草龙拐过一个弯，不见了，被遮挡住了——它们正往黑龙洞而去。

"老子打死你们，打死你们！"

寒巴猴子看到一块石头飞向马克兵，打在背上。又一块石头砸着了他的脚后跟。马克兵一个趔趄，差一点扑倒在地，朝后一看，拿树棒的他舅如下山的猛虎向他劈来。马克兵拉着妹妹马克霞没命地朝村里跑去。

太阳又冲出了山顶，又很火爆，又是红彤彤的，每天都是那么一副嘴脸。别人的事管不了，他得等乡警来啊。可是，马克兵的妈冲了过来，对站在棚门口的寒巴猴子说："还没搬走？我要养牛的！我堆牛屎也不给那些化生子住。不听老娘的话……"

马克兵不知道从哪儿又踅回来了，他的舅舅的大棒也出现了。寒巴猴子一见情形危急，一把抱住了马克兵他舅，说："不能！不能！"被抱住的人身板像石板，一身涌动的凶气，大棒乱晃道："寒巴猴子，放了我，你放手！"寒巴猴子就是不让他动，死死勒住他，连连说使不得的，那人狂吼道："你没打怕，今天还想来一餐？麦和尚没把你打服吗？"一棒拐来，拐中了寒巴猴子的腰，腰那儿一软，手却没放。

寒巴猴子到底没能坚持住，一条大棒就猛烈地扑向了棚子，打得牛棚茅草乱飞，棚顶穿了，木条断了，几只深藏的老鼠从里面蹿了出来，往石头缝里乱钻。

闻讯赶来的村长一路骂骂咧咧，手指着什么。"人咧，人咧？"他问寒巴猴子。寒巴猴子以为他是问乡警，又不像。正准备回答，村长追着马克兵妈和舅舅的叫骂声，敞着衣裳飘扬而去。路上，是一些三三两两没戴帽子光着头上山祈雨的人，听说这叫"晒龙王爷"，戴了帽龙王就不出来了。他们打着火钹，放着三眼铳，吆喝着只管上山。

寒巴猴子也卷上了山。来到黑龙洞口，就听米伯和一些老者用老吼吼的合声一阵大喊：

"……烧死旱魃！烧死旱魃！我求你瘟火两部，两界神王！我田地的禾苗要成长，我山上的树木要成行！我要五谷丰登仓廪满！我要六畜兴旺无虫蝗！我要云要雨要风调雨顺！我要吃要喝要清水满缸！我骨头峰村的子孙祈雨求龙王，我献上猪、牛、羊，表、馍、香！我为你披红挂彩，我抬着狗犬乱汪！求你布云施雨救我们！不要让旱魃逞凶狂！烧死旱魃！烧死旱魃！要龙王！要龙王！请龙王，请龙王！"

众乡亲就用哭腔嘶声应道："天干地渴，老龙下河！天干地渴，老龙下河！"

三只铳高高地竖在石头上，几只被绑着的狗对天狂吠，它们是被鞭打的。

长长的草龙前放了一盆混浊的水，在泥地上插着写满了奇怪文字的木牌。铳响了！人喊了！草龙点着了！长长的草龙在十几个村民的舞动下呼啸翻飞，烧得炸炸地响。火龙在黑龙洞前恣肆狂舞，宛若一条金龙。十几个赤膊的村民沐浴在熊熊的大火中，齐刷刷地大声喊着：

"烧死旱魃！烧死旱魃！请龙王，请龙王！"

踢翻了水盆，可草龙越烧越旺，火星蓬蓬地飞炸，火舌呼呼地乱舔，火龙翻啊滚啊，人与火搅成一团，在火龙里外，到处是炙烤得挥汗如雨的人，到处是响彻云霄的祈雨声。

"我打死你，我打死你！"一个人冲进了火龙中，把玩火龙的队伍生生地给搅乱了，流畅的旋律给阻断了。是马家的小子马克兵。又一个人冲了进来，是一个妮子，是马家的闺女马克霞。

"快抓住他！抓住他！"村长指着大棒恶人马克兵他舅。

树棒打着了火龙，打得烟尘滚滚，火花纷飞，祈雨的现场乱作一团，狗叫得更凶。有人烧着了，有人向山下跑着，有人向洞里跑着，有人大叫，有人的头上劈劈啪啪地燃烧。

"小心火烛！小心火烛！你们这些屙日的！烧了山就好了，烧干净了都讨米去！……"村长可着哑喉咙叫。

龙义海玩了个小猫腻，到"一碗水"那儿去了。他的身份只能如此。后来听到黑龙洞乱作一团，还看到一些烟火，有些紧张，就赶了过去。可祈雨的仪式已经结束，或者叫匆匆收场——因马家的搅局。他看到的是满地狼藉，还有一些余烟。他想，得告诉大家要小心，这么干燥的天气，引发山火就不得了了，责任重大呀。不要到时他受个什么处分回去。他细心地一点点踏熄了火星，看问题不大后才下山。

回来，看到寒巴猴子提着他所有的家当站在马坊门口，一脸哀色，像死了亲人一样的。

"棚呢，没了？"他问。

寒巴猴子不作声。总是不作声，站在那儿。"他们泼了大粪。马克兵和他妹妹住进去了。"寒巴猴子后来带着哭腔说。

"那就跟我住呗，还站着干啥？"他说。

正找木板帮寒巴猴子铺着床，村长到了。浑身冒烟的村长迈着细长的芦苇腿走来，脸色苍黑，像从砖窑里拖出来一样，还一脸怒气，来了就向龙义海一顿莫名火："我只收了你扶贫的三百一十五件衣服，其中就有二十七件裤头……"

龙义海摸头不是脑，说："村长你这是……"

"人家说我们村享了县图书馆好大的福。"

"那也不至于……"

"连水都没有喝的了……"

"也不是我……"

"二十七件小裤头，嗬嗬……"

"你上次说是二十三件。"

"就算二十三件，就算，好不好？就算。我的天哪，以为我们骨头峰的人都露尻屝在外头打镲镲。我们还背了个名声，别村的说我们发了洋财，可我们连……"

"老粟，请你冷静，我请你冷静地说清楚。你今天是怎么……"

"我心烦，你看哪有雨，哪有鸡巴雨。人家别的村扶贫运来抽水机上山，还打井，我们有什么？啊？"

"是烦这个。是逼我哪。我哪儿有抽水机？我哪儿有钱请打井队？再说你这么高的山打多深的井？除非把骨头峰挖穿。"

"你是说让我下山去？"

粟村长看着他的眼睛，他发现这平时蔫苷苷眯着眼的人，此时的眼里有一种很亮很寒的光，不由得让他陌生。"我不是说别人吗？"他说，口气软了。

"你不用催，我在想着这个事。一个单位有一个单位的实际情况。"龙义海说。

龙义海感到了村里焦灼的目光，那全是乞求和期待，也有鄙视。"唉，我有多大能耐？阴差阳错啊阴差阳错，我能给谁扶贫？我又怎么找单位开口？"他的心里乱了。寒巴猴子在暗角里啃着干苕。还拿出一支笔来不知写什么。龙义海就问："派出所真答应来吗？"寒巴猴子说，是的，是那警察亲口说的。

龙义海坐在马坊高高的门槛上，依然是一阵一阵的蚊蚋向门里的黑暗发动着冲击，爆出一种锯木场圆盘锯的尖锐声。几颗流星在天空穿梭，划着火的轨迹。龙义海想打个盹，可是一阵嘈杂的人声从远处滚进了村里。他以为又是因为马家那一窝烂摊子搅浑，但分明是一些去外村伙计沟背水的妇女和妮子。

有人没回来，掉进河里了。他听清了，是二英，没留神，脚没踏稳，滚进了河里。因为打水太难，把身子扑下去，用手够啊够啊够不着……

这二英，他对她没啥印象，反正是一个乡下妮子，不高不矮，不胖不瘦，简简单单的一个妮子，早上出去干活，晚上回家剁猪草的一个妮子。可她现在死了，没了。哭哭啼啼的声音把龙义海拖到了村长门口。村长的门大开着，与儿子一起拉扯着一个人，是他的儿媳妇。

"这么多人看我的热闹？"村长显然很不高兴，还有哭哭啼啼的人。

"二英掉下河了，这怎么得了呀！"二英的亲人哭喊着说。

"啊，啊？！……你不能走，又不是三两岁的娃儿，说走就走，你是粟家的人了！"村长号叫。他在劝那个坐在地上的、一把泪一把鼻涕的儿媳。

"受不了了，这是遭的什么罪啊，老天爷！"村长说："二英？……你不能说走就走，我真受不了了，我的小祖宗，动胎了就不好了。二英，二英你说说看，二英也要嫁到山下？这山上就存不住一个女娃子？！"

"二英掉河里了！"龙义海用吃奶的力量高声说。

村长说："你们先把我的小光拉一把，他发起横来要踢自己娃儿的。"村长满脸都在搐动，衣衫褴褛，他穿着县图书馆馆长的一件针织 T 恤，他儿子也衣冠不整，脸上有被女人抓过的痕迹，穿一件县图书馆副馆长的条纹衬衣；捐赠来的衣裳基本上先被村长家初选了一遍，听说他儿媳下山背走了一大包衣裳，估计馆长夫人的一件呢子大衣就被村长儿媳背走了，孝敬娘家人去了。如今这个儿媳手抓着门框，往外冲的架势，披头散发，涕泗横流，嘶哑着喉咙说："离婚！离婚！离婚！我要下山！下山！下山！"

"你们都给我让开！"村长高声说，"让我给小光说几句话。"粟村长拉着儿子冲出哭号的人群，另外有几个好事者已经按粟村长的旨意按住了准备一跃而起的村长儿媳。村长拉着他呆头呆脑的儿子，在磨盘边将儿子往前一推，儿子险些跌倒。"还要我教吗？别当着我的面，给她两个耳巴子。"

村长的儿子在那儿踌躇，满脸胃痛色。

"二英？你们为啥不拉她一把？那么深的水，找我卵用？"村长说。

屋里有两个凳子给踢倒了，哗啦哗啦响，灯又踢翻了，顿时一片黑暗。

没什么指望了，龙义海只好赶紧与人们一起摸黑往伙计沟赶去，并教人用长竿子绑上猎钩，以便钩人。

往伙计沟走，等于去了趟县城。从晚上走到第二天天蒙蒙亮。沟里到处是各村抢水的人。下到沟里，水声汩汩，到哪儿找人去？也许早就被水中大鱼怪兽吃掉了。这只不过是一场精神安慰，龙义海出发前就知道。他不能不来，面对死亡他不能无动于衷。

五

第六十一天。晚上，寒巴猴子将一张皱巴巴的材料纸呈递给了龙义海，龙义海看时，第一行是："申请要回我的住房并严惩打人者。"

"申请？找我申请？"感到哪儿不对。"严惩？谁严惩他们？"应该是警察，可警察看来早忘记这事了。可恶的警察。

龙义海收下了这份申请。他说："你与桑丫……你们是不是有点意思？我看她们家特别是老米对你很好的呀。"

寒巴猴子的眼睛就盯上了那双崭新的千层底布鞋，露出羞涩和憨厚。

"也到年纪了嘛，"龙义海说，又问，"桑丫多大？"

寒巴猴子说，二十。

"够了，到了。村里的女娃总不能都嫁到山下去。需要我去帮你说说吗？"

寒巴猴子立马阻拦，说："别，别，龙叔，您别。"

"桑丫不同意？我说，在村里找个老婆，就有住的了，你反正不存在做不做上门女婿的问题，你一个人。有了个家，再慢慢要房子。"

"我没条件。"寒巴猴子低着头沮丧地说。

"你打伤了谁呀，"见他惶惑，就说，"抓去之前？"

"我也没动手，伤也没怎么伤。是税务所长的娃子。"

"哦，怪不得的，"龙义海明白了，"你们也是……"

两人说着话，瞎子老米就来了，说桑丫还不见回来，说是脚崴了。寒巴猴子听说后马上就起身往外走。

瞎子老米又背来了两捆芒草和一些竹子，放在了马坊里，龙义海笑着说："还要扎？龙王爷不睬你们？"

瞎子老米说："十条八条也得扎，直到感动龙王爷。如今这天咋就这么干了呢？"还说："问题出在你这儿。"

"愿听下文。"

"你是龙王爷的本家呀，要你点个火，你怕了。龙王爷生气呢。"

"好，下次我一定点火。不过……老米，我想问问，桑丫现在说了婆家吗？"

"我也没管那个事。"

"寒巴猴子你对他还是蛮好的啊。"

"哪里哪里，他是可怜。"

"我倒是觉得他与桑丫蛮……蛮好的，你看呢？"

瞎子老米眨着眼一笑。

"嫁出去干啥啦，寒巴猴子这娃还老实驯善，坐牢的事，我看他闯了马蜂窝而已。今后他可以养你的老，留个姑娘在身边有什么不好？你这眼睛……"

"龙干部你管这事，是不是寒巴猴子托你说的？"

"不不不，你看，这娃子没住的，跟我搭伙呢，可不可怜！"

"他跟你搭伙？"

"牛棚都没得住的了。"

"麦家父子就没个治了吗？"

龙义海掏着烟，塞了一根烟在老米的手上。"过去呢？总是这么霸道？"

"历来这样。所以啊，我寻思着给桑丫嫁到别处去，我也好滚蛋。这地方待着，不能活人，还憋气呀老龙！唉！"瞎子老米叹着气，消失在黑暗里。外面是他那清脆的点竿声，敲打着高高低低的石头。

71

走过了一个垭口，才看到那个一步一蹭的影子。寒巴猴子喊："桑丫。"

是桑丫。

"你脚崴了？"他听见桑丫在抽泣，"怎么啦，你？你别这样，桑丫！"他从她肩上卸下水桶，背好，水在桶壁里发出好听的荡漾声。

"我是在哭二英。"又说，"我刚才看见她了。"

"你别瞎说，桑丫！你发烧吗？"

"她在唤我，她要我也去，跟她做个伴……"

"你别吓唬我桑丫！你怎么了？说这些胡话？"

"我不想活了，这日子活着有什么滋味？这么背水……"她自言自语地说，她喃喃地说。

"会下雨的，肯定会下雨的，桑丫，你是说背水难受吗？你为什么不守我那儿的'一碗水'？"

"你那儿一天两瓢水，你不够喝啊。"

"我明天给你背水，水就包在我身上了。"

"不是水……"

"那是什么？"

桑丫不说了，越抽泣越厉害，要哭出声来的样子。寒巴猴子抓着了她的手，她的手好柔软，也有些硌人的茧子。他抓着她的手，牵着她，他希望她向他靠过来，他能承住的。他会扶住她。他果然扶住了她。她的肩头在抖动。

"你真的别这样，我又没欺负你。你是不是饿了？"

桑丫不哭了，手从寒巴猴子的手里挣脱出来，默默跟在寒巴猴子的后面。到了村口，寒巴猴子站住了。桑丫问："你站住干啥？"

寒巴猴子在黑暗里，不说话，脸上的轮廓棱棱的，好一会儿，说："桑丫。"

"什么？"

寒巴猴子冷不丁一把抓住了桑丫，抱住了她的双肩："嫁给我吧！龙干部都说了的，说我们蛮般配，他说……"

"不，不！"

"我没有房子，你瞧不起我……"

"不，不是……"

"你给个话吧，桑丫，我喜欢你，我娶上了你，我当牛做马也甘心，我养你和你爹，我保证……"

桑丫忽然就去夺他肩上的水桶。

"桑丫？"他真的还夺不过她，让她把水桶取走了。她的脚步比他还快，虽一走一瘸的。

"桑丫！桑丫！"寒巴猴子在后头喊着，可桑丫没影了。

她急急地回家，她听见了狗叫——来接她的是家里的黄狗。还没等上坡，一个黑影闪过来一把抱住了她，她知道是谁了。

"你放手！别弄泼我的水！"

"桑丫，桑丫！"一张臭烘烘的嘴就逼了过来，到处找她的嘴。

"黄黄！黄黄！"桑丫唤狗咬这个人。可狗不咬这个人，这个人是熟人——这个人是麦半天，麦和尚的儿子。

狗在两个人的腿缝间跳来跳去。桑丫要推开这个流氓，这个村里的流氓。可是流氓咬着她的嘴了，还想把肮脏的舌头伸进去，手伸进去了，捏着桑丫汗黏黏的乳房。桑丫说："我要喊了！你还想要我怎么样啊！"

"你不能跟寒巴猴子。"

"为什么？"

"我不允许你跟他那个苕东西，劳改犯。他还去报案，要派出所抓我爹，我打不死他！"

"求求你不要伤害他，求求你了。"桑丫说。

"那你得再跟我好啊。"

这麦半天就把桑丫往路边林子里拖。桑丫挣扎着不从，"不要，我不！放开我！你这个坏蛋！"

"是桑丫吗？"远远的门口有人喊了。是桑丫她爹，瞎子老米。

"姨！"外甥也在喊。

坡上有人，臭流氓麦半天就松了手。桑丫的水已经飘飘洒洒了。她爬上石坎，掉了魂似的，慌里慌张冲向屋里，可是扑通一跤，门槛绊着了她，她连桶带人重重地摔在堂屋里，木桶"咔嚓"一声摔破了，水涌流出来。她想去抢水，水是能抢的吗？

"水！水！"

爹摸索着去拉她。水没有了，水全洒在了地上。

"龙王爷，这点水都不能给我们！白求了你一场啊！"爹在那儿说。

空气凝固了片刻，只有片刻。猫狗围上去就舔地上的水，桶四分五裂了。

"让我去死吧！"一声撕心裂肺的悲号从桑丫那窄窄的嗓子里炸出来。她手上拿着光光的背水的桶绳就冲进房里，关上了房门。

瞎子老米见势不妙，就去推门，门闩死了。他喊："桑丫！桑丫！开门！你开门！"

没有开门，只有哭声和凳子声。瞎子老米的脸顿时白了，作了屏息的准备，一个肩奋力撞去，门被撞开了。"桑丫！桑丫！"他摸索着找桑丫，脚下被一把倒地的凳子绊了一下，往上一摸，是吊在上面的女儿。"毛坨！拿灯来！拿刀来！"瞎子老米往上托着女儿，用脚钩凳子，要把凳子扶起来。

这外孙还机灵，灯拿过来了，又很快拿来了菜刀，并把凳子扶了起来。瞎子老米死死托着女儿，爬上了凳子，一刀割断了绳子，抱着女儿从凳子上溜了下来，解女儿颈上的绳扣。还有一丝儿气，在鼻孔进出着，他就去掐人中，要毛坨屙尿："毛坨，用杯子屙！"又说，"这妮，一桶水你何必呢，妮啊，你这是为什么！"

毛坨就去找杯子尿尿。这是他几天来第二次用童子尿救人了。他把小鸡鸡抽出来尿，天热，又没喝什么水，发恶地尿着，尿出的尿液点点滴滴，他咬牙切齿地尿，紧缩腹部排挤，接了几滴尿，外公就用手掰开了他姨的嘴，把尿往那嘴里倒去。他看到姨眼睛抽动了一下，看到姨的鼻子翕动了一下，看到姨的干裂的嘴唇嚅动了一下，嘴唇有咬出的血印，脖子上有一圈紫印。

姨睁开了眼睛！姨眼睛睁得大大的，死鱼一样的眼珠子，瞪着屋梁上的半截绳子，好可怕啊。姨一骨碌爬起来就往外跑，一眨眼就消失在黑夜里。

"桑丫，妮儿！做不得的！做不得的！回来！"

"姨啊，姨啊……"

毛坨是个明眼人，现在他必须出手了，他去追赶姨。他扑腾腾地追着姨在苞谷地里乱窜，又纵身跃上一个石坡，前面就是黑魆魆的森林了，就是无边的鬼城了，他踟蹰着，一不小心，一头撞在了一棵大树上。

……二十四香烛，二十四支卷成筒状的黄表纸，米升子和刚刚成熟的二十四个红彤彤的大山桃……拉着胡琴的歌师和头戴法帽，身穿红、绿、青相间法衣的做法道士油汗滚滚地作法在死者的灵前，绕棺的人们彻夜不眠地淌着黄豆大的汗珠绕着棺，不停地绕着棺……松枝、桃叶、银光闪闪的祭品和面色铁青神色悲恸的家人……这是去年四月天气邪乎的一天。桑丫想到去年四月的一天，暴雨将至，人们闷热不堪……

桑丫疯狂地在山上跑啊跑啊，跑上了一个山冈，脖子勒出的伤痕被汗盐渍了焦辣火疼，口中冒着外甥臊尿的气味，她使劲地呕着，什么也没呕出，今天还没吃什么东西。她爬上了山冈，扑在山坡上，夜晚的岩石还热力未退。思前想后，不禁悲声大哭。黑漆漆的夏夜到处都张着喘息的嘴巴，像千千万万个濒临渴死的鬼魂，龇着牙齿在她周围。天空似乎还裹着一层棉絮般的火烧云，风像铁匠铺的风箱里喷出来的滚烫呛人的风。到处都是热哑的喉咙，在黑暗中盼着雨滴，说不出话来。

"……歌郎，歌郎，身披麻布衣裳。无常无常，为何让我凄凉？！歌郎，歌郎，唱到天发大亮，无常，无常，你怕我打鼓闹丧！……"爹瞎唱着。从夜壶灯上燃尽的油捻一根根掉落下来，抽着纸烟的男人们一个个咧嘴瞪眼，手上缠着丧家发给的孝巾，不停地擦着这大雨将至时闷憋出的大汗。爹唱得眼窝发干，嘴上涂满白色的泡沫，舌头僵硬，喉咙沙哑……

"回去恐怕有小偷，给我和毛坨留着门……"爹吩咐她回家去。

她将门掩着昏昏沉沉地上了床，没有一丝风，她穿着汗衣睡在床上，有了一些很远很远的闷闷的雷声。这时候一个野狼推开了她家的大门，摸到了她的床上。十九岁的桑丫瞎睡大得出奇，睡过去了就睡死了。忽然一阵猪拱身子的异样弄醒了她，一个人已经压着她，她知道了这狼是村里已婚的麦半天。麦半天这天看来非要让她服了，太少的衣裳缺少几道屏障，那人的光身子就和她的光身子贴在了一起。没有过任何接触男人身体经验的她呆傻了，反抗，可是很无用，那个野狼轻车熟路了，直奔目标而去，飞快简捷，切中要害，一下子就刺破了她的下身。这种新奇的刺破让她麻木惊惶，并且从头到脚激荡了一下。"你要害我呀！你别害我呀！"那个男人把最后的事舒舒服服地办完了，说："别动，别动！"男人下来时液体和鲜血混合流在了床上。男人立马就给她跪下了："桑丫，我离婚了就娶你，我是要跟她打离婚的。你也知道，就是想跟你结婚。"打落牙齿往肚里吞。可是她怀孕了，麦半天没有跟老婆离婚。她就找到他说她怀孕了。他给了她五十元钱，说先做流产手术。她就去了山下姐那儿找一个私人医生做了流产手术，要姐别给爹说。她回来问麦半天怎么办，麦半天说："我跟你根本就不可能，我有老婆，有房产，凭什么要我毁坏家庭和你结婚？"她抓着他衣领说："你凭什么花言巧语骗我，你还骗过二英，十五岁就把人家睡了，让人家到如今嫁不出去，你凭什么要骗我们？！"那个野狼说："我们做相好吧，我们暗中做相好。"那个风狂雨猛、魔鬼横行、雷声滚滚的春天，悲恸地别了少女时代的贼一样怀孕的夏天，岩浆滚滚温泉哗哗硫黄翻腾的记忆，惨烈的记忆……这个流氓，色鬼，这个害人精，让你们去死吧，让火从天降，烧死你们，烧光你们吧！

停止啜泣的时候，她听见了有人的呼唤，那是爹和寒巴猴子还有外甥毛坨的声音，还有其他人的声音。从骨头峰那儿还传来了因热胀冷缩、半夜晒成蔺粉后石头开裂的声音，山谷里全是噼啪的响声。

……黎明来临了。火烧云又从东至西地蔓延，排列的山峰又像火苗一样燃烧起来，又一天的煎熬开始了。

六

又一个妮子将要死掉吗——就为了一桶水？在干旱的大地上，什么事情都有可能发生。他要下山去向山外的人讲述这儿发生的一切，别人会相信吗？"可是我必须讲，除非抠去了我的双眼。请求你们救救这个山村吧，让他们有一口水喝吧！请求你们浇他们一瓢凉水，从头浇过去，把他们心中的悲痛和邪火浇灭吧！"

他看见了无数双无助的眼睛，这些山民们，他们在无声地呼喊着。"我听见了。不是被逼迫的，是我自己要下山去的，我要尽我所能地帮助他们。"

清早，龙义海在茅厕那儿被麦和尚堵住了。麦和尚是去背水的，手上拿一根打杵，一张骨头脸凸出着干巴巴的敌意，并且先发出笑声："嘿，你想让人来抓我？"

"你这是什么意思？"龙义海摊着手说。他一点准备也没有。

"你自己不清楚？你还装羊？你要寒巴猴子去报案，你以为我麦和尚就要抓去了？你别做美梦了，这块地儿，你还是别把闲事管多了。"

"闲事？什么闲事？什么叫闲事？"龙义海忍着，可他的眉骨高挑着不肯屈服的锋芒。他小觑这个人，他突然不怕这个人了。

"你找死啊！"麦和尚嘶吼，他也看到了眼前这个平时蔫巴的人眼里有一种他很陌生的光，蔑视的光。他的嘶吼很没有中气："你找死也不看个地儿。我可没惹你！"

不知怎么，茅厕前一下围了不少人，有清早拾粪的、放牛的、下旱田的、路过的。

"你在骨头峰村把骨头长紧点，你莫唆使人跟我作对。"杵棍"叭"地一下，打在石头上。

这比打他还难受，这等于是打了他。"我又一次被一个乡下流氓打败了？"龙义海的汗下来了，顺着眼角往下爬，脸上痒痒的，他不好把手往那儿去抓，众目睽睽之下……他想去拿烟。他拿烟的时候发现手在抖。他觉得他患了高血压或者帕金森病，他拿出烟来时，看世界是血红的，血红一片，血估计冲上了脑门，布满了眼眶。

"你想怎样？你发狠是怎么？老麦，得讲个道理，光讲狠，有比你更狠的。"面对着暴徒，他压制着心中的火，可他多想把一口火吐掉。他的口里全是火，舌头卷着呼啸的火焰，喉咙和扁桃体是一口锅炉。

"你，嘿，你……"那家伙差不多要嘲笑老龙龙义海了，他把脚撩到一块石头上对在场的人说，"你唆使寒巴猴子去唤人抓我，好简单，称一称你有几斤几两！"那家伙最后终于笑了出来。

"告他！"目送着那个混蛋直挺挺地走远，龙义海心中蹦出这两个字。还有两个字像钢铁一样从阳光里射出来 ："正义！"正义多么重要，在这个鬼不生蛋的高山上，在这个被干旱折磨得有气无力的村庄里，它现在多么迫切需要正义，社会的公正！"申请"个什么？就是告他，告他，只有靠法律了。

马坊里的寒巴猴子见龙义海进来，紧张地从窗子边出来。龙义海说："甭怕他，告他！"

"打、打官司？"

"你在牢里多少学了点法律吧？我跟你说，寒巴猴子，你只有靠法律了。坏人太嚣张，你是农民，又穷，又是弱者，你只有借助法律才能平平安安。你拖了三年半砖，吃了这么久的牢饭，你还不明白？"

这娃似乎真不明白。他又说："是法律救了你，你明白吗？……不明白？你虽然有冤，进了高墙，吃了苦头。可你在那里磨得心态平静了，不会去报复其他人和社会，这就是法律救了你，这就是法律的胜利。你现在回来了，想过安静的日子，只求平安无事，可有人不让你平安无事，怎么办？找法律。法律过去是惩罚了你，可法律使你受了益，你知道吗？你小子不知道，还恨公检法是吧？错了。是法律救了你，你现在再找法律。过去你不管怎么成了法律的对立面，现在法律要保护你了。谁是谁非不是明摆着的吗？你现在的情况在这里。当一个人什么也不能依靠的时候，他就要依靠法律，法律代表着公正和正义！"

寒巴猴子好像懂了一点。说到这里，龙义海也吐出了一口瘀气，有些问题也突然清晰起来了。从迷茫困惑和挣扎般的痛苦里扒出了一点光亮来。

"只是……这打官司，得要多少钱啊？"寒巴猴子忧虑地说。

"多少钱？……要多少钱？"

是啊，要多少钱，他龙义海也不知道，他没打过官司，他甚至不认识法院的人，也不认识一个律师。他没有进过法院的大门。他遵循祖训：见人笑，息诉讼。他一贯胆小怕事，息事宁人，他甚至与人没有过纠纷更谈不上"法庭上见"。他性格蔫顺，见人点头，决不高声说话反驳他人。为此，他的胡子在图书馆缺少光线的屋里憋黄了，像缺少阳光的植物。内心的谨慎使他的胡子变得十分曲软，胡子就是内心的写照嘛。

"这个我可以回去问一问。"他说，"我估计不会太多，现在城里还可以请求法律援助，我看过这个消息，报纸上有过报道。"

必须打官司，告他，告倒他，告倒这个地头蛇，杀杀他的嚣张气焰，必须借助于法律。

"打官司那你就应该写诉状……起诉书？状纸？……应该，好像是起诉书……这个……这个，究竟怎么写，我也不很清楚。我去问问，怎么写，应该怎么告，需要些什么……"

龙义海发现在法律知识方面，他与一个高山上的农民没有两样。因为他不要法律，不需要，单位就是他的庇护所，他安分守己，这就是法律。最需要法律的是弱者，是农民。可他们又远离法律，对法律一无所知。

我跑到这儿来帮人打官司？这节骨眼上，人们连水都没有喝的，我给他们打官司？县图书馆馆员龙义海走在干旱的山道上。他想到第一次背着背篓进山的时候，有新奇感，最令人无法相信的是，那白云缭绕的高山之上，竟还住着这么多人，窝在这儿，像神仙一样。仿佛是另一个世界的人，不是神农架的人，他们面目苍古，满脸微笑，牙齿挺着，不会遮隐，连狗也是荒野般地叫，仰天长吠，阻止陌生人的侵入。后来，他慢慢地跟大家混熟了，狗也不咬他了，卷竖起粗大的尾巴向他示好，人很亲切，紧守本分。但慢慢地，他也发现了这个世界充满了弱肉强食，一种奇怪的社会组合方式非常原始，被人看不惯的人遭人暴打还认了，喝口酒把委屈浇灭了；家长暴打儿女；狡猾者侵犯老实人的老婆……而这里的鸡群也一样：有些鸡无缘无故地啄另一些鸡，专啄鸡冠，啄得鲜血淋漓。隔一会儿想起来又啄几口，有的鸡被啄得伤痕累累，毫无反抗意识。也许人群是跟鸡群学的。这种奇怪的社会生存结构，他恨不得想写一篇具有学术创见的论文，一篇调查报告。可是后来一想，哪儿都一样。

"扶贫……"他直好笑。就在要他来扶贫的前一天，他还在专心致志地清理着一批书啊，全是手抄本或清朝（至少是清朝）石版印刷的，有《龙文鞭影》《千家诗》《太阳经》《太阴经》《山王经》《混元传》《黑暗传》等等。这可是古籍啊，这可是宝贝啊，它是蕴藏在民间的宝贝，它是珍贵的民间文化遗产。可是馆长说："你去扶贫……"

回一趟县城也不容易，从骨头峰村早晨出发，天黑前赶到饿虎峡口，搭上过路便车。天黑前若赶不到，或者拦不到便车，就只好在拐腿湾农民家过一夜。

果然没能在天黑前上公路，龙义海只好找农民借宿。第二天才回县城。

龙义海走进了馆长的烟味扑鼻的办公室。馆长一见黑瘦黑瘦的龙义海，以为是叫花子呢。"你是谁呀，我的天？你这是怎么？"馆长吃惊地说。

"山上紫外线太强，海拔两三千米，又没有水，天天抗旱，也没休息好。"龙义海说。家里早对付过埋怨的妻子了，他有话回答。

"辛苦辛苦，"馆长说，还给他例外地倒了杯茶，"完了吗？"

"哪能完，"他说，"形势十分严峻。我是求援来的，馆长。"龙义海适时地说。于是就把村里的情况给馆长汇报了。

"你说什么？几个月没下雨？"

"的确如此，的确背水淹死了人，的确为一桶水泼洒后要上吊，那里的怪事层出不穷，若非亲眼所见，打死我我也不会相信……"他说，他一脸沉重一脸真诚地希望博得馆长的同情，"馆长，那我们馆对口扶持的村，现在这么困难……上次，也不知哪些人把三角裤头也捐出来了，害得我在那里抬不起头来，头埋在裆里当卵子。希望您出点血了。"

馆长说："哪个还有比我们更困难的，你找找看？有血哪个不出，我是没血啊，职工一年的医药费都没报，全是自己垫付，你是晓得的。我说你去县扶贫办找他们敲敲看……"

龙义海走进县扶贫办。这是他必须要来的地方。很好，他找到了主任，他告诉了他们骨头峰村的情况。他尽量把那儿说得特殊，他带着感情用小说一样的语言述说。

"我们相信，"主任说，"你说的都是真的。我们已经知道那些地方问题的严重性了。百年不遇，是百年不遇。现在这天气邪乎得很，整个世界都疯了，整个地球的环境出现了问题，温室效应……"主任见怪不怪放眼全球的一副嘴脸，把龙义海的嘴紧紧堵住了。主任也精，知道龙义海的来意。龙义海说完，主任的表情一点也没变，依然喝着茶，不管龙义海口干不干，"我们都清楚。今年的农业损失极大影响我们县的 GDP……"

"确实没有比骨头峰村更厉害的了……"

"哪儿都一样，哪儿都一样，还有为争水械斗死了不少人的，"主任说，"饮水工程的问题县委县政府正在全盘考虑，急也没用，你们图书馆要就个急便，是你们的点嘛是不是？点对点，我们就是这么安排的……"

"我们到哪儿给这么多人水喝，给庄稼水喝？！"他高声地在县政府大喊。

没有人搭他的话。

科委的一个什么主任倒是没让他空手而归，给了他一些科技资料，关于红薯新品种"丰产一号"的，还有在本县试种的墨西哥玉米、美国的秋葵……

"可是，连本地最耐旱的'老牛牙'苞谷也全部枯死了，一搓就成粉末……"龙义海说。

想了一个晚上，第二天他来到了县党校，那里有个他的学生——很久以前龙义海教过小学的。那学生倒真找对了——学生的学生就各自差人背来了一堆塑料水管，引水上山。学生晚上将水管用车拖到龙义海家里，说："老师，够不够啊？不够尽管说。"龙义海说："够了够了，谢谢了。"

一连几天，他都在县城宣传着，求得人们的同情和支援。

"……那里因为没有水喝而让背水的女娃子淹死和上吊自杀，那里一团糟，那里……"

"那里的人……连猴子的牙齿想喝桦树汁也给卡掉了……"

"那里漂亮的妮子竟要嫁给山下的老桦皮，只为一部录音机的彩礼……"

"那里……"

他说着讲着，费尽口舌。他要告诉他们真相。有一天，他走到了一个水泥代销店。那个卖水泥的人认出他来，那人爱好写作，找他办过一个借书证，找他借过几本很难借到的书。那个人在写一部反贪的长篇小说。卖水泥的业余作者在给他讲着那本小说的进展，龙义海却盯着了他的水泥。他就要了，不要脸或者说厚着脸皮要了，他说："伙计，你给我赞助二十包水泥如何？"那人竟爽快地答应了，条件是要龙义海以后帮他找一家出版社。

龙义海第一次走进了县法院的大门。他在借书证登记名单上总算找到了一个县法院的人。那人把他引进办公室，热情细致地给他解答了所有法律问题，还给了他不少法律书和法院自印的小册子，可说是满载而归。

馆长在龙义海门口看到那些拉来的赞助物资，很佩服地说："人的潜力是巨大的，老龙你很有能耐啊，过去没发现。"龙义海说："这算能耐？这是能耐？嗬嗬。"他哭笑不得。

馆长开天辟地地给龙义海批了一千块钱。馆长还说："不够的话，再卖点旧书。"

龙义海说："别卖，别卖书，旧书也是可以扶贫的！"

七

请来的七个杵哥一人背着几袋水泥和一些晒出毒气的塑料水管，沿着崎岖漫长的山道爬上了骨头峰村。

一行人在这光秃秃的、毫无遮拦的山路上口干舌焦，汗水流尽。龙义海在想着这些水管有什么用，又没能弄抽水机来，这水泥也没有红砖配套。好在它是东西，大包小裹的，比第一次进村还气派，没这点效果更让他们轻视。好在水管和水泥都是用得着的东西。

村里的人眼尖，他们早就瞄到了，那山路上一溜人肩扛背驮进村来，还有坏事不成？人们望着，眼巴巴地望着，人脖子望成了鸡脖子。"要分东西了。""扶贫队运东西上来了！""要发救济了！"有人这么猜测。一传十，十传百，村里开始骚动起来。人们开始寻找家伙，唯恐落后一步。

"快！快去！"

"快去！快去！"

领救济的人潮往村长的屋场那儿涌去，像一股山洪。各自携带着家伙，扶老携幼，等着龙义海的队伍。龙义海根本不知道已有人虎视眈眈地候着他，他们。村里异常寂静，他以为都背水或是找水去了。当他们一走到村长的屋场，看见村长带着他的村民像虎豹一样微笑着恭候他的到来。龙义海的脑筋还没转过来，气也没喘过来，就被一阵狂暴的山洪铺天盖地给淹没了。他看见人们冲向那七个精疲力竭的杵哥，恨不得把他们五马分尸。"是给我们的吧？是分的吧？"人们抢夺着，一时间灰尘滚滚，水泥袋散了，水泥呛住了人们的喉咙，钻进了人们的眼睛和耳朵里，人们大声地咳嗽，清喊辣叫——许多人还不知道水泥这玩意儿进了眼睛会如此之痛，甚至沾在手臂上也会焦辣火痛，人们揉着眼睛，蹲在地上呼爹喊娘："眼睛！我的眼睛啊！我的眼睛啊看不见了！"几个人扯着那些水管子就像扯着一盘猪肠子，人们用嘴咬，用肩膀拽，缠在身上。有几个人一起被缠住了，摔跌在一起，互相踩踏着，有人拿来了菜刀切割，切到了一个人的肚皮上，登时鲜血飞溅。麦和尚是拉过纤跑过船的，他与儿子麦半天拉着一节水管就奔下坡去。他们父子肩头还一人抢了一袋水泥！马克兵兄妹在喊："给我们一袋水泥好吗？我们去补牛棚去的。"可是他们挤不进去。他们的妈倒是很能干的，抢了半袋水泥，抬着出来，脸上花白相间，上衣也被拉破了，两个秋丝瓜奶子露在外面，还在痛骂马克兵兄妹没有卵用……

"不要抢，这是集体财产！村民们，别抢！粟村长，请你管管，别让他们抢了！"龙义海可着喉咙喊。他在人缝中找村长，何曾看到村长？水泥迷住了他的视线。

总算结束了。等人烟散去，龙义海看到村长粟田光覆盖了水泥的脸上是一双血红的、愤怒的眼睛。七个杵哥在烈日下垂着双手，撇着嘴，脚下是一堆成了破烂的背篓和水泥袋包装纸，眼睛里全是糊涂一片的迷惘。

龙义海看到村长的儿子和媳妇腋下各夹着一包水泥，身上还缠了一圈圈的塑料水管。夹着水泥就像夹着炸药包，怒目圆睁，身上裹着厚厚一层灰不溜丢的水泥灰，远看就像一组用水泥雕塑的男女群像。忽然，村长一声尖叫，像被人用刀刺中了心脏！龙义海大惊，顺着村长的手指看去，村长儿媳的裤裆里淌着鲜血，一块血疙瘩骨碌碌地从裆里滚了出来。儿媳流产啦！

"这如何是好，小祖宗哟！这些鸡日的！完了，完了！"村长悲恸地哭着。

瞎子老米和几个老头拿着扎草龙的芒草在不远的树林里，这时只有老米的《黑暗传》歌声："……盘古昏昏如梦醒，伸腿伸腰出地心。睁开眼睛抬头看，四面黑暗闷沉沉……"

"老龙啊，我说，这些人素质太低，你也别往心里去。只当一场暴雨冲走了。"村长说。又问："二十袋？"

"那还不是二十袋。"龙义海绝望地说。

美丽的村庄，美丽的风光，你常常出现在我的梦乡，难忘的小河，难忘的山冈，难忘的小村庄……房里的歌幽幽咽咽。

"我的天，这些尿日的抢犯，你说怎么办？素质太低，素质太低，"村长哭丧着脸，"穷了，见什么都以为是救济，我过去带救济进村，总是半夜偷偷摸摸做贼似的。就是一堆狗屎他们也会抢的，龙干部。"这时候，村长的眼睛突然亮了，他看到了龙义海在数钱，数钞票。放在桌上的是一千元钱！"给我们的？"村长的声音发颤。

"一点心意吧，图书馆也穷，一是请村长收下，一是请村长原谅。"

"哪儿的话，哪儿的话。看你们！谢谢了，谢谢了，我代表骨头峰村的所有村民，向你们表示衷心的感谢！"村长拍打着手上的水泥灰拿起票子舔舔手指头滋润一下连连说。

龙义海又从背篓里拿出一些东西。先是些旧书，然后他又拿出了一些不是书的资料，科技资料，种墨西哥玉米和美国秋葵的资料；又往外拿出了《邓小平理论》《"三个代表"读本》《宪法》《民法通则》《婚姻法》《法律帮助一点通》《打官司必读》。

"好，好。我们太需要这些知识了。"村长说。

龙义海最后拎出一个塑料水壶，里面装着从县里背来的一壶自来水，妻子给他灌的。"这是水，"他说，"大家喝点吧。"

八

麦和尚提着一颗猴头向马坊走来。猴头血淋淋的。他的儿子麦半天也鬼鬼祟祟地甩着手，眼睛东张西望。几个在马坊门前的阴凉下扎草龙的老头眼尖，先看到了，说："他提这个是搞什么的？"大家都惶恐地拿眼去溜里面的龙义海。这家伙来者不善啊。龙义海刚好准备外出，就听见老头们说："捣蛋的来了。"龙义海放眼一看，不由打了个激灵。有个老头说："他昨日拧下的。"他们告诉他，麦和尚家那只瘸腿猴，挣断了锁链，想舔几口麦家的洗脚水喝，麦家父子于是合伙逮到了瘸腿猴，拧断了猴脖子。

龙义海只好站住了。"你这是什么意思？"他问。

"给你泡酒喝的，祛风寒特效。怎么，还不想要？好多人想要，我还不给呢。"麦和尚说。

龙义海说："是真还是假？"

"还有假？！"一个"假"字从那张牙关紧闭的嘴缝里漏气似的压出来，"你看有假吗？这又不是寒巴猴子的猴头！"他扬扬叮满苍蝇的猴头。

龙义海一阵恶心，他感觉他要吐了，一口要吐到对方的脸上，他憋不住了，他豁出去了。他看到寒巴猴子从他的腋下钻了出来，头发蓬乱，两眼发绿，手上发出奇怪的声音，就顺势地将寒巴猴子往后面扒，回答着麦和尚的话："谢谢你。谢谢你这么瞧得起。"又对那几个嗫声的老头说，"是不是能祛风寒？真能吗？"他的嗓音很高，他不能低。

"叭！"没等龙义海说完，猴头就砸在了门槛上，龙义海一惊，以为是砸在了寒巴猴子头上或者自己头上。一阵苍蝇像灰土一样飞溅起来。一阵灰土像苍蝇一样飞溅起来。几个老头一个个打起了尿嗫。

寒巴猴子卡不住了，这小子往外冲，像一头凶牛，眼珠子吊在眼眶外："你欺人太甚，麦和尚！"龙义海死死摁住他："你滚你的，寒巴猴子，你冷静，这儿没你说话的地方！"龙义海使出了天大的劲儿，斜着身子去掀他，想把他掀回屋里。可猴头还是被寒巴猴子抓到了，龙义海挡着他，挡着他要投掷的企图，挡着他的视线。猴头就在两个人的胸前擦来擦去，身上手上全是那些肮脏的秽物。"你要冷静，寒巴猴子，不要有理搞成悖理！"

猴头终于落地了。龙义海的劲儿好像也彻底完蛋了，可他还是不能松手，扬起一脚，狠狠地将猴头踢去，猴头飞了起来，从麦半天的耳边飞过，滚到了石坡下。麦半天朝那儿跑去。

"老麦，你不要太过分！"他气喘吁吁地说。

"老麦。人家是客人，你手下留情。"是瞎子老米！他说话了，他站起来了，"你不到外面做客的吗？"

"客？做客？"

"你就不到外地去的？！"

"是呀是呀。"几个老头大声附和，发出咳嗽的噪声。

麦半天把那猴头又提拎了回来。

"半天，你这娃还不把那腌臜东西丢了？"瞎子老米说，"没个规矩。"

瞎子老米的话有些镇压。麦和尚的气焰不那么高了。麦半天也踯躅着，那猴头终于掉落地上。

"老米，你扎你的瞎龙，甭在这儿和。"麦和尚说。

"我和？老麦，说话要凭天地良心。人家到这儿来是做甚的？人家又没吃你一根烟，你还拿了人家水泥、皮管呢。不手拍胸膛想一想，丢人哩。"瞎子老米说。

"行了，大家别说了。我龙义海行得正走得稳，我也不怕谁，谁都吓不住我，人就一条命，是吧，老麦，我想教你点乖，我这人看起来不咋地，我为什么下来？你晓得？我不是他妈的火了一刀捅了领导的眼睛，我会到你们这鬼地方来？我会认识你？你甭狠，强中更有强中手，山外有山，天外有天，明白吗？你敢动我一个指头，有人就会动你十个指头，信不信？你信不信？跑得了和尚跑不了庙。在骨头峰这里，我龙义海就是摔了一跤，也是你麦和尚绊的，我跟人早这么交代了。"必须以恶制恶，以流氓对流氓，吓唬吓唬他，他想。

"走着瞧，走着瞧，你想让寒巴猴子来告我，你骨头长紧一点。"麦和尚拉着儿子麦半天走了。边走边从兜里掏出个小本儿来，一通乱撕。龙义海过去，拾起麦和尚撕碎的东西，是一本法律小册子，是他龙义海带的。

扎草龙的老头们这时一下围拢来，兴奋地说："好，好，龙干部，好呀。他姓麦的今天软尿了，你也别跟他一般见识，这号烂土匪，渣滓。"

"他说你想为寒巴猴子打官司，是吧？"瞎子老米问。

"就是吧。"龙义海说。

"打官司？"那些老头兴奋而又激动了。他们看着寒巴猴子，像看一个胜利归来的将军。"寒巴猴子打官司？刚脱了官司哩。"他们说。

"那个官司跟这个不同，这个他是铁赢的。"龙义海提高嗓音说。几个老头小娃子一样从龙义海手上抢去了那本没撕完的小册子。阳光好一阵柔和，凉风吹来，阳光照在这些老靫疙瘩的脸上，照在瞎子老米的干眼窝里，像汪着蜜。

"寒巴猴子这下能要回房子了？"

"当然，早就该……"

"判他个鸡日的死刑！杀他麦家断子绝孙！这霸道的一家人！……"

大家议论纷纷。"八字还没一撇呢。"寒巴猴子说。

"轮到麦和尚有牢狱之灾了，龙干部，你做了一件天大的好事……"

"万万不可犯法。"有个老头说。

"打官司要钱啊。"有人说。

"没钱是可以申请法律援助的，甚至免费请律师，这个我问清楚了。"龙义海说。

"律师是啥玩意儿？"

"就是为你说话，为你辩护的。"瞎子老米说。

"人家城里人会为咱乡下人说话？稀奇。"

"你出了钱，他就为你说话。"

"谁来要房子呢？谁来帮寒巴猴子要？"

"总要钱吧？"

"也就是五十块钱，也就是寒巴猴子白白给乡警的那么多钱……"龙义海说。

"这么便宜？！"

"那怎么写状纸哟？用什么写啊，纸都没有，得要纸……"

"是起诉书。"他说。

村民们真的是没那个材料纸，写起诉书的纸。学生用的本子也不多见，辍学的太多。擦屁股的有用一点草纸，有的完全用树叶和植物的叶子，有的用干草……

他走进了一个厕所。他在那一个天然石窝上搁了两块踏板的厕所里方便，他意外地发现墙洞里有了些纸。这可是稀罕之物。一个厕所里会有这些纸，且是白净净的纸，书本纸，那太少见了。他信手把纸从墙洞里掏出来，他是出于好奇，一个图书馆馆员的好奇。可纸是……纸是另一本盖有县图书馆蓝印章的科普读物。他背上山来的那些书，正在成为这个村当下流行的手纸！他好一阵失望。

别了几天的村庄，依然在亢奋异常的阳光里。他走过滚烫如沸的村子，狗趴在石缝里耷拉着长舌头呼呼地喘气，鸡也张着尖嘴，冠子软软的，像害了禽流感似的。到处是龟裂的土地，到处是骨瘦如柴的畜禽，到处是绝望的眼睛……

溜着八字腿急匆匆来的村长绝没有好事，村长拿着一本法律小册子拍打着，劈头就给他一顿老火："你这是拆我的台呀！龙干部，你这是挖、挖、挖我的墙脚，挖我的祖坟！"

又怎么得罪他了？"此话怎讲？"龙义海问。

"抗旱的关键时期，大家都在为水发愁，为活命发愁，你却在村里号召大家打官司……"

"你听谁说的？"

"都在传嘛，都在争相传阅，像看到活宝一样的，你还拿这样的东西来了……"他出示了一张《省政府关于减轻农民负担的公开信》，掸了掸，"全乱了！"

龙义海很惊讶：他怕什么呀，这个村长，我这不是在为他"救火"吗？不是在帮他工作吗？我要求的一个山村的起码的秩序和正义，不正合他的意吗？

"你说得莫名其妙，老粟。我那些没用的书，不就给村里添了几张擦屁股纸！"他自嘲道。

"你为我'擦屁股'？"村长问。他问。他紧紧地问道："你为我擦屁股？"

他误会了。我说的擦屁股就是擦屁股，而不是为他捡漏子——他说的"擦屁股"是指这个。

"我为了稳定村里的民心，不让媳妇下山去，死守骨头峰，等着旱情解除，最后……是个带把儿的，龙干部你知道吗？我丢的是个孙儿，传宗接代的……"村长一哽咽，就是满脸痛苦委屈的褶子。可龙义海想说：你那流产的媳妇是为啥流产的？还不是为抢一包水泥！

"我向你表示慰问。可以再怀嘛，怀个更好的。"

"你怕是下蛋！你们……你们扶贫就扶贫，你们把扶贫的事办了，办实在，光打雷不下雨的扶贫有何益，还添乱……"

"老粟你可别这样说，这样说伤感情……"龙义海说。

"别人伤我哩！伤心还伤人。你们说要为我们修路的，路我不要了，我就要一样——水塔，我要喝水，行吗？你只管这事呀！"

"请你理解我们馆的实际情况，要互相理解。"

"我理解你们，哪个理解我？"村长哭丧着脸说，"还说嘞，都在喊要减轻负担……我这儿一亩才划十三块多，合同款加农业税。外头江汉平原一亩要交三百多四百，三十倍不止，可这一点大家还欢欣鼓舞说要减了，说你是他们的大好人，你是什么什么青菜大臣……"

"嗬，青菜大臣？还萝卜大臣呢，"龙义海笑，"负担问题我不讨论，各地有各地的情况。人家亩产多少，你多少？你这儿的地叫地？联合国有规定，坡度在二十五度，就不适合耕种，甚至不适合人类居住，你这儿的田在多少坡度上？三十四十五十度还种粮，人挂在悬崖上种粮食，你也指望每亩打千斤交三百四百？连水都没有喝的，今年颗粒无收……"

"是呀，你就帮我们想想这方面的难处啊，帮我们增产增收啊，活祖宗爹爹！"

村长跺脚而去。龙义海赶了上去，他手举着妻子给他带的一袋奶粉："老粟！这个给你，给你媳妇喝去！"

晚上，几个村民轻手轻脚地悄悄闪进了马坊。

这是半夜了，白天的暑热有些消退，龙义海躺在一张木板上。寒巴猴子睡着他的床。可听见敲门声，他就去开门，几个黑影就进来了，并迅速关上门，且满脸的神秘兮兮。"有啥事吗？"他问。那些人也不说话，只是拉着他的手。龙义海的手被他们捏疼了。那几个村民从怀里小心翼翼地掏出东西来，龙义海一看，是那些他带来的法律小册子。

"这个好呀！我们也想告。"

"告谁？"

"……我们要告村长……告麦和尚父子。"

"你知道村长多占了多少地？十多亩阳坡地咧……他侵吞集体财产……他承包烧炭不交钱，村里这么穷，是他折腾的……"

"按省里的文件，去年就多扣我八十多块……"

"我也是，害得我两月吃不上油盐……"

"说穿了，他跟麦家父子是穿一条裤子，坐一个板凳。麦家父子是仗他狠，一贯欺负民女，为非作歹，马克霞的媒就是麦和尚做的。听说麦半天要强暴马克霞，马克霞不从，他就唆使他爹麦和尚去做这个媒，来害马克霞一辈子，伤天害理断子绝孙。你可要为我们做主呀，龙干部……"

"我也要告麦家父子！他占了我三棵核桃树，还扬言要用三步倒毒死我全家，没处说理哩……"

这些人就拿出了一些纸来，各种各样的纸写的东西，送到了龙义海手里。龙义海一看："申诉书""控诉""检举""紧急检举""强烈要求""诉状""起诉书""启诉书""诉讼书""请求县妇联判处麦和尚十年徒刑""状纸""状字"等，五花八门。还有落款"古历×年×月×日""阴历×年×月初×""望领导开恩""望领导严查""望上级处理""望领导明断"……

"你们太突然了，老乡们，"他说，"你们的情绪我理解，但是这么写不合规范。"

"这下有冤的要申冤，有仇的要报仇，我们听说你是县里专门派来为我们申冤的，以前你没暴露身份……"

这让龙义海始料未及，怎么会出现这样的误传？这不是事实。我是来扶贫的，我不是来弄案子的。可是他怎么分辩解释乡亲们也不听了，不会相信了。

"我们都想打官司！把那些欺压咱的人全杀翻！"

"你们不要误会，我没有这种能耐，我只是扶贫工作队的。不过，你们反映的情况我可以帮你们带上去。"

"也行，也行，"他们说，"龙干部，你可要注意哩，安全第一啊，有人说要搞死你，麦和尚就说了，要让你背火笼。背火笼知道吗？就是火笼里装了烧红的炭，让你脱了衣服背在背上。我们合计了，你这儿要不要个人晚上站个岗？"

"别，别，没这么黑暗吧，嘿嘿，"龙义海果然看见了有个村民手上拿着猎叉，"你们开玩笑，开玩笑。"他说："我胆子还没这么小，怕什么，不会有事的，你们都回去，写的东西先放我这儿。没事的，共产党的天下，谁翻得了天？不要怕，明天该干什么还干什么，该背水的背水去，该找水的找水去，这几天你们找到新水源了吗？"

"没有。"他们说。

"得找啊，一定有水源的，水不会没有的。要相信山有多高，水就有多高……"

火烧云像一条癞皮狗还贴在夜半的天空，窗外还是红闪闪一片。

龙义海抽着那像火一样发烫的烟，嘴唇是枯焦的，心里是苦虚的。这么多人打官司？一队骨头峰村的告状队伍，浩浩荡荡地向县城开去。为什么会是这样……龙义海一夜未睡……

九

一群苦荞鸟像天上的草籽向地下撒来，它们带来了小小的、短暂的阴影。天上没有阴影。云没有阴影，云淡得像温开水冒出的热气，若有若无。瞎子老米突然感到了什么，他的眼窝没有水了。他揉啊，揉啊，竟一滴泪水也揉不出来，干涩得瞎眼里头像生了锈一样。"一碗水"只怕干了。他这么想。

"桑丫，去看看，去'一碗水'看看！"

桑丫丢下猪食瓢，就背上了割猪草的背篓，又提上一个瓦罐，看"一碗水"能否灌点水。可她爹说："别提那个，你看看就行。"

桑丫揩着汗水往山梁上爬去。她穿过干涸的乱石累累的河溪，走过全被大蓟布满的山坡。坡下的背阴处，连刀蕨和射干都枯黄了，苔藓翻卷着皮就像张着嘴，好像等着人们给它们一口喝似的。石头在哭泣。

桑丫看到那棵静静的黑松下面，寒巴猴子正朝这边张望着。

寒巴猴子的手里拿着一个空碗。"一碗水"真干了！"我等了好几个时辰。"他说。

"我爹说干了。"

"他怎么知道？！"

她正转身离去，寒巴猴子拉住了她的衣袖。"别走，桑丫。"

"我去割猪草的。"

"我问问你。我问你……你说,我跟麦家父子打官司能赢吗?"

桑丫没说。她只是想走,她看着寒巴猴子那顶褪了色的太阳帽下面,是黑黑的脸膛和黑黑的嘴唇,嘴有点向前突出,很老实和善良地蠕动着。

"我要告他们!"他的眼睛在闪亮,在白晃晃的太阳光下面。他在看着远处低矮的山冈和河谷,看得很远。

"……"

"你倒是说话呀,你给我个主意呀。"

"我……"

"我在牢改农场还是学了点法律的,只要龙干部帮我,铁定赢!他们就会抓去,我的房子就要回来了。到时候,桑丫,我们就……"

"你真的能赢吗?"桑丫突然这么问,眼睛亮着宝石,像春天的夜空。

"我相信龙干部说的,正义一定会战胜邪恶……"

"正义是什么?正义真会战胜邪恶?你会战胜他们吗?"桑丫紧紧地问,清晰地问。

"会的,会的,"寒巴猴子从裤兜里掏出一本书来,"这,这上面都有……"

桑丫翻开来,看着,一字不漏地看,贪婪地看。"……这里说'权'?我们有这么多权?真像书上说的我们有这么多权吗?……"

"有的,有的,书上说,我们人人都有这么多权,这是我们的人权。"

"……我们真有……生命权?健康……权?名……誉权?贞操……权?"

"有的,有的。"

"那……什么是贞操权?"

"……就是别人不能侵犯你,在你结婚前,不能强迫你。"

"那、那强奸……"

"强奸……是指违背女性意志,以暴力、胁迫或其他手段,强行与之……"寒巴猴子从书里抬起头来看着桑丫,"你问这个干什么,桑丫?"

"我……"

"桑丫,嫁给我吧,房子要回了你愿意嫁给我吗?我虽然穷,又坐过牢,可是我会待你好的,我要让你幸福!"他看着桑丫,看她眼里涌出的泪水,

"你答应吗？"

桑丫一个劲儿流着泪，寒巴猴子给她擦了又流出来了。"我的'一碗水'干了，你这一碗水咋、咋……"

寒巴猴子把她的手牵着，放进了那干涸的水窝。水窝的石头透进掌心有一丝沁凉，只有一丝。寒巴猴子好一阵失望，没有水，这儿没有水了。他的眼睛四下环顾着。桑丫猛然看到沉默的寒巴猴子眼珠子瞪得大大的，悚悚的，手指着灌木丛："你看，桑丫！"

那两只鼷羚出现了！他们看到，那只小鼷羚已经蜷在了地上，用力抬起头，母鼷羚的嘴里鲜血直淌，小鼷羚正在有滋有味地喝着母鼷羚嘴里流出的血！

"它咬破了自己的舌头！"

小鼷羚还在贪婪地喝着它母亲的血，喝着喝着，他们看见母鼷羚一下子趴倒在地上，死去了——它的血流尽了。小鼷羚还在舔着，喝着，浑然不觉。母鼷羚的血没了，也慢慢凝固了，小鼷羚在叫着，摇着小尾巴，在倒下的母鼷羚周围嗅着，拱着，凄凉地叫着。

就在这时，一声枪响了，他们看见小鼷羚肚上飞出了一串血花，小鼷羚马上就倒了。从灌木丛里跑出来两个人，是麦家父子。麦半天俯下身去，就去吮吸小鼷羚伤口中涌出来的血水——他一定是在喝血水！而他的父亲麦和尚拖起母鼷羚，翻过来看着，脸上现出得意的怪笑。

"你们为什么要打死它？"寒巴猴子拉着桑丫跑了过去，质问他们。

麦和尚看到是对头，显然很不屑，说："这也是你的？"

"它又没惹你！"

用枪头捅着鼷羚尸体的麦半天站起来，抹了满嘴的鼷羚血说："你不晓得老子的鼠寒病要野羊骚才治好吗？你他娘少管闲事！鼠寒病不是你逼出来的吗？！"

麦半天的枪托就扫过来了，砸着了寒巴猴子的肩胛。寒巴猴子一声惨叫，扑倒在草丛里。

"不要！不要打他！"桑丫喊。

麦半天用沾了羚血的手一把拉过去桑丫，说："你硬要跟他个劳改释放犯？"

"不要你管！"桑丫死劲捶打麦半天，挣脱出来，去扶被打在地上的寒巴猴子。麦家父子各背了一只鬣羚大摇大摆蹚下坡去了。

山梁上的火烧云正往上升腾着，一会儿湮没了西坠的斜阳。

第七十八天。

龙义海灌了点水准备带人上山去找水源，还没出门，就听说马克霞被人抢了亲。

"这地方兴抢亲的风俗。"有人给他说。

"可她还没到结婚年龄啊。"他想起这事他一直惦记在心上，事情终于发生了。他愣在那里。人已经被抢走了。

"我说，你不是把你的女儿往火坑里推吗？"龙义海找到了马克霞的妈，这么说。

"火坑？哈，人往高处走，水往低处流。山上有什么好的？"

那女人正摆弄一台录音机，那就百十块钱的玩意儿，是女儿换来的。龙义海心里在流血，他直想喊：你怎么这么愚昧，你如花似玉的女儿就值这百十块钱吗？如今的录音机是便宜货，你女儿可不是便宜货啊！该死的麦和尚，他得了多少说媒的酒钱？

"她没有到法定的结婚年龄，又不是自己自愿的，你逼她，抢她去，你们知不知道是犯法的事？你知道婚姻法吗？"龙义海问。

"龙干部问你法呢。"在场的粟村长补了一句，有点阴阳怪气。

"法？"

"国法，"村长说，"龙干部在村里宣传国法，你不怕吃官司呀？"

"法你个鸡巴卵子尿！法，法，你有种的拉老娘去枪毙！"那女人跳将起来，散开衣襟，露出两条瘪奶。

龙义海已不忍心看了，可村长却说："你胆子好大啊，你不怕坐牢，我都准备去坐牢了，你还不怕坐牢了，现在村里有好多人想告我的状，连水都不想喝了就想着告状……"

这时有村民围上来，许多人是来看马克兵妈的脱衣表演的，但是村长粟田光的酸话有负面作用，他好像是在发牢骚，可却是在煽动村里的人对他龙义海的仇视，甚至想让龙义海尽快离开。

龙义海就离开了。龙义海往山梁子上走去时心里很不是滋味，很虚，空虚，很怪的感觉，好像是被人撵出来的。他看看身后那在白晃晃烈日下的村子，他感觉到他很孤单，总之，很孤单。就算我如今是个律师又怎么样？那还不是一个苦巴巴的律师？我假如决定不顾一切地打，打它几场十几场官司，维护这高山上一个村庄的正义……可是，这太遥不可及了，这些穷人每个人都得申请法律援助……那是很难很难的呀，法院让一个村子的人打官司而不收分文？嗬，这很可笑，就算免了，我去申请申请免了——我如何有这么大的能力？而且，就算有不收费的律师，他会三番五次爬到这一两百里远的高山来调查取证——为两间摇摇欲坠的土坯房子？为三棵核桃树？天！……正义和秩序应该像江河滔滔，理直气壮。脚下的河流呢？干了，一些背水的村民像蝼蚁从深深的山沟里爬上来，爬着，无声无息地爬着，衔一口水。他们就像蝼蚁，他们可以忍耐，然后认命。一个抗婚的马克霞要不了一年，就会依然笑眯眯地背着一个娃子回娘家来，抗婚成为往事。那时候，我龙义海早就走了，离开了这个遥远的村庄，骨头峰村在我的生活中就不存在了，我依然坐在清凉世界的图书馆里，整理那些发霉的图书，登记，重新成为真实的、一贯的我……

十

乡政府的所在地，也就是一个大村庄，在靠近四川边上的一个山窝子里，几十户人家，一排房子，有乡政府、派出所、诊所、财税所、小饭店，以及一个臭熏熏的厕所和一两条仗势欺人的叫声很大的狗。

几乎没有人，一辆破吉普停在高低不平且杂草丛生的门前。找到了一个乡警，是个没有表情和激情的中年人，他从长满花白鼻毛的鼻子里喷出烟来说："是有这回事。我准备去的，你看我走得了吗？那天另一个老兄从山里办案回来，摔断了胯子。"

龙义海没说寒巴猴子那五十块钱的事，怕让他难堪。"你们认为这件事情怎么解决？他的房子和户口？"

"我没有人，就是这，"乡警一句话，沉重的眼皮好像要永远垂下了，"那小子，也不争气……"

他去找乡长，乡长说："我们这老山里，抢亲的事没法禁止，人都死脑筋，不开化啊，听说这是远古的楚国文化遗传，原始习俗。再说了，清官难断家务事呀……"

龙义海真想向这个乡长大喝一声：你们总是以清官难断家务事来搪塞，事情能推就推。乡下的矛盾不就是一些家庭纠纷与邻里不和吗？你们一推了事，小问题酿成大案件，正义与秩序在农村丧失殆尽，难道与你们这帮子庸官昏警没有关系吗？！

"焦头烂额啊，焦头烂额啊，龙干部，我已有七天七夜没睡觉了，扶贫的事情呀……"

"我们虽说穷点，但也搞了点钱和水泥水管子上来……图书馆你是晓得的，乡长你当年在文化站也曾经与我们打过不少交道，编演唱材料倒是能找到一些有用的资料……"

"龙干部，我也难办呀。"乡长从他的办公桌抽屉里拿出一张东西给他。龙义海接过一看：《只打雷不下雨的扶贫工作》。这是一封骨头峰村的"村民代表"写给县、乡政府的"信"，皱皱巴巴的。"信"对县图书馆的扶贫极为不满，提到了捐赠的三百多件旧衣裳中的那些让女人下身发痒的裤头（三角裤），提到了一些乱七八糟的书，提到了被村民抢光的、不能凝固的二十包伪劣水泥，还有一些塑料水管……"信"上说村民有反感，扶贫是骗老百姓的，对此，村民现自发签名，联名投诉。后面是村委会的证明大印，说"经审查情况属实"，并有三十多人的签名和手印，红彤彤的指纹印像一杆杆带血的尖刺，刺中了龙义海的心。这些真真假假的姓名中，竟也有那天晚上去保护他，并发誓要状告村长的人。村长没出现在这封信上，可是，这封信的字里行间，分明能看到村长的阴阳笑意，他是幕后指挥者，也可能是一手操办者……

"那我没想到。"龙义海苦笑着说。

"竟是这样的？噢，确实，没有钱，他们反感……可我们并没欺骗呀？

我们会欺骗他们？"他一路回去，一路喃喃地说，"原来如此，这位粟田光老兄……"他伤心地说。

汹火粪的烟雾正在村子上空弥漫。那是很让人感到有些疏远的烟雾，像梦，像别人的村庄。他往山梁上走时，回头一看，一轮红色的月亮从身后升起来了，山冈和树丛成为黛青色，异常肃穆和喑哑。进了村，那浓浓的火粪烟雾加上干燥的空气让人窒息。

"我有一帘幽梦，谁能解我情衷，窗外更深露重，今夜落花成冢，春来春去俱无踪，徒留一帘幽梦……"邓丽君在这个高高的山村哭似的唱着。

村长说："群众盼富啊……我把我儿媳关在房里了。"

龙义海说："我知道了，我理解你们的心情。"

村长显然有些心虚，理亏，他从鼻子和嘴巴里生硬地把烟喷出来，不停地掸着烟头："……图书馆支援的钱，我们寻思着还是要引水来的，或是……按照你说的，种美国秋葵。"

"水呢？"他说，龙义海说，"我是问水。难道你没有告诉他们，这儿没有水了吗？"他的目光突然亮了起来，且咄咄逼人。

"我怎么没说？"村长有些慌乱，"我说过了。"

"你没给他们说这是百年不遇的大旱吗？"

"我又没活一百年，我哪知道，我只是给民政干部说了……"

"今年的救济是吗？"

"当然，给你是给，给别人也是给，我为什么不争？"

"水在哪里？"龙义海问，"给我一杯水喝。"

"还不给龙干部一杯水喝！"村长喝使他那坐在房门口的儿子。

房里传来了砸碗的声音。

"放我出去！放我出去！"

"应该杀杀她的威风！"村长咬牙切齿地说。

可龙义海感觉到村长牙齿缝里蹿出的冷气是冲他而来的。

"你说我现在应该怎么做才好？是继续待在这儿，还是滚蛋？"他说，龙义海说。

"哎，龙干部，你可别这么说……"村长揩着汗，汗滚滚而下，"事情好商量。"

"我不是在向粟村长请示吗？"

"哪能这么说……不知几时才能下雨？有雨了一切都好了，都解决了……"

"我哪知道雨在哪儿，我又不是龙王爷。我看还不是一两天的事。"

"那你就回县城休息几天吧，这里太艰苦，你们国家干部受不了的。我这没别的意思，我这是关心你，龙干部。"

龙义海闻到了一股野羊肉的味道，在厨房的灶头上，那是羱羚的肉。他看到了那边还有剁过新鲜骨头的痕迹，没有谁杀羊，只有麦家父子打到了羱羚，是偷猎的。村长竟然分了一杯羹。

"在这里喝一杯酒。"村长说。他看到了龙义海好像在吞口水。

龙义海的确在吞口水，这是无法抗拒的生理反应，可他拒绝了。他说："可领导没有命令我回去，领导要我在我的岗位上。"他坚定地说。

十一

"关于村长粟田光的十个问题"的检举现在在龙义海手里，牵涉到粟田光贪污挪用集体资金、多占好地、强奸妇女、乱搞两性关系、任人唯亲、乱砍国家山林、收受烧炭人的礼品礼金等等一系列问题。没有秩序和正义的地方，就不会有什么正派的头儿。

"我会中途开溜？他巴不得我中途开溜。那么我是不是应该走了？一年很快就会过去，得过且过，我不过是一个老实巴交的牺牲品而已，应该是别人来的，应该是更有能耐的人，给他们修路，修水塔，家家是到位的铁锌水管，自来水哗哗流，或者捐一所小学，电脑，加上几十套新的课桌椅，或是大笔资金，加上一口口的'锅'（电视卫星接收器）……"

他思绪纷乱地走到马坊——他暂时栖身的地方。寒巴猴子瞪着一双野兽一样的眼睛从里间走出来，向他递过来几张纸，把龙义海吓得愣怔。龙义海捻亮油灯，他看寒巴猴子，又看那信纸：控告诉讼书。扯淡，既是诉讼，就不是控告，哪来的"诉讼"老词儿。控告人：桑丫，女，现年二十岁，住骨头峰村一组……

桑丫！她控告的是麦半天的强奸！

"我要杀了他们！"一声石破天惊的怒吼，把屋顶的破瓦都震得嗡嗡抖动，屋里的那条草龙身上，芒草簌簌地一阵乱响。

"你瞎说，这娃子！是你写的吗？你帮她写的？桑丫要你写的？"

寒巴猴子的泪水夺眶而出，并发出"哇"的凄惨的嗷叫。他于是说了，说他想与桑丫要朋友，娶她，可桑丫说不会与他要朋友，只想帮他把房子要回来。寒巴猴子说："如何能帮他要回来？"桑丫说："你一个人告他轻了，要告一起告，我跟你去，多个人告多份力量。"于是桑丫就把自己的事告诉了寒巴猴子，识字不多的桑丫就要寒巴猴子给她写控告……

一个令人尊敬的乡村女孩挺立在龙义海的面前。为了帮助自己的恋人，战胜恶人，不惜拿自己屈辱的秘密作武器，这是一种什么力量和勇气！

"这不是丑事，"龙义海说，"寒巴猴子，你胸怀要开阔些，要原谅人家桑丫，她是在用全部的力量帮你，为你，她是把她的所有秘密都献出来了，她是个了不起的人！你不要胡来，相信法律，一定会惩治坏人的。"

"我的房子一定会要回来吗？麦家父子一定会抓去吗？"

"会，一定会的！如果不惩治这样的人，法律还叫什么法律？！"他斩钉截铁地说。

龙义海心中突然涌动着一种东西，一种充满了尊严的东西，一种在这高高的山上激发出来让自己汲取的东西，一种自己身上从没有过的东西。

他要去找桑丫。他在桑丫家的门口停下来。这时候，暑热在慢慢消退，桑丫的爹瞎子老米在擂苞谷并唱着他的《黑暗传》。苞谷与苞谷的擂擦声在黄桶里嗡嗡直响。

……说江沽，有根古，江沽出世水干枯，广吸元气长成精，渐渐长大无比伦，一口喝干天池水，天干地枯无水分。江沽找水四方寻，千里万里多艰辛……

在山上，虽然石头的晒裂，使空气中有一股呛人的石灰味，但一些顽强的植物的气息还是依然芬芳，正从山坡间飘逸而下。桑丫出现在那个狭窄的木门口，明朗的月光照着她的有些零乱的脸，漂亮的嘴和鼻子，使人想到春天里雨水充足的植物，满是生气和活力。她把头发拢到后面去，跟着龙义海来到屋西头的一棵皂角树下。

"……你是想帮寒巴猴子？你真的很有勇气……不要怕，寒巴猴子会原谅你的，他会感谢你的。"他说。

沉默。

"有证据吗？有当时留下来的证据？"

又是一阵让人怜悯的沉默。龙义海知道他说了这一句后就再也不能说了，再也说不下去。他暗示她，是直接的证据，到哪儿流产都没有用，除非你把那个胎儿保存下来，除非你留下那个床单和短裤——光你的血还没有用，必须……必须有那个禽兽麦半天的那种脏物……那就是最有力的证据。他怎么说呢，怎么说出口？他说了："要有一些证据，但事实在这儿，他跑不掉的，他要受到人民政府的严厉惩罚的。"他说。龙义海还要向她说什么呢，他认为他要决定了，他不能躲避了。他躲不了，这就是现实……

合规合矩的"民事起诉状"落到了龙义海的手上。

寒巴猴子和村民们终于知道了怎么写状纸，一份一份地来了……

骨头峰村潜藏着一种隐隐的不安，一种骚动，一种山雨欲来的征候。天上没有乌云的影子。"我将带着这些回去，它可能将惊动县里，可能把骨头峰的事解决，人们欢欣鼓舞，也可能让领导对我嗤之以鼻。"

当早晨起来欲踏上下山之路时，他打开马坊的门，看到了十几碗清冽冽的水摆到了门口。

山民们，我可不是"青菜大臣"，也不是龙青天。他看着那些水碗，眼睛潮湿了。有人在树林里窥视着他。也许是对他满怀期盼的村民吧，也许是那些恨他又害怕的人。他们看着龙义海背上了背篓，对寒巴猴子说："这些水，还给老乡。"

寒巴猴子点点头。

"'一碗水'又来了水吗？"他问寒巴猴子。

寒巴猴子摇摇头。

他在想，若官司开庭，事情捅出去了，赢与不赢，他与桑丫今后都无法在这儿待了。可以在县城给他们小两口找个事做，打点工，自己弄个摊位也可以生活。

"你没想到去外面打工吗？"他问。

寒巴猴子没摇头，也没点头。

"总有办法生活的，人是逼不死的。要对自己有信心。"龙义海说。他收拾着东西，也收拾着那些纸页，把它们小心地放好，放进背篓里。

他跟村长讲，他是回家休息几天的。村长是这么说的。不过成与不成，他再回来时，一切都会捅穿。这么些人的口，这么些巴望他的眼睛。此一去将是开弓没有回头箭了……

"我再等半个小时，如果乡里来人……"

不能再等了。他步履沉重地走了出去。他要趁瞎子老米拉他去给草龙点火之前离开，否则就来不及了。老米说这次一定要龙义海亲手点。那次求雨后之所以没下雨，就是因为龙义海没伸他们一手，龙王爷不高兴。一笔写不出两个"龙"字嘛。

"你给米伯讲，千万千万要注意火灾，今天天气预报咱们这儿是五级火险了，乡里交代又交代了的。"他吩咐寒巴猴子。

看看天，好像一口热气也可把树木点着似的。

这是第八十七天。

残忍的太阳喷薄而出，把它永不止息的火焰泼泻给大地。整个山冈和植物在那种闷热的空气里动荡，好像漂浮在水面上一样，其实这是一种干旱的蜃景。空气其实凝滞未动，人闷得张大着嘴巴喘气，是不是要下雨的前兆？

就在他离开马坊不一会儿，还没出村口，就听见一阵锣鼓火钹的嘈杂声。这声音像一阵急雨催督着龙义海的脚步。他避开，但永远也不会反对。这些村民，他们只能盼着天，盼着龙王爷。除此之外，他们还能盼什么呢？龙义海为自己的无能而愧疚。他只能走了。我不能给他们做什么事，可是，我要做点别的，别的……

　　求雨的仪式开始了，铳响了，惊起了一群苦荞鸟，它们"苦啊苦啊"地向更远的村子飞去。一阵阵男女老少撕心裂肺的、绝望的"天干地渴，老龙下河"的呼祷，像山潮一样压来……

　　他真想哭。他想在没人的地方大哭一场。他想吸烟，又把烟掐灭了。天气太干燥，到处都是沙沙作响的干枯的植物。

　　他喘了口气，接着再赶路。他卷了裤腿直起身子时，突然感到一股风袭来，一股灼热的风。他看见了火光！还有浓烟。那是烧草龙的火光吗？它们为什么越升越高？为什么有了尖叫声？

　　隔得很远，他正在纳闷时，一道火龙突然从黑龙洞那边向这边蹿来，喷吐着长长的火舌，惊惶失措地夺路而来！

　　有一座山烧着了！

　　是山火，舞草龙点火的人烧着了山上干燥的一碰就燃的植物——这是一定的，他有这个预感。难怪他一个早上都像掉了魂似的。

　　龙义海向火场跑过去。他上了山坡，他看见了四散奔逃的人们。他发现不仅树木烧着了，连那些奄奄一息的庄稼也烧着了。

　　"救火！"他大喊。他的喊声在这燃烧的山上简直太微弱，比一蓬巴芒燃烧的声音还细小。火燃起来时，烧着的东西会轰轰地惊叫，发出各种沉闷的炸裂的声音。

　　他折断一根松枝，向火头扑过去，那是谁家的地，谁家的苞谷和遗弃在山坡上没了水分的香菇木耳棒——一色粗细的花栎木，也着火了，一股树木燃烧的清香冲他而来，好像要迎接他拥抱他。

　　他拼命地扑打着。整个的山冈都在燃烧，骨头峰各种美丽的树木，乔木和灌木都着了火，到处都是劈劈啪啪燃烧的声音。大火不一会儿就"舔"到了太阳，太阳燃烧得更艳丽更妖冶！

　　他发现他的头发和眉毛都让火给"舔"走了，一股焦煳的化学味道钻进他的鼻孔，烟尘滚滚，他简直睁不开眼。火带来了风，也许起风了，果真起风了。火势像无数匹火龙翻滚着，以其飞旋恣肆的姿态向山坡的每一个角落蔓延而来，树枝和苞谷茎秆的猛烈反抗只能使它们叫声更惨，一会儿就化成了灰烬。

　　龙义海被火烤得大汗滚滚，他的扑火的松枝也烧了起来，只剩下一根光杆。他想再去找一个扑火的工具，发现他已经站在火海之中，四面全是火，火，火……

浓烟滚滚……整个骨头峰都飘浮在烟雾里……

龙义海蹚着火，他甚至想向那个山口跑去，因为那是上风头。那里——在他倒下的时候，似乎还听见了瞎子老米"烧死旱魃"的诅咒声，那声音声嘶力竭。他还听见了雷声，是真正的雷声，正横过骨头峰的天际，向这块久旱的大地滚滚而来。后来，一阵令人窒息的热浪卷来，脑袋里一阵爆炸似的轰响，他就什么也听不见了。

傍晚，盼着下雨的人们，站在烧焦的山头终于盼到了第一滴雨滴在被火烧光了衣袖的肩头，滴在了焦枯的脸上。火在向西天退去，那儿，壮丽的火烧云在越来越厚地聚积着，像膨胀的泡沫，雍容华贵，占领了整个苍穹。天地间满是大火退尽后的耀眼的光芒。

到了晚上，上山救火的人在倾盆大雨中才发现烧成一团的龙义海，他的双手紧紧地抱在胸前，人们把他的手死劲掰开，发现胸前有一些东西竟没被烧净，而且是一些极易烧着的纸片。可他的人已经烧焦了。

（原载于《北京文学》2005 年第 2 期）

吼　秋

一

雨在不停地下。这是八月，河谷地带的苞谷开始黄了——山里的秋天来得早，可不是那种收割季节的金黄，是一种垂头丧气的萎黄。雨打在叶子上，不会给它增添晶亮的光点，只是让它更颓靡——雨下了十九天，往二十天里去了。一眨眼，山上的黄栌、水杉也黄了。灌木丛中突然出现了一株两株红叶植物，红得怪磨眼的。山坳里，有烤烟人家的烤房冒出了青烟。山上的雨岚在向大梁子上漫去，浸染出初秋的气色来。秋天要来，本该壮壮烈烈的。壮烈的红，通红；壮烈的黄，金黄。可今年的秋天一开始就在雨中煎熬。毛十三哪儿也去不了啦，捉蛐蛐的罐子呀网罩呀竹筒呀还空撂在门旮旯里。他炒了一碗洋芋，等女儿英子放午学回家来吃。没有女人的家，厨房不像厨房，锅不像锅，水缸都是破的。缺油少盐，灰尘弥漫。屋也漏，没心思去检漏。他点燃一支烟，坐在门槛里看雨。门口的篱笆石墙上，爬满了蛞蝓。两只鸡像没毛的秃鹫，在屋檐下湿漉漉地瞪着被苞谷和荒草遮没的小路。往山下看（他住在山腰），镇子乌漆麻黑地笼罩在雨水和水声里——堵堵河咆哮的秋汛好像要把小镇吞了。这小镇就紧挤地蹲在拐弯的河边。往下看时，那河水时刻都像要把小镇的基脚掏空，卷进漩涡去——小镇就像玩杂技似的窝在大梁子山脚的趾缝里，跃跃欲试地往水里一跃，就寻了个自尽去。

英子回来了，吃着洋芋时给他说，大梁子上的老裂缝跨不过去了。大人可以跨，小孩硬是不行了。有人搭了块板子，但滑溜，弄得不好掉进裂缝，就没命了。毛十三拿篾刀划篾正编蛐蛐笼子，正午时在雨声中人直犯迷糊，听到女儿说掉进哪儿就没命了，一听到"命"这个字儿，就一个激灵惊醒过来。女儿可是自己的命根子。他一个驼子，老婆跑了，就一个如花似玉小葱样的女儿，可不能没命啊。

"你说哪……哪儿掉下去？"

"大梁子上的裂缝啊。"女儿含着筷子，眼睛像唱歌的拨浪鼓砰砰地眨动着。

"啊？"

毛十三决定亲自将女儿送过裂缝去，也顺便看看那裂缝是咋回事。正在英子拿起雨衣要穿的时候，她尖叫着说："爸，蛇！"

毛十三顺女儿的手指一看，一条青悠悠的蛇正钻入他后墙的一条裂缝。毛十三拿起一根扁担就向蛇打去，可那蛇钻得很快，只剩下一条尖细的尾巴，霎时间就不见了。只有那墙缝透出一股风一线光亮来。

"爸，这蛇要咬人的！"

"不会。"

"它不会再来呀，爸？"

"不会，它出去了。"

这么大一条蛇是从哪儿爬来的呢？这墙上的缝裂也渐大了，透出这么大的豁子，得找个时候一定弄点泥巴糊上。唉，没了女人的家，干什么都没动力。

爬上大梁子，雨雾紧锁，山色恐怖，无端一个冷噤，却不知从何处送来一股热风，怪异撩人。一见那个裂缝，果然变宽了。这裂缝可老鼻子啦，毛十三小时候就在——一条线一直拉到崖下放羊的古八根家，断断续续，宽宽窄窄。有人怕羊啊猪呀掉下去，就在宽处塞了些石头，慢慢也就填住了，草也长上了，不细看，一般人还看不到。可现在黑乎乎地张开了大嘴，好像渴得不得了，把个雨水哗哗地往嘴里灌。

毛十三把女儿背过缝去，就朝缝底下看。深不见底，不要说小娃子，就是一口肥猪下去，也没了命啊。心想着女儿天天打这儿经过，得搞个宽点的木板，上面还得垫上草袋。这当儿，一股白汽从底下蹿出来，热的！这热风是从底下飘出的，底下有柴草烧煮着吗？突然又听到说话声，揪起头来一看，是古八根的傻儿子。

"……这里要冲条河，这梁子要拉一条瀑布下来哩。"

傻子绘声绘色地给他说着，说得毛十三心惴惴不安的，望着这个头发上挂满水珠子的大脸傻子，好恐怖！"水冲进缝里，只会越冲越大，泥巴下去了嘛。下面兴许有阴河和溶洞，懂吗，傻×？"他说。这山该不是要崩了吧？这傻×的话让他不敢想。这儿一条河、一条瀑布一直挂到镇子上去？……傻子说的是谁告诉他的？傻子是畜生哩，畜生能见到鬼，预知后事……

要崩岩啊！毛十三整个身子就紧缩了，像一颗干掉的核桃。凭着他几十年在山里钻来钻去捉蛐蛐的经验，感觉不对劲儿了，傻子的话强化了他可怕的预感，就像有人拿锣当当地在他耳畔敲打一样。说到这山，这山他摸透啦，毛家沟镇谁不知道捉蛐蛐的毛驼子毛十三一家？爹没死时也是捉蛐蛐的，一只蛐蛐换回一口肥猪的毛十三，在镇上也是个人物。山踏在脚下，山听他的，可今日个这山陌生生了咧。

大梁子上，树缩着头，四处静悄悄的，只有雨在令人烦躁地吵闹，鸟发出不安的叫声。他赶快下山去，告诉别人，山不对头了，怕不是要崩要坠了呢？

"你听见古八根家傻子说这里要冲一条河，要挂一条瀑布下来吗？"他问一个龇着友善的牙上山打猪草的妇女。

妇女摇摇头，只是笑。

"古八根那傻子说，这里全要冲毁了，成瀑布，不是悬崖了吗？那还有咱这坡，咱这镇子！"

那妇女还是笑。笑吗，好，有你笑的。"山上你别去了，山裂那么大的缝。"他比画着，手势有些夸张。他只看到了那女的一排白亮亮的笑牙齿。

一个赶集的农民恰好在回路上，与他迎面走过，他就问："早晨你来时，那裂缝跨得过吗？"

那人说，跨得过。那人似乎不知道他问这个的意思。他就说："放羊的古八根的那傻子，说这儿要冲一条河——山要垮啦！"他干脆说了，意念越来越清晰：山要垮了，就是这个，山要垮了，把他的家，把别人的家以及田啊地啊屋啊全垮下去，压在小镇身上，把小镇埋了，冲到堵堵河中去。这事儿历史上有过，不然咋叫堵堵河。听爹在世时说过，说堵堵河有一年崩岩，把两个村全崩了,河里激起了几丈高的浪,有几十条船给抛向了山上,奇啊!河就堵了，一堵再堵，就叫了堵堵河。

毛十三沿着裂缝走下去，又遇见了一条蛇，一条黑漆漆的大蛇，钻进裂缝中去了。他想起"起蛟"的传说。听说雨下得大了，山腹里修炼的蛇就要起蛟了，借水路下海去，河水就要猛涨，山就要崩，地就要裂，一个雷一炸，蛇就要成龙，腾空而去，老百姓就要遭殃了……

沟里水声隆隆，乱石间全是那白玉飞溅的恶浪。过去是条干沟哩，现在，坎子下全挂着水帘，有如万狮吼叫，惊心动魄。毛十三天天夜里在这沟里钻，现在却无路可走了。滚了一身泥，却见到一个凹处有个新起的炭窑，用芭茅盖着的。毛十三想，谁还有这大胆在这儿烧炭啊？再一看，看到了自己的表弟毛幺九。这毛幺九像一只野猴，张着饥寒的眼睛望着一坨泥巴的毛十三。

"你吓了我一跳，驼子哥！你个要死的，吓我做什么？！"

"山要塌了！"

"你说什么？"

"山要塌了，你有这么大的胆，还不快走啊幺九，山裂了这么大的缝子……"

"你走哩，关我什么事，吓不住我的。中队的和政府的人全在忙沱石坡的拆迁，顾不过来哩，嘻嘻……"

"不要烧了！你不要命了？！"毛十三大吼。

"你不要命了吗？！"他再吼。他抓住了幺九抱着的一大抱新砍树棍。不是树棍，就是树。他猛然想到去年那让他毛十三背时倒灶的砍树的案子，莫非是表弟幺九犯的？——砍树人至今都没抓到，而森林中队的付队长提过毛幺九。

"幺九，去年的树是你砍的？"毛十三点着表弟的蒜头鼻子逼问。

"呵呵！"毛幺九诡谲地笑，离毛十三远些，"我去年没砍树。"

"是你！"毛十三压上去，脸对着脸，很近。

"那……那又怎样？"逼急了，没退处了，就说了。

毛十三一阵寒心。"我说哩，我说哩！……"背了一年黑锅的毛十三泪都快下来了，"我要去告你，取回我一千块钱！一千块钱，幺九，你沉得住气啊，嫂子也跑了……"毛十三抹了些泪，把冤屈吐出来了，心里好受了些，"我说哩，我是说哩……"

"十三哥，你可手下留情，"表弟拉住他说，"这窑炭烧好了，我赔你的损失。"

"你咋就一声不吭呢？"毛十三望着表弟毛幺九，像不认识似的，"好你个幺九啊！"

那毛幺九忽然发炸了："又不是我加害你的！"

去年，去年。

去年的现在，毛十三在山沟里捉蛐蛐回家，走到公路上，见有人在搬新砍的树筒儿，就凑过去看了一下，森林公安中队的付队长就问他："是你的树吗？"毛十三说，不是的。半夜时分，毛十三就被两个人破门而入给抓去了，说树是他砍的，他是去探听风声。毛十三哪能承认？中队的人说，那树是他表弟毛幺九砍的。毛十三说他没见着，死不签字。中队就要他拿一千块钱来作保：保证在三天之内把偷树人捉来。可怜每天半夜三更钻山沟捉蛐蛐积积攒攒的一千块钱，人是出来了，可老婆那个恨哪！"毛十三，你这没长屌的！"毛十三哭丧着脸。老婆把抹腰（围腰）一解，丢下女儿，跑了。窝囊啊，打落牙齿往肚里吞啊。可嫌犯，你也是害死人，砍了就砍了，大丈夫敢作敢当。今天，终于找到这个缩头乌龟了，还真是表弟毛幺九哩……

二

毛十三擦擦被雨水浸湿的眼睛，看到沱石坡那儿果然闹哄哄地堆满了人。沱石坡有人又吵又闹不让拆房。这里要做蛐蛐大集，渝鄂陕边城毛家沟蛐蛐大集。毛家沟这儿独产一种"月亮巴"的蛐蛐，头大尾厚，头上顶个圆迹，金晃晃的，斗须五寸长，后腿像青蛙的腿，一跳起来三尺高，叫得像金属，上了战场就是要以死相拼的。人豁出去了人要胜，虫豁出去了虫也赢，打遍天下无敌手，毛家沟的月亮巴，石头做的！

毛十三看着这人群，兴奋得全身直筛，就像自己也参与其间了，就像为自己出了一腔怨气。他拿眼睛去找付队长，可他只看见抓耳搔腮、一脸忧郁的阮镇长。可怜的年轻的阮镇长，能干啊，这人能耐啊，常年卷着一只裤腿，跟人打招呼，见了背背篓的赶集山民，也和蔼地走过去，说老乡打的什么货啊，哈哈！这镇长讨人喜欢。毛十三突然想到他要救救阮镇长，他冲进人堆里就这么喊：

"山要塌了！大梁子要塌了！要塌下来了！大家停一停啊，山要崩岩了！山上的裂口一尺宽了！"

毛十三去拉大家，刚开始大家没在意，可看他又跳又叫的。

"山要塌了？""他说山要塌了？"

闹哄哄的现场被毛十三固执的叫喊给破开了一条口子，注入一汪明闪闪的、和事佬的清水，他说，山……山？！是啊，山！

"古八根家的傻子都说了山要冲成河，挂一条瀑布到这里来。"毛十三的手一比画，一劈。

大家都停下了。毛十三心里好得意呀："我这忽然计上心来是对的，我不与他们掺和，我救镇长，我又向他们报告了重大险情，我要立功受奖，我好聪明！

"山啊，山啊！……"

毛十三被人一推搡，就滚在泥水里了，全身到裆里都冰凉透了。那些人又扭打成一团。

"山要错下来了……"他听见人议论说。

他慢慢地就被人冷出了圈子，"呵呵呵！"他听见一些人笑他说。"驼子，你管这闲事……"他们说。

"他们以为我毛十三就是在劝架呢。不是！我是在说山要塌了！"

"山裂了大口子，是要塌了！"他像豹子一样怒吼地说。可嗓子破了，雨又大，许多人在雨伞和雨衣里，在屋檐下，听不到他说的啥。

毛十三来到了卖蛐蛐罐的老江铺子里，给他说了大梁子上的事，还有蛇。

老江说："十三，你把你的屎盆子端出来。"毛十三说："为何？"老江说："你把话说那么大，人家信的！"毛十三说："老江，我可没有私心！古八根家的那傻×还说了，这面山，从山上挂一道瀑布下来，那不就是山劈下一半了吗？"老江说："傻子的话你也信？你这狗毛骚的！"毛十三说："今年断是要起蛟的相。"老江说："可不能瞎讲。"

老江咬牙切齿地教训着毛十三，隔壁古玩店的小伙儿来找他借锤子。问借锤子何事，那小伙提走了老江的八磅锤就丢话说"怪哉"。老江与毛十三忙去看究竟。进那店里去，一农民从蛇皮袋子里倒出一堆圆溜溜的石头来，说是一窝石蛋，在山里捡的，捡时还热乎的，要卖给老板。老板没见过这玩意儿，就拿过一个看相孬的，搁在石阶上，挥起老江的八磅锤就砸。砸了几锤，石蛋开了，顿时一股腥臭的气味扑鼻而来，还淌出一些白黏黏的汤汁儿。老江看了，大嘴哑了，生生地呆怔在那里，脸看着看着涂了一层石灰，大惊失色道：

"龙蛋啊！"

龙蛋？这老江说是龙蛋。毛十三还没走到镇尾，挖到龙蛋和起蛟的传说就风一样在镇上传开了。

三

雨下得真大，山上充斥着令人窒息的腐败毒气。还未黄透的叶子簌簌地飘落下来，野草半疯不疯，庄稼半熟不熟。毛十三回到家，想着等英子放学回来了，把她送到山那边下湾二秀家去。二秀是个寡妇，近来跟表弟幺九拉上了，合了锅儿。只能这么办了，二秀是个很热情的人，喜欢英子。

英子回来了，父女俩简单收拾了一下东西就走。上山，下坡，走小道，进了下湾，就见前面有个人，擦过身时，那人问："是英子吗？"毛十三一看，正是二秀。

"十三哥，我正要找你，你们怎么来了？"

毛十三说："要出事了，大梁子裂那么大的口子，没准哪天垮屡了。我是来把英子交给你的，在你这儿避几天。"

二秀嘴巴惊成个大鸭蛋，说："是在传今年要起蛟哩。英子在我这儿没问题，我会好好照顾她的。"

一路泥水横肆，毛锦鸡无端在箭竹丛里惊叫，闷雷阵阵，天上地下都像有石头错动的声音，像一个巨人拿了磨子要磨碎这皇皇天地间的一切。山果然有撕裂的响声，就像撕一匹白布，就像随时都会接下来把山扯成两半……

四

从早晨开始，通往大梁子的山路就挤满了人，路泥泞不堪，路边的庄稼被踩踏成秃毛。毛十三爬上去一看，山野上全是伞花蓑衣阵。鸡鸭咋叫的？猪崽也叫。一只鸡扑棱棱从他的头上飞过，撵鸡人一个倒栽葱，又爬起来，顶一头泥浆青草喊："快给我抓住鸡！"几个人去抓鸡，一群人倒了，毛十三顺带一滑，抓住一棵小树，站稳，就见那围着的人中有人往裂缝里投鸡鸭、猪崽和呛人的雄黄粉。

"毛驼子，你挖到龙蛋了？"

"毛驼子，你拽到了龙尾？就是条大蟒吗？"

有人给投鸡鸭雄黄的人说："一定要压住它！一定要压住！压不住咱们就没命啦，刚起的楼房啊……"

裂缝里腾起一团黑气，人群就不自觉往后退了两步，喊道：

"吃了！吃了！蛟吃了！正吃哩！"

放羊的古八根老汉正在唾沫乱飞地给大伙儿讲着他家房子半夜无故被一块石头砸穿了。他这么说着，他的傻儿子手拿一根杨柳枝就挤进来说：

"这里要冲一条河，半个山直溜溜的挂一条瀑布！"

有人一棍子敲了他的头。他家老头古八根转过头来，听见儿子一声尖叫，也不知何事，说：

"这么大个洞……傻×呀？"

他儿子捂着头站起来说："就是挂一条瀑布嘛……"

"说福不灵说祸灵，这清晨巴早的，乌鸦嘴哩，镇子就没了？搬家吗？搬吗？"大家七嘴八舌地说。一个个忧心忡忡。

"我说了山保不住，你们不信我信。看啊看啊，老坟都塌了！"毛十三站在一座老坟上，脚跺着那坟，果然一个大窝。

有人说："刚才踩踏的。"

可山上又鼓出了两个大包，红艳艳的土，就像野牲口给刨开的。

"看见了吗？稀烂的，地底下涌出来的泥浆，完了！全完了！"毛十三喊，一脚红稀泥。

"这要跟镇里说啊！咱们在这儿胡尿乱喊瞎拜没用的。"一个明心人说。

"我说了，都不信。"毛十三说。

"什么？阮镇长也不信吗？不派人来，百姓的命也是命啊！咱们往山那边搬……"

叽叽喳喳的当儿，镇上来了两个人，对大家喊："都下山去，都下山去！"

大家依依不舍，还是渐渐散了。

五

毛十三路过老江的铺子，看见里面空了城，架上的东西都打了包。

毛十三说："今晚我还要去沟里捉蛐蛐。"

毛十三想起来老江是有个好盆儿，苏州盆，就叫"吼秋"，雍正年间的，盆儿上还画了几张残荷，一对蛐蛐。

"搬吧搬吧，就是不起蛟，不山崩，咱也离开这镇子，到宜昌去摆摊。"

毛十三只是笑，心里也苦，不想与他多说。就回去准备捉蛐蛐的工具。

雨遂人意，真渐渐小了，停了，云也散淡了。走到门口，已是黄昏，天色晦重，却见门口有个人。

"英子吗？"

"爸！"

是英子，我的儿！"你坐在这里干什么？"

女儿英子迎向他说："您没放下钥匙。"

毛十三想起真没放下钥匙，因为英子交给了二秀么。就问："不去二秀姨那儿，回来干什么？"

女儿说:"二秀姨外出了,我一个人,好想爸,想给爸做吃的,就回来了。"

毛十三听女儿说这样的话,手抚着女儿的头,才八岁哩,这娃。一颗泪珠子就要掉出来,喉咙就满了,半天才开了门。女儿淘米,他清理着捉蛐蛐的用具。

"我今晚,要去捉蛐蛐。"毛十三对女儿说。

"今天你捉蛐蛐啊!"女儿格格笑他。

家庭气氛就有了。毛十三问:"梁子上的裂缝咋样了?"

女儿说:"就那样。"

一声山吼,像牛哞。这么晚了,还有什么牛在山上?这不是说的山吼吗?黄颔蛇精在地底下,成精了,要出来,就吼。再一听,还是有低沉的吼声,又是几下。

"你听见有什么在吼吗,英子?"毛十三侧耳听了半天,问女儿。

女儿在灶门口噼噼啪啪添柴,柴烧炸的声音那么大,不是白问了!女儿含混答了句什么,毛十三的耳朵还在门外。

"……你说什么?"他问女儿。

"我说,我们班上少了好多同学。"

"同学呢?"

"说山要垮,被亲戚接走了,不来上学了。"

是要垮,真是要垮。毛十三没了整理工具的心情,心里乱惶惶的。这可咋办哩,我不去捉蛐蛐了,我送英子到下湾去!

"英子,你一个人到下湾去行吗?"

"不的。"

也不成。晚上让女儿一个人钻山,万一要是碰到野牲口或者坏人咋办?怕不过哩,娃子太小,又是个女娃。大人一个人走夜路也怀惊惊的。

山上一道蓝光,好骇人,横在大梁子与天空之间。天很低,可光怪怪的。吃着饭,想晚上的事、女儿。

毛十三放下筷子站起来:"英子,你收碗了,把门关好,电筒爸给你,放在枕头边,山上有个什么响动,你可留心点啊,当跑的时候就跑。"

"跑哪儿啊?"女儿睁着大眼睛问他。

跑哪儿？往哪儿跑？大梁子上？镇上？其他没道儿。怎样才要跑？山垮下来，你怎么跑啊，皇天！

毛十三心里嘴里麻苦，跟着两个人就走了，听天由命吧，好歹今晚能躲过吧。就暗暗乞求菩萨保佑，毛家祖宗保佑。就这颗独苗啊，我毛十三没戏了，希望全部在乖巧可爱的英子身上了。

一弯黑色的残月现了下脸，就被乌云遮没了。

山在轰隆轰隆地响，在头上，闷雷似的，比秋虫的呜咽响多啦。

毛十三呢，又疲倦，又紧悚，看山山就在晃，往下倒，山抖索着。一块石头骨碌碌从山上滚下来。

六

黄金有价虫无价，这蛐蛐当然有值钱的。

惑惑地、急急地往家里跑，看英子怎么样了。还好，英子把门锁了，门口有鸡的糠麸。把钥匙放在老地方。家收拾得干干净净；还洗了衣，晾了，煮了饭，炒了一碗盐水蒜汁蚕豆——这个他爱嚼，没事时磨牙齿和心性。毛十三看着清爽的屋子，想这个丫头以后是个依靠，能嫁个好人家。才八岁啊，我毛十三总算苍天有眼落了个好闺女，有个好闺女，老来就不孤单了。嚼着盐水蚕豆，泪水扑嗒扑嗒往碗里掉。

后墙的裂缝也大了。这是何事啊？不好，心总像提在手上的风筝线，揪拽得疼。是女儿太让我怜爱担心了。拿了捉蛐蛐的工具出去，顺便看看大梁子。

一看，山坡上全是像鸡子身上的羽毛一样层叠的小裂纹儿，一路向大梁子顶上延宕开去，远看，山体像一只趴在地上的大鸟，发了瘟症。毛十三站在那儿腿软软的，身上一阵阵发冷。正在七想八想踌躇不定时，有人喊他。抬头一看，大梁子上出现了二秀。

"我刚送了英子的。"二秀说。

"是你在我们家？……"

二秀脸没红，毛十三倒红了。原来是二秀做的，这女人心好啊。

"镇上好多人都去了我们湾子，你也去下湾？"二秀给他说，大大方方的。

可毛十三不敢看她了。"好好，英子就去你那儿，谢谢你了，我要去捉蛐蛐……"

他欲拔腿走，二秀就提高了声音说：

"还捉啊！学校人都跑光了，十三哥，好糊涂，你不是你一个人哩！"

毛十三望着她。

"还有英子，英子不能没有你，钱是小，命是大，你劝幺九不是这么劝的？"二秀一急，鼻子上就冒汗，耳根都是红的，她发脾气了。

"我陪你去！"二秀说。

毛十三哪敢要她去，挪不动脚。二秀说："十三哥，走啊！"

身边走着二秀，暖暖的，就是山塌下来也不改脸色。两人下到沟底，雨淅淅沥沥的。

两人说着话，雨就大了，天上又是蓝闪闪的厉光，到处是哗哗啦啦的响动。毛十三就坚决要二秀回去，说他捉到蛐蛐了就去下湾。当他说"去下湾"几个字的时候，一股泉水般的暖流泻进心里。下湾是好地方哩。

"我就是今日把毛家沟翻个底朝天，我也要捉到蛐蛐！"

一股力量和决心突然喷出来。他目送着二秀消失在雨雾中，攥紧拳头，暗暗为自己打气加油。

惨淡的天光在雨岚中穿梭，雨像波浪一样时起时伏。山里蔫蔫的植物趁着雨岚的间隙，向人沉重地传达着苦闷味，仿佛要把心里的苦水全吐出来似的。有毛猴在树上凄啼，呼唤着幼子。

英子啊二秀啊吼秋虫啊！吼秋虫二秀英子啊……毛十三想着这些。毛十三想着二秀。二秀不去看幺九了。他不敢问。脸上的殴伤是因为雨凝天暗，她没看出来。二秀。二秀的眼睛和嘴，手。二秀的和善和能干，待英子就像自己的亲生。可我是个驼子，钻山沟蹚坟山的捉虫人，我要捉到七声的吼秋！二秀，英子，英子，二秀，我今晚就到下湾去！

雨住啊，雨停啊，虫叫啊！

雨没住雨没停虫没叫。毛十三发疯了一样不停地翻着石头，一块又一块，一块又一块。翻得动的，翻不动的，都翻，就是一座山也要翻过来！钓一个洞又一个洞，蹚一道水又一道水，没有。山空了，没蛐蛐了，没一只，死绝了。什么也没有，一条蚯蚓也没有，一个蜈蚣也没有。沟里死气沉沉，电筒光照着的雾气，米汤般黏稠，一股奇怪的、刺鼻的硫黄味儿荡漾着。后来，雾，渐渐渐渐蓝了；雨，渐渐渐渐稀了。秋夜突然一下子静谧下来，就像步入了一个梦境……

这时候，一阵曜曜曜曜、曜曜曜曜的叫声从山缝里飘曳而来，胆怯而嫩气，像一个被许久遗忘了的记忆，一个清亮亮的故事，驾着初秋的寒意和神秘梦一样飘来……

七声，七声的吼秋！月亮巴！……

这里？那里？……好像要逗他玩似的。毛十三循着声音乱窜，可又来了一阵丁丁冬冬的雨声，雨打在树叶和植物上，把他的听力分散了。山林一阵不该有的噪响，来这儿捣乱了。乌鸦凄厉地从睡梦中惊起，拍打着翅膀，发出逃匿的怪叫；低沉的云彩掠过大梁子，浩荡东去。风加紧摇撼着山上的森林，连沟里的流水也不住地替毛十三哀求着，好像是在要雨和风停下来。

停下吧停下吧，让毛十三毛驼子逮到鸣叫的蛐蛐！

好一阵团团乱转。雨住了。树叶滴滴答答，山坡水光粼粼。雾气变成了乳白色，像呛人的柴烟一样自沟底向上无穷无尽地蒸腾；沟底就像一个煮得热烈的大蒸笼。毛十三手电的光线红暗起来，人也没劲儿了。昏昏沉沉的当儿，无意间抬起眼皮往头顶一看，呀，一弯小巧玲珑的月牙像一支银簪子挂在天上！山无风，水无声，树不动，山突然澄明如一幅画，美妙异常！

以为出现了幻听的毛十三，就在这时，又听到了一阵蛐蛐的叫声，万籁俱静，这叫声是多么分明，多么清脆：曜曜曜曜，曜曜曜曜……接着，潮水般的鸣叫声向他的耳畔送来。毛十三手电光所到之处，一只摇曳着修长斗须的月亮巴，正蹲在一块潮湿油亮的石头上。又一只！又一只！它们在石头上透气晾翅来了！毛十三张开网罩就向石头扑去。那些蛐蛐惊惶飞跑，鼓翼弹腿，你来我往，就像遇见了灯光的亢奋飞蛾，又像是喝醉了酒的酒徒。毛十三左一罩，右一罩，罩住了一只，又一只。

"哈哈！三百！……六百！又是三百！……又是三百！爹爹呀，祖宗呀！你们保佑我！肥猪啊，一头……两头……三头！……肥猪要满圈啦，我背时倒灶的毛驼子毛十三要发啦！"

毛十三心里叫着，叫得心尖发疼。竹筒里已经满当当挤进了全是七声的吼秋，多少只？记不得了记不得了！反正一只一只又一只，就像拾豆子一样的往竹筒里塞……电筒突然暗了，彻底地熄灭了。毛十三陷入了一阵未有准备的恐惧中。沸腾的心在黑暗中扑通扑通地跳着，平息着。不会吧？一口气我捉了……拍拍竹筒，里面是窸窸窣窣的声音，叫哩，叫得欢哩，全是真的，不是梦，不是梦！

再倾听，山野里铺满了蛐蛐的叫声，就像金属在敲打。一片吼秋声啊！嚁嚁嚁嚁嚁嚁嚁嚁嚁嚁嚁嚁嚁嚁嚁嚁嚁嚁……嚁嚁嚁嚁嚁嚁嚁嚁嚁嚁嚁嚁……嚁嚁嚁嚁嚁嚁嚁嚁嚁嚁嚁嚁嚁嚁嚁嚁嚁嚁嚁嚁嚁嚁嚁嚁嚁嚁嚁嚁……

好美妙的音乐，我毛十三捉了二三十年的蛐蛐，还没遭遇过这么大片大片的叫声啊，这人世间最美好的音乐，一起向我倾倒而来，硬是要把我搞晕啊，搞醉哦。别叫了，蛐蛐，这是怎么啦？这么吼秋，这个秋不热烈灿烂喷香金黄死才怪咧！不要叫了！不要叫了！我受不了了！

可蛐蛐的叫声没有止息，倒是更加雄浑浩荡：嚁嚁嚁嚁嚁嚁嚁嚁嚁嚁嚁嚁嚁嚁嚁嚁嚁嚁嚁嚁嚁……天上地下，一派辉煌壮丽的鸣叫。

吼吧，吼吧，吼吧，秋，吼吧！

一团白汽像一匹白马撞着他向天空升腾而去，黑暗像捅了个大洞，空荡荡的。这时候，从"洞"里泻出一种从大山深处发出的"咔嚓咔嚓"的推挤声，就像无数只大兽在那儿磨牙，在吞噬着咀嚼着，饕餮着那些金属般的吼秋声……

"……开门！开门啊，二秀！英子！"

他老远就高喊着，在黑暗中跌跌撞撞翻翻滚滚地向家里奔去，手上拿着那个竹筒。他要把内心狂乱的兴奋告诉她们，他的亲人，在大喊大叫中压抑住心底里巨大的恐惧。

"……二秀！英子！我捉了一大网子七声的吼秋，全是大虫啊！……"

灌木和苞谷的叶子被什么拼命地揉搓，荒鸡在哀哀号鸣。山上全是那种比严冬还森冷的无情声响，和着那吼秋蛐蛐们的惊叫激荡起伏，树叶飒飒地飘落……一阵灼热的热浪像一群野兽猛然向他袭来，毛十三还以为是强人拦路打劫或者遇上了老熊给他一掌呢。又一阵更凶猛的热浪，真像老熊的爪子挥来，毛十三一个后仰，就摔倒在门口，头重重地磕在了篱笆的石头上，身子一麻，就什么也不知道了……

七

毛十三醒来的时候，东边的天空漫过一片薄纱样的绿霞，像树叶揉碎的汁儿。而山沟里，晦暗的雾霭中跳闪着一层阴森的鬼火，宛若无数支办丧事的蜡烛。他感觉头在石头上颠得生疼，地在抖哩。一摸后脑勺，黏乎乎的，拿到眼前一看，血，怪不得！我到阎王那儿走了一遭。头沉，吃力地睁着眼，想起昨晚的事，看看身边，竹筒还在，里面叽叽叫叫的，虫子是真的。支起身子回身一看，大石头上，一群黢黑的山蚂蚁正在喝他流出的血。他又打起迷糊来，耳边好像有人在呼喊："崩了！崩了！山要劈下来，挂成大瀑布了！"谁？古八根家的傻子？不是嘛，没人，后来才发现是自己的声音在心里吼喊。脸上清凉，下雨了？黑雨！黑雨带沙。往飘来的方向一看，天，自家的苞谷地冲出一丈多高的黑水！

地穿啦，山真要出事了。他爬起来踢自家的门，踢不开，二秀与英子断然不在这里。门变了形啦。见门口竖着个喂鸡的破脸盆，拿起来就敲，同时冲天一喊：

"大梁子到寿啦，大梁子要崩啦！快跑呀你们！大伙儿快跑啊！"

毛十三敲着破脸盆，"当当当！……"连滚带爬向镇上跑去，一路跑一路可着嗓子喊，敲……

……高举着红绿彩旗的摩托车队分成两排，正威风凛凛地驰过街道。"呜呜"的警笛像是一只装腔作势、横蛮无理的老虎怪嗥着呼啸而去。每个摩托车后面的锣鼓手拼命敲打着手中的响器：哐哐，哐哐起，哐哐起哐起哐起……锣鼓手们在这郁闷的天气中加上兴奋，敲得大汗滚滚，街上的看客躲在礓磋坎子上、店铺门口，张着眼睛看着。走没多远，街上突然飞来一阵蝗虫，落满马路。奔驰的车队在这些飞来的蝗虫身上辗过。可蝗虫越飞越多，落到人们的身上，飞到店铺里，那蝗虫不仅有翅膀拍打的噪声，还有奇怪好听的叫声：嚯嚯嚯嚯嚯嚯嚯，嚯嚯嚯嚯嚯嚯嚯……有人就发现了，是月亮巴——吼秋虫！

当人们看清这虫子后，只眨眼的工夫，金黄色的蛐蛐就铺满了早晨的大街小巷。于是，人们开始抢这值钱的吼秋，窜上马路，与摩托车混合在一起，警车的警笛更急遽响亮，摩托车的喇叭哇哇喇喇，成千上万的蛐蛐在人们脚板的踩踏下，在车轮的碾压下碎成齑粉，翠绿色的浆汁儿飞溅在人们的脸上、裤腿上，飞溅到车手们的头盔上、店铺的排门上、柜台上，扑哧扑哧的炸裂声像炒豆一样蜂起；到处是蛐蛐们的残肢断翼，到处是凄厉的蛐蛐的叫声……

而更多的蛐蛐前仆后继、无所畏惧地朝大街上冲去，朝警车和摩托车队冲去，扑打着车身与人身，令人眼花缭乱。车队的摩托车手和锣鼓手们拼命地挥打着撞击他们的蛐蛐，车队歪歪扭扭地行进着，锣鼓声像溺水者们的呼叫，杂乱无章地持续敲响。遮蔽了天空的飞虫一落地就在车轮下挣扎着，又一时惊起，飞蹿，弹射；虫、虫尸、残体像狂风卷起的渣叶，放肆地在天地间狂舞飞卷，空气里充斥着一腥肉腥和草腥的混合怪味儿……

这时，人们看到一个驼子——毛十三跳到大街上，拼命地敲起了一个破脸盆，用尽吃奶的劲儿声嘶力竭地高喊：

"要崩岩了！快逃啊！要滑坡了！大梁子要铧下来了，大梁子的寿时到了，大家别捉蛐蛐了，快逃命啊！……"

他横冲直撞，在摩托的队伍中像一个疯子，阻止着车队的前进。他分明看到在蛐蛐的暴风骤雨中，他分明看到了沱石坡奠基高台上一干领导、贵宾笑意吟吟地拿着扎了红绸的洋锹；他分明看到了他的宝贝女儿英子夹杂在一队身着校服的小学生中间，手舞着秋天盛开的山茶花齐声高喊着："欢迎欢迎，热烈欢迎！欢迎欢迎，热烈欢迎！……"

八月八日八时八分八秒，一阵鞭炮的爆响，阮彪镇长手拿着讲稿，对着话筒说道："尊敬的各位领导，各位嘉宾，各位朋友，女士们，先生们，在这秋阳高照、风和日丽的日子，我们毛家沟镇迎来了蛐蛐大集隆重的奠基仪

119

式，这是我镇三千五百多父老乡亲的大喜日子……"

毛十三没有听见下文，嘴巴说不出，可这时，从天而降滚过来几块石头，小镇就战抖起来，一声沉闷的雷声拔地而起，小镇一闪，水泥路面就翘起了大块的路基。

奠基现场全乱了，人们像炸了窝的马蜂，跳下高台，夺路而逃。

毛十三就对人大喊：

"往西跑，往下游跑！别往上游跑去啊……"

岩石纷飞，一栋又一栋房子像喝醉酒倒了。毛十三踩踏着鲜花和鞭炮的纸屑，喊着"英子！英子"。他看见他可爱的女儿转过头来，听见了他的呼唤，一张灿烂的笑脸向他奔来……

"英子，小心！"

一眨眼，他看见他的英子在一辆摩托车头前飞了起来，像一捆芭茅，抛向了空中，又落到十几米远的地方，打了几个滚就不动弹了。无数的摩托车从他的眼前飞驰而去。

"英子！英子！我的英子！"

毛十三发狂一样向英子跑去，他的英子横卧在马路上，一身的鲜血，手上还拿着那把山茶花。

"英子！好闺女！英子啊！你醒醒！"

他看见英子终于睁开了眼皮，看了他一眼，渗血的牙齿还朝他笑露了一下，就又闭上了眼睛。毛十三哭抖着，唤着英子，把她抱起来。腿没劲儿，虚脱了，就把英子搁在肩上。街面上烟尘滚滚，大地摇摇晃晃，堵堵河的水突然飞溅上天空，像无数道白色的柱子。街上的人东跑西跑，你来我往。不能往上游去，崩岩要堵住河水，去上游就完了！

"往下游，往西跑，往食品牲猪站那边跑！"

毛十三扛着女儿，一只手招呼大家跟着他走，大声呼叫着吆喝着。那些人跟着他。他扛着浑身血淋淋的女儿，就像扛着一面鲜艳的旗帜，一个红桦皮火把。

人们跟着毛十三像一股洪流跑向下游。他们看到身后的小镇像画片一样折叠起来，屋，路，树。他们看到古八根的傻儿子还在那空荡荡的遗落了各种物品的大街上，手舞足蹈大喊大叫："一道瀑布，一道瀑布挂下来……"
山像一匹晾在竹竿上的竹席被狗的爪子抓了下来，它慢慢地、坚定地、沉重
地向下锉着锉着，大家看到那山隆隆作响地冲进街上，巨大的碎石尘埃吞没
了古八根的傻儿子。大梁子，高高的大梁子，恍眼间就只剩下半边了，像被
屠夫的剁骨刀剁去了一半，齐刷刷的。那山梁上一股泉水冲腾出来，顿时，
一条巨大的瀑布垂挂下来，就覆盖了那个叫毛家沟的小镇。堵堵河的水被截
拦了，汹涌澎湃在远处——大梁子垮下的山石像一道冲天大坝把河堵住啦！

逃跑出来的人终于吁出了一口长气，他们一起把眼睛去看那个带他们跑
出来的毛十三，毛驼子。毛驼子感觉到，他的女儿英子在他的肩上，渐渐冰
凉了。

大梁子飞挂的瀑布正在早晨的阳光中有滋有味地轰响着，还幻出了一道
巨大的彩虹，赤橙黄绿青蓝紫，好不奇艳动人。

（原载于《钟山》2006 年第 1 期）

老知青的故事

　　吉庆街大排档一直是武汉最热闹的夜景之一。南来北往的商旅，若在武汉的夜里没有事，当地人就说："你们为何不到吉庆街去喝两杯？"我在家里也能猜想到入夜的吉庆街是一幅什么图景。一长溜一长溜的排档篷子，彩色的塑料桌椅，各种盆装的素荤原料，卤得发黄的猪脚猪尾猪顺风特别是鸭脖子，炒辣的烟雾弥漫的气味，卖唱的清喊鬼叫。还加上那周围咬牙切齿的居民的抱怨，就组成了那道奇异的风景。这样的排档，不到早上第一缕阳光出现是不会收场的。

　　这天，我从武昌过江去汉口办了点事，事情很顺利。交通越来越方便，过江隧道的地铁，转一次就够了。过去三镇鸡犬相闻，老死不相往来的格局早破了，不到半个小时就可以从武昌到汉口。回去半夜不宜乘地铁，我想，何不到吉庆街去撮上一顿！作为一个武汉人，我为自己生活的单调和足不出户常常感到羞愧和不平。这么我甩着手来到了吉庆街，要了一个辣炒顺风，一盘虾球，一盘凉拌毛豆，一瓶白酒，寻了个安静的角落一个人自酌自饮起来。

　　卖唱的，卖花的，卖小盘水果的和算命的，往往会把一些人的情绪弄坏，也会把一些人的情绪弄好。我属于前者。尤其是卖唱的，他们可着忽高忽低的嗓子在人前赚钱，使人想起朱元璋家乡那些唱凤阳花鼓的灾民。而事实上她们许多为安徽人；她们擅长黄梅小调，什么《打猪草》《槐荫记》之类的都听腻了。但一曲《孟姜女》标价四十元，却还有人点呢。那价格都写在一块牌子上，什么曲儿，什么价，一目了然。一般一首十元二十元。为何《孟姜女》要翻几倍呢？因为唱这首要落泪，不是抹清凉油的落泪，是真落，一滴一滴地往脸颊滚，唱到动情处必须如此，否则就算没有唱出感情来，客人可以拒付。巧就巧在，卖唱女说落便落。卖唱的队伍中，拉二胡的，吹笛子的，拉小提琴的，怀抱吉他自弹自唱的，如过江之鲫，与喝酒人的谈笑风生，猜拳行令一起，闹成一锅粥，你休想听清一点儿什么。我的天，居然大家听得津津有味，拍着手欢呼叫好。

这中间，一个吹箫人引起了我的注意。他眼皮耷拉，牙齿发黑，花甲人了，穿一套过时的双排扣西服，领带和衬衣也显得没有颜色，蔫不拉叽，可他微笑着。但他的那身西服的确太打眼了，不在于它的好坏，一是卖唱的人群中没有谁穿西服的，二是他的眉宇之间没有穿西服的那种情调。穿西服的确是要情调的，要精神振奋。西服和领带总是不事张扬地从中透出一股明明白白的信息，一种浪漫的希望和憧憬，并且和这种希望与憧憬联系在一起的得体的生活方式。看一看那些当官的和做生意的人吧，西服把他们内心的渴望和炫耀都恰到好处地显露出来了。而我眼前的这个吹箫人，啊，他拿着一管箫和一张价码牌子，他的那身装束为何显得如此不协调呢？

他的箫一看就有些年头了，而他底孔的彩穗却是新的，为了在这儿吹奏新装饰上去的。他的箫很陈旧，不怎么高级，甚至看起来比专业演员的箫细一个尺码，泛着深红的颜色。他逡巡在各个桌子之间，但并不像其他卖唱者一副胡搅蛮缠的下作样子。别人若摇头和用筷子头摆摆，他就会迅速走开。他是个新手吧，他还没学会死皮赖脸地推销自己。而且，这箫声，这低沉的、近似于无的箫声，在这高分贝的场合，多么的不合适宜啊！好在有一个扩音器，但跟那些管乐弦乐打击乐在一起，也是近乎于无。箫真的是一种特别的乐器，它的声音，怎么说呢，只适合在月光下一个人吹奏。在这里，休想镇倒那些狂轰滥炸的嚣闹。后来他走到我桌前来了，估计今天他还没有开张。他朝我扬了扬手中的牌子，字小，但我看清了一些曲目：《敖包相会》《草原之夜》《珊瑚颂》，也有《梁祝》《送别》《渔舟唱晚》《梅花三弄》什么的，更有一些流行曲如《青藏高原》《执迷不悟》《流年》之类。他的标价不分长短难易，一律十元。

"能吹吗？"我说。

"么样不能吹？上面有的能吹，你点了没有的我也能吹。"他信誓旦旦，一口地道的武汉腔。

"那……《送别》。"我一敲桌子随便说。同时我掏出十元钱来，先交与他。他在我对面坐下来，舔舔吹口，说："谢谢。"然后他吹起来。

嗯，不错。虽然太嘈杂，但我还是听进去了，从最初的几个音符就走进了连天的芳草和忧伤中。但我更想到了一部很久前的电影《城南旧事》。它的主旋律就是如此，飘飞的黄叶，伤感而温馨的回忆，一双大大的眼睛看着一个旧时代的强盗，善良的强盗……

他吹完了，把箫拿下，双手拄着，旁若无人，没有说话地看着我或者若有所思。

"不错，"我说，"太好了，一个人喝闷酒的时候最适合听。你吹得太好。可应该在江边有月光的地方听你吹。"

"呵呵，"他笑，"那就没有生活费了。"

"来吧，喝一杯，反正就这瓶酒。"我叫服务员拿杯子和筷子，邀他入座。因我看见他想走，并没有强迫我再点一曲，所以我按住了他。我按的是那管箫，它是冰凉的。

"那……恭敬不如从命。"他坐下来，"这杯酒我喝，我再给你吹两首，免费，我们这个年纪的人喜欢听的。"

他很有礼貌地向我点头致谢，喝了一大口我斟给他的白酒，又接过去我递给他的一支烟并接过火，"太客气了，太客气了"，说完，就吹起来。

……远山夕阳……江水渔舟……阳关风沙……长亭送别……

"太好了，太美妙了，不错，不错。"我不停地说。

"不行不行，"他说，"自学的，瞎吹的，师傅多指教。"

"你学多少年了，吹这个？"我问。

"那有年头了，十几岁吧，不是搞宣传队吗，又不上课，跟着街坊胡吹。"

"师傅退休了？"

"早下岗啦，没事干，到这儿混口饭吃。"

"应该有孙子了？"我说，"家里还可以吧？哪个厂的，过去？"我问。

"街道工厂，不提啦。我们这一代人，老的老，死的死，基本被社会淘汰啦。现在谁还提我们，关心我们？八〇后九〇后大学毕业还找不到工作呢……我这一生，很有意思，你不嫌弃，我借着酒兴，跟你说说，不知你愿不愿意听？"

我说："没事，没事，我很愿意。"我用手示意了一下让他说，又给他斟满了酒。看来他很想找个人说话，也可能很久没说话了，我得满足他。

他眼里露出高兴，开始讲起来。

不知道师傅下过乡没有，我们是下乡知青。说是知青，叫知识青年，其实我初中才读了一年，老婆小学毕业，在家待了两年，赶上上山下乡，也就稀里糊涂当了知青，一起到靠近四川的神农架了。

那个地方可真穷啊，又不通公路。我记得我们十五个人到了我们插队的茅子岭七队，生产队长就把我们抛在半山窝的一个破庙里了，并让几个老乡给我们送来了两麻袋洋芋果。刚去时我们都有几个钱，没事可做，就天天喝在老乡家买的"苞谷烧"，煮洋芋果吃。

我们喝得昏天黑地，以后的日子不知道怎么过。第二天，生产队长就提来了两桶油漆，一桶白的一桶红的，还架了个梯子来，让我们站在墙上写标语。我们就在墙上把写上斗大的毛主席语录："知识青年到农村去，接受贫下中农再教育，很有必要""扎根农村干革命"。

我跟我的老婆在那十几个人中文化水平最差，就被安排给写字的搬梯子扶梯子，提油漆。就是这样，我跟我的老婆慢慢搞拢的。我们在下面给人搬梯子提油漆，有几个人就轮换了在上面画格子描字。用铅笔画出了字，又换人照字上的去填红漆。填红漆的事照说我是可以干的，但是他们不让我干，让我老老实实给他们搬梯子扶梯子。我站在下面仰着头看他们描字，一笔一画的真是很有味，字又写得好。眼睛睁得太大，一不小心一坨油漆落到了我的眼里。

你想到红油漆落到眼里会是个什么滋味？用水去冲，冲不干净，又不能用肥皂洗。这样我的眼睛就红了肿了，眼里的红漆使我一抹黑。过了一天，我的眼睛肿得更厉害，晚上睡觉也疼得直打滚。生产队长说，大队的赤脚医生大约十天到茅子岭来一次，大概就这两天要来了，来了就可以找他讨药打个"巴子"（包扎）。我就等啊等啊，等了一个两天，两个两天。看等不到了，我决定自己去大队弄药打"巴子"。

我捂着一只眼睛，一只眼睛看路，从早晨天亮启程，按队里的人给我画的路线图，走啊走啊，走到下午三点钟才到了大队，中途没吃没喝没歇口气。大队赤脚医生用眼药水给我洗了眼睛，打了个"巴子"，我又往回赶。走着走着，天就黑了。

我记得那天没有一点月光，那种黑我可是从来未见过，我是武汉人，从小在灯光里长大，我怎么摸回去呢？又没有带电筒，因为我根本没想到天黑会隔在外面。我有一盒火柴，我划燃分辨我走的路，我有时会碰见一户人家，努力回想这是否是上午曾走过的。我连哭都不会哭了，在经过一个山谷的时候能听到山里一些奇怪的声音，肯定是野兽的声音。我想哭，想为什么我有这么惨的命运。我捂着那只伤眼，连滚带爬，竟然摸回了生产队。

在生产队的路口，我看到了两支手电筒的光。我想是有人来接我了。走近一看，果然是来接我的，一个是我的街坊，叫五毛，一个就是我的老婆金凤。我本来是准备哭的，竟乐呵呵地笑了起来。我笑得十分开心。我说你们来接我了，怕我被狼吃了？你们真是瞎担心。那时候十八九岁嘛，不能让人见了没有男人气，何况在队里都瞧不起我，认为我没有文化，家境又很差，父亲是个贪污犯。

说到我父亲，我父亲在旧社会可不像我们这么窝囊，我父亲是汉正街胡记绸缎布庄的账房先生，那可是天天早上过早（吃早点）都要吃烧梅和小笼汤包的，晚上要去民众乐园听戏。我的父亲穿着最好的苏绸长袍，头发梳得溜光，我的母亲也穿着丝绸对襟大褂。解放后，他被分到江岸商场布匹柜搞营业员，我母亲先后生下我们五姊妹，一个哥哥，一个弟弟，一个姐姐，一个妹妹。全家就靠父亲的那点工资生活，入不敷出。就在我下乡的前三年，他因贪污十九块六毛钱，判刑十年。等五年以后我招工回武汉，我的父亲已经死了。

我还是说乡下那会儿的事吧，伤了眼睛才是个开头呢。后来我们就全被安排去垒大寨田。大寨田你知道吗，我想你知道。就是抬石头，像码万里长城一样地把石头码起来，再填土。整整五年，我们就在垒大寨田。五年里，我们没摸过犁耙，没栽过秧割过谷种过庄稼，每天垒大寨田。每天就是跟石头打交道。把田垒好了，交给村里人，让他们去种苞谷，种橘子。我们下乡啥都没学到，就学会了把大石头解成小石头，把小石头码成石墙。

我的老婆和我一样，因没有文化被人欺负，让她给我们烧饭。一日三餐，还要砍柴，还要种一些蔬菜，腌制一些菜。

我老婆她们四姊妹，四个姑娘。也不见得比我们家好，全家只有十二平方米的房子，还是在一个鼓风机房的旁边。她父母都是纺织厂的工人，父亲工伤丢了一只膀子，大家都叫他"一把手"，在纺织厂打扫厕所。母亲是母猪风（癫痫），说倒就倒，口吐白沫，不省人事。后来我老婆疯，可能与她们家遗传有关。我老婆是她们四姊妹中最丑的，又矮又胖又黑，没有一点看相。我不是糟鄙我老婆。她大姐最好看，嫁给了一个军人。她妹妹是个有白化病的人，头发是白的，全身是白的，眼珠子都是白的，像个洋人。就是怕过热天，一过热天全身汗不得出，热得大喊大叫。一个夏天她就那么叫。

我老婆自被安排烧饭，以后就老是烧饭。她真是尽心尽力了。做米饭那是没得说的，有一点什么菜也是做得很辣很香。光洋芋，她也会做出十几种花样来，而当地的农民只会烧洋芋吃。就是把洋芋煨在火里，煨熟了扒出来，烧得好还好，烧得不好就是一块炭了，那吃什么呀。苞谷面，磨成面她就能做成干的稀的馍馍、饺子；不磨成面，她给大家烧着吃、煮着吃也香得不行。我抽空就给她挑苞谷去队里磨面，也帮她上山砍柴。她对我好，给我洗衣裳，给我缝缝补补，感冒了给我熬姜汤。平常吃饭总是给我多添点，菜也多打点。后来我们搞成了，我还是很感激她。我想我这样的人是不会有人爱的，家里穷，没有文化，又是劳改犯的儿子。可她就喜欢上了我。她可能想，她只能配我，我当时也可能这么想，我只能配她。

我记得有一次她跟几个女知青上街赶集去，买回了一本《战地新歌》送给我。她是不唱歌的，她没有音乐细胞，就因为我吹箫，我想这是她专门给我买的，她的心还真细。就这本《战地新歌》，我们就搞成了，而且成了知青点的第一对，也是唯一的一对。

后来，我们各自回到了武汉，总算有了工资发。

回家后，我那老婆没理我了。她当然可以不理我，她的纺织厂是国营单位，我的厂是街道的集体单位，没听说国营单位的女伢找集体单位的男伢的，很少。集体单位的男伢要么找集体单位的女伢，要么找郊区像黄陂、汉阳的女伢。可集体单位的女伢稍有点样子的又瞧不起集体单位的，非要找一个国营单位的，走出去这人都有精神些。

那时候我的哥哥婆了，我的姐姐嫁了，我的弟弟还没有上来，他调皮捣蛋，我们还以为他一辈子死在乡下的。我的父亲呢，已经死了。我的母亲连我父亲的骨灰都没要，因为她恨他。说他把她抛下了，让她来抚养这一大家人。我母亲去取骨灰那一次在半道上把骨灰送了人。我猜想，哪是送人呀，八成丢在水沟里了。骨灰那玩意儿谁要呀？

因为我的哥哥也婆了，我就想我也应该婆一个才是。于是我就缠着我母亲，要她给我在老家找个乡下媳妇算了。我母亲是黄陂的。我母亲说，金凤不是很好吗？我说，她哪瞧得起我呀，她现在是国营工了，再说，她瞧不起我我还瞧不起她呢。我母亲说，不许胡说，她对你那么好，帮你办病退，你还说她的坏话？

我后来跟我们车间的一个女伢玩过一段时间。她喜欢我吹箫，天天晚上缠着我跟她去滨江公园吹箫。在江边找个草坡坐着，吹着箫，也不做什么。但不久她哥哥给她介绍了一个工业学校毕业的中专生，她就跟中专生好上了，也不听我吹箫了。

我个人的事情一直拖到一九七八年。其实那时我与我老婆几年没见面了，不知道她是死是活。我决定去找我老婆，我到那个纺织厂找到了她。她给我端饭吃。她给我打了一大碗饭，两个菜，全是肉，她用她自己的碗打的，她自己没碗了，就看着我吃。我说你也吃一点呀，她说就一个碗，你吃了我吃什么。你吃完了我再吃。我在她的食堂里吃着饭，看着川流不息的纺织女工。好漂亮啊，好多啊，女伢们扎了堆，一个比一个漂亮。我当时都看得忘乎所以了，结果把一块肉吞进气管里，不停地咳嗽。我那老婆说，你没吃过肉的？我说，哪是肉卡的，全是纺织女工卡的。我被那块肉憋得脸都紫了，我蹲在地上说："金凤，麻烦你给我找一个纺织女工好吗，管她是已婚的还是再婚的，我真的喜欢上了纺织女工。"我老婆说："个斑马你这个样子还鬼喜欢你，不屙泡尿照照。"我说："莫非我打一辈子单身不成？"她说："难道我就不行，你还要别人？"我说："这么些年，你还没结婚，你哄我吧？"她说："我哄你个鬼哟，我还嫁得出去？都被你睡了。"

她这一说我才想起来，我的确跟她睡过。那还是在下乡第三年时帮她上山打柴，在柴山里跟她睡过一觉，她不提我把这事都忘了。一想到跟她睡觉时的情景，我就激动了，我就说："金凤，我们办了吧，今天就办。"我的老婆一把将我推坐到地上，捏了一把我的喉咙说："你把肉吞下去再说。"我卡了半天，她一推，嘿，肉吞下去了。我连忙说："下去了，下去了！"

就这样，我们结婚了。我家是没有房子可住的，我哥哥结婚了在家里住，我一个妹妹和我母亲住在厨房里。我和我的老婆给她们厂长说了情，才终于搞了半间"团结户"房子。

所谓的"团结户"，就是在过去的女工宿舍里，几家住一间，又没有隔墙，帘子一拉，就成了一家啦。我们那一间，只住了两家。另一家的，人家是边防军人，军人家属。

这怎么成？这完全不成。就这样，我们在纺织厂住了一年多，我老婆的肚子还一点反应也没有。这可把我急死了。有一天，我和我老婆在我家楼顶上乘凉，那也是公房，挤挤攘攘的一栋，楼顶有个斜坡，我小时候就爱在那个上面乘凉，看长江，看那个防洪纪念塔。那楼顶是个铁梯子直上直下的，上面堆满了几家人家不用了的柜子和木柴。看着看着，我突发奇想，说："金凤，这里我们可以垒个小房子住。"我的老婆环视了一下，说："你这个斑马养的，这能住？这么陡的坡，住到半夜溜到楼底下摔死了还不知道是怎样死的！"我说："用砖一拦，你溜到哪里去，你溜到我怀里来。把这些破东西一丢，把房垒结实嘛，坡是陡点，到时我们把床腿一边锯短点，不就平啦，你还是纺织工人，这点脑筋都没有？"她说："你聪明，我听你的。"我说："不这样咋办？我们都老大不小了，我想要个伢，在纺织厂，一辈子也生不出个伢来。"我老婆说："我这么住着就住着，我不住着占那半间，以后能分到房子？都是排队，所以我就那么住着，你要在这里盖房子你住，咱们分居。"我说："分居可不行，我一天都离不开你。"她说："路生，你个斑马养的好会说假话。我心里清楚，路生，你一点都不爱我，只想让我给你生个伢儿。我这一辈子，亏就亏在没一个人爱我。"我那老婆就哭了。我说：

129

"金凤你别哭了，你多心了，我真的爱你。我们马上行动，我们要把这个房子建好，然后我们就有自己的家啦。"

我在那儿估算着这个房子有多大的面积，大约可以围出五六个平方来，那就很宽敞啦。我说哪儿放床，哪儿放个柜子，哪儿开窗。靠南面的窗户是要留的，有江面风吹过来，窗子要开高一点，以后有伢了防备他爬出去摔坏了。窗户还要搞几根铁齿，然后，我们可以坐在床上吹江风看长江，这就像神仙啦。

就干就干，我跟我的老婆穿街走巷开始捡砖。白天，我骑着我哥哥的自行车四处"侦察"，晚上就一个人或者与我老婆去挑砖。砖有好砖、新砖、老砖。只要有，能捡就捡。有时候兴致很高，一捡一夜。我那时候没啥想的，一门心思想把那房子垒起来。我想到知青时垒大寨田，现在垒自己的家。哪是家呀，就是个窝呗。可人有时候飞倦了非得要这个窝，管它大小。有时候我老婆被砖砸了手，想起来就哭。我说，只当我们多当了几年知青，这总比当年垒大寨田强多了，至少饭有吃的，至少是在武汉。过去垒的田，洪水一来就冲了，现在垒的房子，是我们自己的啦。

砖有了，又花两包烟在一个工地上弄了些石灰粗砂，就要开始做了。一动工，老住户们都来了，说这房顶是大家的，要垒大家一起垒，都有份。几十年的老住户了，可说翻脸就翻脸。还有的太婆爬上去睡在那屋顶上撒刁，说要叫领导来，说我是乱搭乱盖，说我是霸占集体财产。还是我弟弟狠些，那时候他也回武汉来了，是最后一批上来的，就是没有工作。他回来了还是我们那条街的拐子。他拿了根我做窗齿的钢筋，说谁要是不让做，他就一条子刷过去。我弟弟一出面，睡在屋顶上的太婆也就乖乖下来啦，屁都不敢放一个。谁不爱惜自己的命呀！他们都知道我弟弟回来后都拘留过两次啦，都是因为打架。

房子就垒起来了，上面用石棉瓦盖顶。房子是建起了，是在九月，但武汉那年热得不得了，立秋了还四十一二度，人进去就追一身汗出来。我那老婆不想搬，说她宁愿住"团结户"，上班近些。但是后来发生的事情使她不搬不行了。就在我们房子垒起来不久，我们"团结户"的那个军人就被地雷炸死了，成了烈士，后来那烈士的妻子就搬了出去，厂里给了她一套一室一厅，算是个安慰。接着再搬进来两对新婚夫妻，都是一个帘子。你想想新婚夫妻是什么样子吧。我老婆自从当了挡车工以后就神经衰弱，过去胖胖的后来瘦成一副骨头架子了，两只眼睛都是青的。一到晚上，听到旁边两张床上的声音就心惊肉跳，整夜整夜睡不着。我估计那时候对我老婆刺激不小，从那时候起我老婆神经病的兆头就越来越明显了。头疼啦，神经衰弱啦，惶恐不安啦。

我说什么也要让我的老婆睡一个好觉，你说是不是！我是个男人哪，我不能让我的老婆睡一个好觉我还算什么男人！唉，别提啦，提就脸红。您说我们单位为何不给房子？我们那集体单位有工资发就不错啦，屁大点的工厂，有钱也没地方盖房，何况没钱呢！

我把老婆接过来了，我们爬上那铁梯，上面多安静呀，没人打扰，啥声音都听不到。可是我老婆可能因为太兴奋，迈进去就摔了一跤：脚没踩到实处，忘了那房里有坡度。当下，头上就起了个大包。我老婆就哭起来，我老婆骂人是不输哪个的，她骂人是一把好手，后来她犯神经病时，一个人在大街往往一骂就是半天。骂哪个？鬼晓得！我老婆骂我妈，说："一样人两样心，为什么要让我哥住下面的好房子，咱们只有自己垒房的份，这哪叫房呀，这就是鸽子笼，你妈喜欢大媳妇。"我说："金凤，你别提我妈了，我妈是个老混蛋。"

武汉的冬天，干冷干冷，比他妈高山上还冷。我们那房子，又没粉，四壁透风，风还从石棉瓦里钻进来。可那时候年轻，心是热的，捂进被子里，也就不管世界了。我们的女儿姣姣就是在那间屋子里出生的。我那女儿生下来可漂亮了，胖乎乎的，大眼睛，长睫毛，生下来就想喊我们爸爸妈妈似的。我妈乐得合不拢嘴，说，就叫她姣姣吧。就这么，叫了姣姣。

生下姣姣是在第二年冬天，那一年冬天冷得人发筛，整天风直吼的。我记得姣姣还没满月，一场大风把咱们屋顶的石棉瓦卷了一块跑了。当下我们一家三口就冻得浑身像凉水浇，女儿也感冒了。我老婆骂我："路生，你个斑马养的，你还说你不是灾星，你这个灾星哪！"我说："我不是灾星。"一冻，我老婆的奶也冻没了，再怎么吃鸡吃鲫鱼也发不出来，你说我是不是个灾星！我那女儿就苦了，饿得整天嗷嗷叫，不喝牛奶，不要米粉，就要她妈的空奶头。

好歹我老婆找到她的一个同事，也是刚生了小孩的，奶水充足，便把我的女儿抱过去，时常匀点奶水给她。但这个女工是个乙肝，她又不说，我那女儿吃了她的奶水，染上了乙肝。当时哪知道啊，多年以后才知那女工是乙肝，再查我们的女儿，也是乙肝。

说到这里，吹箫人擦着他的眼睛。他的眼睛泪汪汪的。他喝了一口酒，又接着讲——

慢慢地，孩子就长大了，我老婆的头痛病却加重了。我们在她单位分到了两居室，跟人共用厨房和厕所，这房子我就非常满意啦，日子也还过得不错。眼看着女儿一天天长大了，越来越可爱，家里电视机、录音机、冰箱什么的都有了，心想这日子就平稳了，赶上了改革开放的好时候。像我们这种人，能过上点平稳的日子，心里就满足啦，也没啥别的想法了，就这么过呗，人到中年了。虽然与老婆经常吵吵闹闹，也没有大的矛盾。我老婆有头痛和神经衰弱的毛病，什么事我都让她，她在家摔东西骂人，我有时情绪来了叮她几句；有时就走了，到外面去玩玩，看看人下棋，打打牌。

但是这日子慢慢就改变了，先是我们单位不景气，我们单位有一阵子是红火的，八十年代初生产一种铣齿机，还有畜牧机械的减速器，一年生产几百台，差一点就被收归国营了。大家奋力地工作，争取厂子转成国营了我们的待遇就会好些，特别是福利、医药费什么的，以后想调出去，就可以调到其他国营单位去了。那时候，集体单位只能在集体单位一辈子，想调国营万万不行。但几年以后，单位就不行了，又转产搞轧花机——就是乡下轧棉花的那种，轧花机过不了关，没卖出去几台，再搞铣磨机。但是我们那个小厂，技术过不了关，好歹卖出去一两百台，天津市人家生产的铣磨机就把我们的生意全抢去啦，人家搞的是三十二行，咱们厂最多只能搞十八行的。

没有了事做，就自然而然减员啦，我在包装车间，没有机床包装了，加上我平时脾气不好，领导就要我回家了。

当时又不是我一个人回家，也没啥好想的。回到家里，单位有时候发几十块钱，有时候不发。因为是集体单位，国家又不管，自负盈亏，没钱你有什么办法，你没钱厂长也没钱。

后来厂子就彻底垮了，机器被几个人承包了。也是厂长找的几个人，都是有技术的人。我们是没技术啦，有技术的人那一段时间都回去上班了。我没有技术，一个月还能拿几个钱。我就在家吃闲饭了，管老婆和女儿的饭，早晨起来给女儿端早点，在家还洗衣裳，买菜，完全成了家庭主妇，跟老婆的关系对调啦。

但过不了些时日，我到厂里去，厂里就什么都没有了，说没钱了，最后一次算给我一千三百多块钱，说："以后你不要来厂里了，厂子已经卖给了别人。"

我揣着一千三百多块钱，在厂里走了一圈，厂里的确什么都没有啦，机器都被人拆走了。我们几个工人在空厂房里坐了一会儿，抽了几支烟，大家就含泪告别了。

我说的是那些没有技术没有后台的人，有技术的找到别的厂去了，或是自己做点什么。就丢下我们，回家吃老米。当农民没学到种田，当工人没学到技术，一晃，嗬，四十多快五十了，人都老了，这一辈子做了些啥呀？啥都没做，白吃了几十年阳世的饭。那一阵子，我心情不好，在家经常发脾气，喝酒，一喝就把自己喝醉了，忘了做事，老婆说我，我还不服。我老婆那张嘴很讨厌，我就跟她对着干，并且渐渐动起手来。她头疼，我就敲她的头，那时候也不知是怎么想的。我们两人打着架，我女儿就护她妈，也加入了骂我的行列，我的女儿骂我婊子养的，你说她有没有家教。她骂我，那我也打。那还不打！就打她的嘴巴。后来，打掉了她一颗门牙，光补这颗牙齿就花去了千把块钱。

打掉了门牙，我女儿还不恨我呀！可我酒醒了又后悔，后悔不该打老婆的头，不该打女儿的嘴，后悔当初没在厂里学点技术。后悔有什么用？我就想，我得找点事做，不然的话，她们更恨我，说我在家里吃闲饭，吃女人的闲饭，这男人就做得很掉底子了。除了在家里凶狠，实行高压政策外，她们谁听我的？一个男人挣不到钱，在家里都没有说话的地方。这个社会什么都不狠，就是钱狠。

恰好这时我弟弟对我说，他想和他女朋友在黄石去开个服装店，是别人让给他的，有一部分服装，然后再到广州进一点服装，他说让我入股，说本做大了，有了经验再开一间，也就是让我当一间服装店老板。他说钱不多，你给我五千块钱的本，赚了钱我们对半掰。我想，自己的亲弟弟嘛，我跟他感情还是不错的，我们都下放过，从小睡一个床长大。我的弟弟拍胸说做得成，说黄石很好赚钱，黄石人手撒得很，穿衣裳很舍得。他说了这个道理，说黄石当年有许多上海人来开发铁矿，如黄石的饮食都偏向下江味。这个我知道。加上我那未来的弟媳妇是黄石人，老家是上海的，更把我说动了心。我当时想过未必黄石那女伢靠得住，一看那作派就不是好货，我弟弟是在社会上混的家伙，回城后一直没有工作，派出所的常客啦。我想他如果真搞服装店，算是行了正道，做兄长的理应帮他一把，而自己又有钱赚，说不定以后能当老板呢。多的钱没有，找老婆要出了三千块钱给他。为这三千块钱，我又跟我老婆吵了一恶架。

钱拿去了，弟弟没有回来。春节回来的时候穿一双烂皮鞋，后跟直掉直掉的，还说是鳄鱼牌，八百多块呢。我说："你们的服装店呢？给我分红的钱呢？"我弟弟说："钱是没有了，钱我输了。哥，当着妈的面，今天你怎么都可以，我由你了。"我当即就送了他一耳光，我说："老弟，这钱是我去做小生意的本钱，是想给你侄女治乙肝的钱，你竟然黑我的钱？"我弟见我打了他，就一掌劈下去，把桌子劈成了两截，桌上的一桌好菜也稀里哗啦了。还好，那掌还没劈我。我弟说："哥，钱我一定还你，总有一天，我会还你的，然后扬长而去。"

我弟走了，我哥我姐我妹妹才劝我，并说，老弟都找他们借过钱，都是有去无回，找我妹妹借得最多，差不多五千块了，也说是去做生意的。他们说，他是老幺，让着他点。你不让他，他真的拿刀子捅人的。自己家的人他都捅得下去。

春节我一直闷闷不乐，我家的兄弟姊妹就给我出主意，有的说可以在学校门口去摆个摊卖点玩具点心什么的，有的说在汉正街打点货像梳子袜子鞋垫子什么的，白天到滨江公园，晚上到江汉路去"挖地脑壳"。有的说买个电麻木（三轮）也可以，投资不多，一两千块钱，咱武汉人，路又熟，那些乡下来的开电麻木的，起步价现在就三块，一个月大几百块钱不成问题，比上班还强。

我说，就是想开电麻木，但就怕上不了牌照——我这手基本上是残疾，怎么看都是残疾，对位不准嘛。你上不了牌照就是黑车，到时交通大队发现了，跟你一没收，你两千块钱就完蛋了。再则，我又不会开，家里亲戚都没一个有摩托的，我找谁学去？还要考驾照。这些事好麻烦呀。其实我是拉不下面子来，那时候人还拉不下面子。你要我到滨江公园去"挖地脑壳"？哈哈，当时真没想到要下这个决心。现在就不怕啦。

讨论了一个春节，没有眉目。

春节过后，我姐夫给我送来了一个消息，他一个朋友办了个化工厂，专门生产洗发精，然后用收购来的空瓶子灌装，在他那儿批一瓶两三块钱，拿出去卖七八块钱，一瓶可以纯赚四五块钱，可以先提货后付款。我一想，这是无本生意，何不试试？我姐夫就把我带到那儿去了。我一看，有海飞丝，有舒蕾、潘婷，应有尽有。细看就像真的，一般人根本分不出来。我进了一箱，用自行车托着，到离我们家远一些的集贸市场去卖，什么赵家条、球场街、二七路、渣甸路市场，我都去卖过。一天下来，嗬，总可以卖四五瓶，两三张钱就拿到手了。有时给市场交点，有时能躲就躲，能赖就赖。卖完了，把钱给化工厂，再进一箱，再卖。

卖洗发水总不是长远之事，我卖了几个月，也就渐渐没有生意了，一瓶从八块卖到三四块钱，就没有赚的了，人家也认识了，知道是水货，你若到老地方去卖，那些买过的上过当的就要来质问你，遇到脾气爆的就要揍你，要把你拉到工商所去。我就想，不能干这个事了，辛苦不说，被人打了还不划算。

可是，等我一收手，我老婆的事就来啦。我老婆在纺织厂细纱车间，她的技术算是不错的，她们厂的技术能手一分钟能接二十多个线头，我老婆一分钟也能接十四五个。累啊，细纱车间，还有什么布机车间，都是很累的，机器声震耳欲聋，老婆那头痛的病、神经衰弱的病也与长期在车间劳动有关。可是，我老婆所在的那个四班，十几个人，说是要精简，要优化组合，一下子全班人就组合掉了。其他班为何一个都没组合掉呢？有的是双职工，在厂里都有了些狠气，别人不敢惹。我老婆就这样给组合掉了，不说下岗，那跟下岗不是一样吗？说是内退，一个月发两百多块钱，两百二三十块钱。就这样，说退就退，人都没有反应过来。

这怎么行？全家就老婆两百多块钱了，怎么生活？女儿要读书，还要给她买药治病。我们就想到过去有个副厂长与我们两口一起吃过饭的，他却无力帮我们。他说，他这个副厂长说不定哪一天都没有饭吃，建议我们还是直接去找厂长，不要怕，这是自己的大事，饭碗都没有了，还怕什么。我们就在厂长家的门口等了两个小时。那次，我记得厂长家的门口在修路，到处是稀泥巴。按门铃是要老婆按的，我的老婆说："你哪像个男人？"进了厂长的屋，我们就把该说的说了。厂长倒是蛮热情的，听我们说。然后给我们做思想工作，他说："牢骚是情有可原的，要我内退，我也有想法。可优化组合、竞争上岗，全国都在这么搞，国有企业生存困难，特别是纺织行业不景气嘛，你们都知道的嘛。大锅饭肯定是不能再吃了，再吃就要吃垮了。改革嘛，肯定要牺牲一部分人的利益，但从大局来说，对我们国家的深化改革是有利的，不是你退，就是别人退，反正总得有人做出牺牲。"我当时就听烦了，又不好发脾气，我说："她们车间一分钟只能接不到十个接头的没优化掉，为啥我老婆能接十五个接头倒优化掉了，这里面的问题不是明摆着的？"厂长说："这是车间的事，现在我们简政放权了，要真解决还是得找车间。"然后他又给我们说什么改革开放就是人人要有危机感，说他也保不了哪一天就没饭吃了。都说自己会没有饭吃了。他这么说，我的老婆一急就哭起来了，鼻涕一把眼泪一把，我看她不是假装的，是真哭。她说："我老公的单位早就垮了，我也内退了，我女儿又有病，乙肝，想给她打干扰素要一万多块钱，现在好啦，吃饭都成困难了，哪有钱给女儿治病。这可怎么办哪？这一下，四十多啦，厂长，你说我们能做什么？是年轻？我们这个年纪，到发廊里去卖身，男人也不要我们啦！"

我的老婆那天哭得像个泪人似的，连站起来的力气都没有了。厂长的夫人还好，来劝我老婆，并扶我老婆出来，一直扶下楼梯。厂长的夫人是个好人。

我们走到车间主任的宿舍。我老婆说，那个家伙不是个好东西，他服硬不服软的，他非要人骂他。我说，进去瞧瞧吧。我就拍门。那家伙果然不是个东西，进屋了也没让我们坐。那车间主任等我们进门了就说："金凤，你吓不了我。"我老婆说："主任，我们决不是吓你呀，我这是向您求情来了。"我也连忙说："主任，我们决不是来吓您的，我们敢吓哪个，是厂长要我们来找您的。"那主任说："厂长要你们来找我，让他增加工资，他增加工资，金凤你就回来嘛，是不是，多个人我少做点事，我不舒服些！钱就那点钱，就那点粑粑，让我们分，那还不打破脑壳！"厂长恶毒得狠，把恶人让我们当，哪一天我都没有饭吃，我算老几。

都说自己没有饭吃，就我们有饭吃，那我们就走咧。两个人一句话不说地走到大街上，我就爆发了，我说："还不是你那张嘴巴，讨人厌，那还不该你退下来！想起你这张嘴巴我就有气。"她说："你个斑马老子的嘴巴怎么啦，这优化组合与老子嘴巴有什么关系，看看人家的男将，人家都是仗男将的狠，你没有狠，别人还不欺负我呀。你算什么男将，茅厕里的搅屎棍子——文（闻）不能文，武（舞）不能武，鸡巴卵的用。这时候你不安慰我，还来埋怨我，哪个愿意退的。这辈子就是跟你亏了，老子做姑娘伢的时候随便在街上抓个人都比你强些。"我说："好，我没有用，我们离婚，你再找一个去，找一个当官的去，找一个有钱的去。"我老婆说："我快五十了，月经都快转去了，我还到哪儿找人去？"我说："这就对了，怪你那张嘴巴，一天不骂人就不舒服，哪个喜欢？"我的老婆就哭自己的命苦啊，哭我不关心她不心疼她呀。这么哭，我的心也乱了。我去拉她，我说："走吧走吧，回去吧，回去再想办法吧，天无绝人之路，老天爷不会叫咱活不下去的。你这么在大街上哭，碰见熟人了别人还不知道咱们是怎么回事。"

哭累了，我的老婆就站起来，可身上发抖，抖个不止。我好怕啊，在深夜的大街上，车也稀了，路灯明明暗暗的，自己也恨不得哭一场。心想，大街宽宽的，哪条路是我们的路呢？千万不该发火来贬斥她的，她也可怜，把她逼急了，逼成神经病了，我更加没有办法，这个家，里里外外还亏得我那老婆，没有她，天早就塌了。怪只怪我没有用。怪谁呢，怪谁都怪不住。

整整一个晚上，我那妻子就浑身抖着，止不住，头疼。给她盖被子，给她吃止疼药，都没用。我女儿也被惊醒了，抱着她妈妈，又是埋怨我，说我欺负了她妈。我说我没有，我就说了她几句，她不是为我，是为她内退。

早上太阳出来的时候，我的老婆就睡着了，就安静了。再醒过来，也就没事了，就是有时在做饭时，在上厕所时，在洗衣服时，突然大声骂一声"个婊子养的"，把人吓一跳。就这个毛病，以后就发展成神经病了。

真正发展成神经病，那还是在她与几个内退的姐妹们自己办了个小织布厂之后。

那一段时间，我就尽量不刺激她，而是安慰她。她却像掉了魂似的，到处这里跑那里钻。打听有没有可做的事。后来她大姐夫总算给她找了个打扫会议室的活儿，包括抹桌子呀，洗茶杯倒痰盂呀，拖地呀，还帮着买些东西，什么点心糖果、饮料、水果什么的，一个月一百五十块钱。我那老婆就每天坐两站路到江汉关，再过轮渡到武昌，月票也给报销了。她很高兴，每次回来的时候就讲开会的事情呀，还给我带点散烟回来——别人忘在桌子上了的。还有几块糖呀，几根香蕉呀，一把茶叶呀。有个事混着，她的精神就好多了，头也不疼了，早晨出去，晚上回来。中餐也就是我跟她蒸好的两个馍馍，几块咸菜酸豇豆，就解决问题了。每天早上，我就比她提前起来一会儿，给她把馍馍蒸好，用两层塑料袋子装上，然后她就提着，去赶轮渡。馍馍中午是冷的，她说那里开水反正多的是，开水一喝，啥冷的到肚里就都热了。我记得刚好是一个冬天，老婆早晨起来戴上毛线帽子就出门了。武汉的轮渡为了创经济效益，把轮渡的二层搞成了交钱才能进去的封闭式娱乐室，看录相什么的，跑月票的就在下层，下层冬天一般都没有帘子，冻得人稀里哗啦，江上的风像刀子一样的。老婆回来总是骂轮渡，说他们缺德，搞创收把乘轮渡的人都赶到专线车上去了，这样的创收还是不创为好。天太冷啦，有时候我就要多交代几句，我体谅她太辛苦了，我说："你扫地的时候把馍馍揣在怀里，吃时就热乎些。她说："我知道了。"我说，那些小东西以后就不要往家里拿了，几颗糖呀，几支烟呀，怕让人家看破。到哪儿都不要留下个不好的名声。她说："我知道了。"她嫌我啰唆。下雪的时候我还要送她，我不能光顾自己睡在被窝里。上下船时那么多台阶北风一吹就结凌，不知摔坏过多少人。逢到大风天气，渡船不开，她还要倒三次公共汽车才能到武昌她扫地那儿。

搞了一些时日，我老婆觉得太苦了，钱又不多，路又太远。就与几个姐妹一合计，大家入股投资搞个小纺织厂，织坯布。那个机关还舍不得她呢，都说她做事蛮下得身，踏踏实实，地拖得干干净净，茶杯洗得干干净净。答应再给她加二十块钱，但我的老婆被一种想当老板的幻想拖住了，把她拖下水了。她说，到的几个人都是蛮贴心的几个姐妹，内退了，憋了一口气，想做点事来让那些人瞧瞧。就是这股气，把事情彻彻底底搞糟了。

小织布机厂买了四台织布机，还是宽的，织三尺二的那种，花了三万块钱左右吧。我老婆决定拿一万块钱入股。她告诉我当时家里的确还有一万块钱的存款，这钱是准备日后女儿读书用的，读大学要花钱哪。我说："你给我打埋伏？你说没有存款，原来还有一万块钱！"她说："不是我捂着，这钱还不是一花就花光了！"她说："就这一万块钱了，我投进去，现在坯布好卖，国家对下岗职工办厂又很优惠，三年不交税，三年说不定我们就发了。"她给我算了个账，一匹棉坯布可以赚一百余元，涤棉坯布也可以赚大几十元，一台机子一天一匹，一年下来，四人分，一个人两万块纯利没有问题。这比上班强多啦，求哪个呀，求人不如求自己。我老婆说她在滨江公园算了个命的，抽的签上面有这么两句话：求人不如求自己，求己功夫胜求人。我的老婆很兴奋，说："家就交给你了，我去赚钱，赚了钱，咱们就可以换台大彩电了，冰箱也要换了，这响声太大，又耗电，洗衣机买个全自动的，连洗带甩干。头年赚了钱，就拿一万块钱给姣姣打干扰素去，把她的乙肝治好。再辛苦几年，咱就不是万元户了，就是十万元户啦！"她说，这还是个机会，说不定这下就翻身了的，哈！我那老婆眉飞色舞。我说："你们几个内退的女人，还想搞大事，是不是有点不自量力？"她说，大家都是内行，这个又不担风险，又不是白菜萝卜水果，怕烂了亏了，这不会亏的，咱们的技术也不错，织出的坯布绝对是一等品，自己的布哪不比过去给厂里织的细一千倍！

她呀，我没有什么话可说，一年能赚两万我还说什么！我只是想，一下子投进这么大一笔钱，收不回来怎么办。我想着就怕，可我老婆似乎完全没想这个问题，只想着一年的两万，好像这两万块钱已经给她准备好了，只等年终的时候去取。

我老婆她们几个做事真是吃得苦呀，我说，女人吃得苦，比男人还能吃苦，她们从安装机器开始，就住在了厂里。那厂是我帮着租的，找我嫂子在后湖乡租的几间空房，很便宜。然后她们就找熟人进纱碇，先交一部分钱，布卖出来了再还款。十支、十六支棉纱，三十二支、四十二支腈纶纱，都进。

布织出的那天我老婆回来了，高兴得像什么似的，说，机器蛮好用，布也织出来啦，四台机器四匹，得到啦！我老婆找出了在厂里上班的纺织工作服、围裙和帽子。我看见她从箱子底下翻出来的，叠得好好的，还放了樟脑丸子。我老婆说："我还以为这一辈子再也用不上了呢，现在又穿上了。"我老婆穿上有樟脑丸味道的工作服，就又是纺织女工了。我老婆穿上工作服，对着镜子照了又照，说，上班还是好啊。她说这句话的时候差点泪没下来。我老婆就这么穿上工作服上她自己工厂的班去了。

我老婆半个月没回来，我就去后湖乡看她，想看看她们几个四五十岁的老纺织女工办的厂究竟怎样了。我到一个破烂的大院子里找到了她们的厂，院子里外拴着些牛，到处是牛粪和臭味。她们的四台机器却轰隆隆地转得欢。那是什么厂啊，外面堆着稻草，厂房内麻雀乱飞，房子倒不小。我到处看看，在旁边一间房子里安着一口锅，就用砖搭的灶，有些白菜、洋芋什么的，灶烧的是柴草，这就是她们吃饭的地方了，几个碗放在锅里还没来得及洗，半锅洋芋冷冰冰的。厨房后头是睡觉的地方，几张木板子，铺上稻草，几床被子，这比咱们当年知青住破庙还苦啊，我看着这些，当时鼻子就酸了。

我去喊我的老婆，我看见她和几个姐妹正埋头在织布，一人一台机器。还真是那回事，布织得很好，很白。她们选出来的厂长是赵大姐，赵大姐见我去了，说："来视察来啦？欢迎领导同志视察。"我说："真不错呀，真搞起来了，啊！"赵大姐说："靠你们男将，喝稀饭。女同志干事呀，干一件成一件，男将干事，十件没一件成的。"

她们都自豪得不行，我就连连夸奖她们，心里却说：这哪是纺织厂呀，这就像小伢"过家家"。我老婆瘦多了，我说："你头还疼吗？"她说，疼让她疼去。"我要她坚持服药，她说一忙就忘了。

我从她们那儿出来，听到纺织机声渐渐没了，看着安静的城郊的景色，鼻子一阵阵地发酸。我在心里问，这就是创业啊？这大把年纪了，还不就是想把个生活混过去吗！

然而搞了四个月不到，我老婆她们就完了。事情蛮简单的。她们织出的坯布自己没人推销，因为都上机忙嘛，还因为她们过去都是工人，没干过销售这活儿，屁都不懂，相信别人了，交给原来厂里销售科的一个副科长，也是个女的，跟赵大姐关系很好的一个。那女的当然愿意嘛，可以拿回扣嘛。就这样，让她代理销售。

第一个月不错，坯布卖了，货款没完全收回来，收了一部分够进纱碇的，第二个月销量还是很好，没积压，就钱没收回。第三个月还是钱没收回来。赵大姐急了，没钱进纱碇，就要停产了，便亲自去追货款，一直追到江苏，一问，全付清了。那个女副科长呢，个斑马养的，进戒毒所啦，把我老婆她们的坏布钱全吸了白粉！

机器被人抬走了，租房子的钱和电费至今还欠着，全是我嫂子担了。我们两口子那些年积攒的一万块钱，就这么打了水漂。

我老婆就疯了。那还不疯？我老婆那些天人就恍恍惚惚的，嘴里不停地咕咕叽叽。有一天晚上，我以为她去上厕所的，光着身子就出了门。唉，夫妻俩就这一万块钱的积蓄呀，谁知道她是怎么攒的，一分一厘地攒，全成了人家注射的毒品。

你说找那个科长的家里人要？她的老公也是个吸毒犯，双双都在戒毒所里。

我老婆犯病了经常往后湖乡跑，我几次都是在那里找到她的，我老婆在那个拦牛的大院子里，还坐在空空荡荡的过去放机器的地方，说，看，出布了，出布了！我老婆将那身纺织女工的衣裳穿得周周正正，帽子也戴得周周正正，就那么坐着，说，出布了，出布了。我就说，是棉坯呢，还是涤坯？我老婆不搭理我，就笑，就破口大骂，个斑马养的。我就说，啥布都没有，女人厕得起三尺高的尿来！我上去就抽她一个嘴巴，把她抽清醒了，就把她带回来。每次如此。

为她治病，没少花钱。我是烟也不抽啦，酒也不喝啦，特别是她两个姐姐，总是拿钱出来给她治病。她妹妹没钱。她妹妹是个白化人，后来找了个老公，生了个十分乖巧的儿子，但被老公甩了，她一个人带个孩子。我老婆那纺织厂多少还给报点医药费，但你每次去，拿一把药费条子，不是找不到这个，就是找不到那个，再不就说没钱了，下次再来。我就想，老婆病成这个样子了，我弟弟还欠我三千块钱。我于是便到黄石去找我弟弟，让他想办法还点钱给他嫂子治病。我到了黄石，我才知道我弟弟在专给人拉皮条，靠这个混饭吃，混一包烟抽。你看，堂堂的武汉伢，一表人才，在黄石竟干这个！我当下就要他回武汉去，我说："钱我可以不要你还了，但你得回去，别给自己丢脸，给咱们家丢脸了。"

回来以后，我弟弟说："哥，钱我还你，不过要请你帮点忙，咱们一起做点事。"我说啥事,他说摆象棋残局。他说:"我在黄石摆过,赚钱。"他说:"你就帮着做个'笼子'演个戏,我还有两个哥们,一起出去在汽车站外马(外地人)多的地方去摆,有时戏演好了,什么戒指、手表、手机全输给你,几百块几千块输的都有,就是要演得像。"我一听就火了,我说:"欺负乡下人、外地人,做'笼子'让人钻,这不伤天害理吗?你也下过乡的,咱们都做过乡下人,你把什么都忘了?咱穷是穷点,可不能做那伤天害理的事,人家会骂着咱说,难怪他们穷得没正当职业干坑蒙拐骗的,为人不善嘛,那还不一辈子穷,世世代代都受穷。穷也要有人味。"我吼了我弟弟一通,我弟弟不服,说:"听你这话就气,这年头,人不坏能来钱?"于是我弟弟就去摆残局,压分子撞猴子去了,还给我还了千把块钱,但有好几回都撞在警察手上了。

唉,我们这把年纪,是坏事不敢搞,好事也搞不成啦。就是这样,坏不能坏,好不能好,这辈子一晃就晃完啦。

到这里来吹箫,也是突然想起来的,好玩。有一天夜里,闷得慌,出来散心,就走到这条街上来了,要了几块卤干子,想喝瓶啤酒解闷。见到这些卖唱的,我的妈呀,我承认极个别有水平,大多五音不全,这些外地人,就这种水平还敢来汉口混,我佩服他们胆真大。山中无老虎,猴子充大王。我看几个吹笛子吹黑管还有巴松的,我想,我比他们吹得好。我就开始暗中观察,看他们一个晚上能赚多少钱,嘿,我看了几个,到转钟一点的时候,五十一百到了手。这样下来一个月不是几千吗?我就想,我也来吹一把试试,这里还没有箫,还是个新鲜名堂。

我这样作了决定,半夜回去,就翻箱倒柜,找出这管箫。用旧衣服包得蛮好,十几年二十年没动啦,下乡当知青的一件纪念品。我找出了箫,赶快把它浸水,我们叫润音,箫跟人一样,在吹之前要先喝水润润嗓子,这样,声音就有水灵灵的味道,焦脆,否则,就是哑不拉叽的。我润了音,关进厕所里,吹了两曲,一点都不生疏,就像每天都在吹一样。那个晚上,我别提多兴奋了。第二天一早,我就去新华书店,买了一本《箫演奏》,我得练几首传统曲子,因为我识简谱,就每天练《春江花月夜》《渔舟唱晚》《平沙落雁》《苏武牧羊》什么的,还有《梁祝》《送别》。我每天在家里练,我女儿不满,说:"妈有病,你还有心思吹箫？"我也不解释，先练。我那有病的老婆一听见我吹箫，多躁的精神就安静下来了，像不认识我一样，坐在远远的地方呆呆地看我吹箫，面带微笑。我发现这箫声还真能治我老婆的疯病，也可能是箫声又把她带回了插队的那种生活的记忆中，她头脑虽不清醒了，但这箫一吹啊还是能触动她哪根没有病变的神经的。反正，箫使她安静多了。

我就练了一个星期，练得差不多了，我便拿着箫也写了个牌子来到这里。我让自己像平平常常一样。刚开始没有啥生意，赚不到钱，我就半卖半送，给十块吹两曲三曲，没人点了我在空桌前也吹，让大家接受我的箫。慢慢地，我就有了一些听众了，老年的、中年的，甚至小哥哥们，流行歌曲我也吹。流行啥我就能吹啥。箫嘛，这是中国管子，虽然土点，它有它自己的味儿，你西洋管子再好，像双簧管、大管、大号、小号什么的，照我看来，还是没有咱中国管子好听。总有听得懂的人，他听厌了你吉他自弹自唱，再来点箫，闭着眼睛听，直往心里去。箫就是这样，送到人的心里。

开始的时候我没给我的女儿讲，女儿还以为我在外干什么坏事呢。我天黑出去，半夜三点回来，我女儿说我不管她，也不管她妈。我说我挣钱去了，就把那些钱拿出来堆到桌子上，一块两块的，十块五块的。然后我就去菜市场，买肉呀，买鱼呀。我把它们做好了，端上桌，就说："你们来吃呀，这都是我挣的，我吹箫挣的。你们不是说平常没有油水吗，从今以后大肉大鱼让你们吃个够。"我女儿那肝病非得要吃点有油水的东西，加上学习又紧张，营养跟不上，人就打不起精神。我那痴痴呆呆的老婆吃着肉，我就对她说："金凤，你还记得箫呀？咱们那时候垒大寨田搞田间小演唱吹箫，晚上在那个庙后头的山上，咱们吹箫。你看，就这点东西，丢了也就丢了，不丢，现在能换来吃的喝的了。你看，我啥力气都不费，吹了两曲，酒就跟我走回来啦。"我端举酒杯，我亮着酒。我想给谁敬一杯酒，给箫吗，就是箫。我想敬它一杯。我想说，老伙计，你不声不响的，现在你能帮我了。

在这里晚上吹箫，白天睡觉，我就照顾不了我的老婆了，我把她交给了她大姐。她大姐是个好人，她大姐夫也是个大好人。她大姐夫是军人嘛，退休后闲不住，他们住徐家棚江边，退水后有大片的江滩，他就在江滩上开了几垄荒，种些白菜萝卜、菜薹豌豆什么的，在地头搭个小棚住里面。她大姐两个儿子都在上班。于是她大姐就照顾我老婆。我老婆在她们家准时吃药，病情控制住了。不过她不能看见纺织厂的工作服，见了就焦燥不安，往后湖乡跑，也往自己过去的厂子里跑。

　　白天，我也过江去看看我老婆，跟她说说话，有时就到她大姐夫的菜棚去聊聊天，喝喝酒。我们在江边的小棚里喝着酒，看着江对面汉口的高楼大厦。我听她大姐夫说，有几个香港的游客曾散步到他那儿，跟他说，在这儿看汉口，也就跟站在九龙看香港一样，汉口这几年简直就像香港了。的确，我看也是，我在她大姐夫江边的菜地里，也喜欢看汉口，特别是打雷过后，天上干净了，没了雾霾，那一栋栋高楼真好看呀，把汉口都占满了，听说，马上有一栋世界第二高的楼要竖起来了。我就想，生活总还是有希望的。我拼命地吹，努力地吹，想多挣几个。前几年，到了月头，我就到我女儿姣姣的大学去，把我挣来的钱给她，一般是三四百块。我要她尽量买好的吃，不要克扣自己。我女儿接了钱也不给我说什么，也不送送我，我就赶快回来。后来她毕业了，在一个广告公司上班，工资勉强够她生活。女儿的病一直是我的心病，虽然她不想跟我说什么，可能从内心里还恨我，因为我打掉了她的门牙嘛，打骂过她妈妈嘛，但不管怎样说，她还是我女儿。我想多挣点钱给她买个房子，首付我出。我也没指望晚年会靠她。唉，她跟我没话说。我知道我老了会很惨的，那时候，我就带着这管箫去全国流浪去。我相信有这管箫，到哪儿都能弄来吃的。跑不动了呢，往哪儿一歪，鬼都不晓得。哪儿死了哪儿埋……

　　吹箫人喝光了杯中的酒，被人唤过去了，他的故事大致也讲完了。我的酒也喝得差不多了。在人头攒动的酒桌中看到他，正坐在一群亢奋的食客中间，他在给他们吹什么《新鸳鸯蝴蝶梦》，我依稀听见："昨日像那东流水，离我远去不可留，今日乱我心，多烦忧，抽刀断水水更流，举杯消愁愁更愁，明朝清风四飘流，由来只有新人笑，有谁听到旧人哭……"

　　我走出大排档，外面街道的空气清新多了。依然是车水马龙，霓虹闪耀，武汉的夜色越来越美。

（原载于《青岛文学》2015 年第 1 期）

争渡，争渡

争渡，争渡，惊起一滩鸥鹭。

——李清照

一

一个七月的早晨，阳光格外明亮，江面上晃动着一层让人晕眩的波影。这是个渡口，通往县城的渡口。从渡口望去，长江上的水就像一头从巫山下来的怪兽，龇牙咧嘴，奔腾着凶猛的躯体，向下游扑去，那气势啊，谁见了都会瑟瑟发抖。特别是大堤，在候渡人的脚下战栗着，江边的野苇被江水拱得左摇右晃，像些发酒疯的人。

没有封渡，大家庆幸。站在渡口的人们，眼巴巴地望着江面，等待县城开过来的船，老甘的船，甘启虎的船。首先是两匹驴叫了，贩驴人在赶县城的早市，杀场那边已经磨刀霍霍，手机响个不停。贩驴人叫三杆子，三杆子在手机里破口大骂道："老子飞过去？啊？老子又不是张果老！"等候驴子的屠夫在江那边给他把信，说绝没有封渡，渡口没有贴防汛指挥部的告示，而且他听了收音机，水位不升反降，洪峰今日下午才到咱这儿呢。三杆子说："没肉把你自己杀了充驴肉！"如今城里的人好这一口：天上的龙肉，地上的驴肉。县城一百多家餐馆日日爆满，都等待着红烧驴肉、凉拌驴尻。三杆子说："不晓得多杀几匹黄牛充驴肉！苕×！"这时候，船来了，大家看到了那艘歪歪斜斜的船啦，船像醉汉莽撞地在大水的尽头出现了，人群中一阵欢呼。驴却仰天长啸起来，它是在哭哩，声音凄凉异常，眼里滚出黄豆大一颗颗的泪珠，且是红的，像人血。人们转过头来看着这两匹驴——它们知道自己离死亡越来越近了，县城就是它们生命的终点。

有人就说："三杆子，作孽哩，这驴哭得这么惨，通人性呀，你就不能干点别的？"三杆子说："是驴就是一死，是人也是一死。你说我干什么？"没等别人回答，又说，"贩驴不犯法，贩人是死罪，你说我选择哪样？"

船就要到了。那船啊，戴着个艄楼的扁帽。"甘驾长啊，你可真是慢得！"

等船一靠岸，候船的人就高卷起裤腿，踏进稀泥和浅水中朝船上爬去，好占个位置。人流汹涌，老甘在船头差一点被挤掉下江里。有人真掉下江里了！有人又爬了起来，浑身湿漉漉的，也没哪个理他——那个人。老甘站稳后，两匹驴子就朝他踢了一脚。那一脚踢在他的胫骨上，那个疼啊！胫骨上没肉，硬碰硬的玩意儿。老甘大喊："三杆子，你今天不要杀啦！"三杆子哪听得到，一片抱怨声、詈骂声，都是对着贩驴人来的。驴还在仰天大哭："呜呃——呜呃——"红色的泪珠溅到了那块每年丈检核载规定乘员的蓝锡皮牌上，那牌上写得清清楚楚：涨水：二十五人；枯水：三十人。"莫非……莫非……"老甘这么敏感地想，驴的红泪是有蹊跷的……他就大喊："装不得了，下去！下去！都给老子下去！"这水面与舷干只差平齐了，船要沉了。这个地方叫什么？这个地方就叫翻船湾。老甘喊了几十年，沉过一次。可自当他在这儿升了驾长，就没翻沉过了。老甘总是这么喊的，吓唬大家，吓唬乡下人。这些乡下人，挑着扛着挽着，筐啊篮啊，横七竖八的扁担啊，攥着破旧的草帽斗笠，还有比炭还黑的毛巾，站的坐的，满满当当至少五六十人。有的爬上了艄楼，有的坐在驾驶室里，有的还吊在两边的废轮胎上，就像玩杂技。

人爆了，驴又在恸哭，一片世界末日景象。

"怪谁呢？"有人说，"怪船不准时！"

"干脆修一座长江大桥就好了！"

"不开！不开！要开你们开，混账透顶，我把舵给你们！"老甘揩着汗，两只眼睛通红，就像里面塞了几个尖辣椒。

这吓不倒人，大家就算是乡下农民，都是常过渡的，知道他是庙里的金刚，不吃人的。

"走吧，开吧，甘驾长！甘爹！甘老师傅！……"那些快中暑的人向他献媚讨好。有的把挑去卖的骚瓜塞到他的怀中。

"赵忠快赚饱了。"他只是这么一下想到，生意越来越好，船却不换。赵忠是他们船业社的社长、书记。船业社就是他的，他甘启虎都有几年没交党费了——赵忠不收。赵忠只收过渡费，这个渡口被他买下了，船也被他买下了。水手们没钱买这个渡口，反正，赵忠是社长、书记，还是这个渡口的老板，甘启虎过去是职工，现在是给赵忠打工的，就是这样。

那就开吧，他甚至想，开翻了算了。不能说"翻"的，驾船的不能说"翻"说"沉"。连"筷子"也不能说，只能说"箸"。驾船的只能讲"慢"，不能讲"快"（筷），"快了"就是"快完蛋了"的意思，祖上的规矩。还不能在船头拉尿哩，可现在驴在船头大拉特拉，臭翻了一船人。

"翻就翻了！翻就翻了！"忌讳是个屎！老甘就是这么把锚拔起了，把船开离了码头。不开又怎样？没人想下去，只要上来了的。只有一两个怕死鬼下去了，自动下去了。有一个在岸上还在喊：

"没看见驴流泪了吗？危险呀！畜生是能见到鬼的！"

人们过河去就是要挣几个小钱，赶个早市，谁还怕死？如今没哪个怕死。为了活命，必须争先恐后冒着敌人的炮火前进前进前进！

"我们站着不动就是了！"那些"英雄"的乘客这么保证说。

船进入了急流，船在打旋，扳舵的老甘把十二个柄的舵盘子死死地别住，身子像一条弓。两匹驴的尻子对着两个男人的脸，两个男人竟一动不敢动，呆呆地看着江面。江水大得吓人，一些从上游流下的树枝、草堆也在急流中打着旋。再往不远处看去，有人就惊叫起来：一只鼓胀胀的死猪，还有一个白瘆瘆的人——死尸，男人，四脚朝天，手指白得像茭芭，泡烂了。突然水下一个黑乎乎的东西往上一拱，将那死尸拱得掉了个个儿，是匹江猪子，就是江豚，要吃那死尸哩。所有的人眼光往那儿去，平稳就打破了，船就歪了，舷干舀水了！

"往右边去！往右边去！要死啊！"甘启虎大声喊。那一刻，他可吓傻了。

船如果一翻，几十条命就藏身鱼腹，就算他这种好水性的，在这么漫漫的大水中能否逃出还是个疑问呢。

驴叫！人们抓住驴尾，有的抓着驴的脊毛，驴的身坯子大，它们晃了起来，船就摇动了。

"三杆子！把驴看住呀！"

三杆子的汗也在哗哗往下溅，他在想那个上岸的人说畜生见到鬼的话，驴的叫声比被杀还惨，莫不是看见水中的坛子鬼了？这里是听说有坛子鬼的，鬼在坛子里踩水，到了半夜说话，就像关在坛子里说话一样，瓮声瓮气，若有若无……三杆子一副失魂落魄的样子拽着驴，自己在驴胯里，那老驴的屌条子打着三杆子的头。这时候，老驴的屌条子还是硬的，吓硬了！扳舵的老甘看得清清楚楚。手可是不能松啊。他大喊大叫呵斥，人总算平静下来了，靠大家的自然调节把船正过来了。逃过了一段乱水，船就离县城的岸越来越近了，人们看到了希望。

驴哭得更起劲儿，驴的葫芦嘴张开，嘴角沾着一层一层的白沫，看着就会恶心，还是什么龙肉驴肉！老甘的心烦乱得快疯掉，只求尽快把船安全送到岸，然后回去。家里躺着个垂死挣扎的人哪！也不知儿子发狗请到代班的康船长没有。这个人也是跟赵忠社长犟着的，不愿为他干事，说自己就是饿死，也不求他（赵忠）的饭吃。但老甘去请，自己的老婆快死了，让他扳两舵，三两个来回就行了，他把钱给他，又不是赵忠给的。老朋友，看着他的面子，这个商量应是打得好的。

船轻轻地靠着了码头——码头没了，水快涨到堤顶上了，人们撩下船就到县城。驴却打了一个滑，一只腿跪了下去。三杆子去拉，哪拉得动！驴是不想走，驴是不想进杀场。驴已经欲哭无泪，跪着，就是不走。老甘帮着去蹬驴，驴一动不动。畜生都怕死啊，何况人！

老婆快死了，他就不管那些驴了。抬头看见儿子发狗领着康船长，在卖票的棚子外朝这边看。康船长不愿进棚子，卖票的是赵忠的女儿赵君子，那眼神恨不得发狗和康船长都要买票，是个滴水不漏的售票员，对每一个过路人都不会放过，任何逃票都是不可能的。

"买票呀，买票呀！"

那丫头用尖得不可再尖的嗓子喊叫。可驴的惨叫声把她的声音压住了，就像压在驴身下喘气。好不容易把驴拉到岸上，屠宰场的屠夫张癞子就接过了绳子。他长着三只眼睛，有一只眼睛长在额角上，是只假眼，还有睫毛。驴子见了这三眼屠夫，就往后缩，死也不肯前进半步。缩了几下，蹄子已经退到水里去了，有逃跑的企图。三杆子和屠夫奋力去拉，同时喊老甘，要他搭帮一手。老甘在靠船，三杆子又喊发狗和康船长。几个人就一起来降驴。降了一身泥水，各人得了一支烟。康船长对老甘说：

"老甘，快回去吧，发狗我也不要了。"

康船长过来还塞给了他五十块钱，说是"给妹子买只脚鱼来吃"。老甘不要还不行，那是强迫，就与发狗一起离开了码头。

二

老甘的女儿友珠在给她妈喂凉粉。今天老甘的船为啥晚点了呢？他一夜没睡，一夜都在医院。老婆欢喜在医院疼得大喊大叫，打了几支杜冷丁才安静下来。早晨的时候，医生对他说："拖回去吧，病人想吃什么就给她吃点什么，没几天好活了。"就这样，老甘将老婆从医院拖了回来。老婆欢喜现在躺在床上，已无人相，说兽非兽，说鬼非鬼，病魔把一个人折腾得这么惨，做一辈子人又有什么意思呢？而且还无药医，医生无能为力，花的钱用尺量，所有的亲戚都借遍了，家里的盐罐子都涮干净了，用一穷二白、家徒四壁来形容老甘家是再准确不过了。好在还有几个儿女，几个健康的、长相很好的儿女，这就是老甘的全部"财产"。大女儿早嫁到长沙去了，身边还有两个，可两个至今也没有工作，今天这里，明天那里，都是临时打工的身份，就靠老甘一个人的工资来生活。家里新添的衣服，无论是内衣还是外衣，都是化纤的。老甘压根儿就没添过新衣，自打老婆患上这个妇科绝症后。

今天，老甘攥着康船长给的五十块钱，很想哭一下。他看着老婆，看着老婆瞪着一双死鱼眼，给她说："康船长送的五十块，要我给你买脚鱼，我这就去买了给你煨汤喝。"

老婆那痛苦的神情哪想喝脚鱼汤，喝龙肉汤也没有兴趣。她望着地狱，眼里已没有了人间，没有痛苦的人间，人间都不留恋了，还留恋一只脚鱼！

走到集贸市场，汗衫已经湿透了，街上的人神情也不轻松，都在议论涨水的事，说今晚洪峰，是今年最大的一次，该不是倒堤溃口吧？——每当夏日，县城里就有一股惶惶不安的气氛，都是这水闹的。天气热，人心烦，就到了卖脚鱼的摊子。

一问，野生脚鱼两百五十块钱一斤，家养的六十块钱一斤。哪儿来的野生脚鱼？都不是吃化肥激素长大的！管它什么，就挑最便宜的买，也不能把钱全买完，得买包烟抽。就买了只半斤多的脚鱼。给了钱，提出脚鱼来，想到桑姐那儿坐会儿。上了堤坡，发现塑料袋里的脚鱼咋没动静了，就打开来看。一看，那脚鱼蔫蔫的，用手去拨，还没死，不死不活。这不是我挑的那只啊，莫不是卖脚鱼的做了手脚？

于是转回去找卖脚鱼的论理。卖脚鱼的死活不承认做了手脚。那家伙赤着膊，剃着小平头，脖子上挂一个比狗项圈小不了多少的金项链，也不知真假。那家伙说："半斤的脚鱼，还做你的手脚，买二十斤看，嗤！"老甘说："半斤就不是钱吗？你说话咋这么伤人？我选的是个蛮有劲儿的。"那人说："热哩。还有气，又不是死了。出了市场我就不认了，晓得你在哪里换了的！"老甘要那人换一只，那人不换。老甘是个船古佬，也是有脾气的，可今天他忍了，心里忍得鼓出个大包，还是忍了。不能跟这个壮他一圈，还小他一截的家伙干一架。

老甘提着半死的甲鱼，这就走上了江堤街。这大约是太阳响亮升起来后的十点多钟，狭窄而肮脏的街道旁有一堆人坐在江边吹风看水情，一些人在树荫下斗地主。汛水早就溜进了防浪林，把那些怪头怪脑的柳树狠狠地摁在水里，想把它们摁死。水呢，水窥伺着街道，已上了半坡，往江中走的坡道一半淹在水里。在石岸坍塌的缺凹处，江水哗哗地冲刷着那儿陈年的垃圾和煤灰，几只鸭子和老鼠在那儿争相啃吃着腐烂的西瓜皮，旁若无人。不远处，一些赶在夏天修船的人在高热中为他们的船打着补丁，抹着桐油。那些船，无论是五板子、舵笼子、燕子尾、蛾眉豆和长柄铲子船，都将被重新粉刷，闪射着太阳的光芒，也透着一股子再次投入长江浪迹江湖的气概。

老甘迈上桑姐日杂铺的台阶。桑姐的店铺里堆放着乱糟糟的日用杂货。

日杂铺的景象就是如此，什么桐油斗笠啦，箩筐笤箕啦，藤器啦，扇子啦，新式节煤炉啦，等等。这些货，细看非常齐全，连开水瓶塞子和小漏斗都能找到。南来北往的船只给她捎带来各种当地的日杂，因此江堤街桑姐的日杂铺是两岸农民和居民都爱光顾的地方。

老甘想来给桑姐诉苦，坐坐，这是他的习惯。

老甘见到桑姐，就给她说欢喜拖回了，没法了，给她买了个脚鱼，又忘了买姜。桑姐就赶快从后头拿出了两块姜。老婆欢喜生病这一时，桑姐是打了不少照扶的。她知道他老婆日夜啼号的惨状，放姜在塑料袋里时，看了看那个有气无力的脚鱼，突然说道：

"该不是你家里有什么不干净的东西？"

"什么东西？"

"有没有请个道士看看？"

老甘就明白了，桑姐是迷信，这也是死马当活马医。

老甘就说："医院还欠一大坨，哪有钱请道士？"

"你就别管。"

桑姐说了，他也就没什么可说了。从来都是这样的。桑姐就像欠了他的，欠了他一辈子两辈子。说得不错，一九七九年的那场翻船事件，桑姐就在其间，是老甘把她从水底拖出来的，就是这样，老甘是她的救命恩人，她来世还要报答。当然还不仅仅是此，桑姐全身心地报答，把什么都给了他，把自己的青春乃至一生都准备给他，给这个什么都没有的船工，船古佬，瘦丁丁的男人。女人傻起来，比山旮旯的傻蛋还傻一百倍。

于是这天晚上，老甘的家里就出现了一个手拿木剑、黑袍加身的道士。驱鬼的人本身就像鬼。这鬼样的道士先是将那脚鱼吃了，打着饱嗝，就拿出带来的桃叶煮了锅汤。煮好后用剩下的桃枝沾水挥洒。道士后头，是发狗端着个筛盘。道士点燃一个火把，又从筛盘上抓起早就炒好的火面，朝火把上洒去，火面"呼"地燃烧，就像焰火。这道士手举火把，将屋里的旮旮旯旯、床底桌下烧了个遍，口里念念有词，从腰间抽出木剑，大喝一声，砍向病人的床沿，又在蚊帐里一阵挥砍。那病人看着木刀在头上飞舞，脸吓得全黑了，眼珠子凸出，叫声更烈。那道士挥汗如雨，最后停下来，手指病人床下道：

"妖在此处，床下有坟，如挖到脏物，如骨头、碗碟之类，须寅时到卯时埋到东面防浪林中……"

道士拿了桑姐给的两百元消灾费，高高兴兴走了。老甘认为太贵了，桑姐说没事的，只要病人好了，花钱是小事。于是几个人就将病人的床抬开来，找来了铁镐洋锹，开始挖土。

大门紧闭，不能让外人知道。几个人飞快地挖土，抬土，挖了半米深，什么都没见，还是土。再挖，挖到一米，挖出一些水来。那水越渗越多。老甘说，挖不得了，挖不得了。就往回填土，可水已经从底下汹涌而出，不大一会儿，堵不住了，水像爆裂的自来水管往外喷，盛满了坑穴，又溢漫向整个屋子。屋里的几个人脸都吓白了，像雷打痴了一样，一时间不知如何是好。

需要说明的是，老甘的房子是船业社的老房子，正在江堤的半坡。这水意味着什么呢？意味着管涌！

"发狗，喊哨棚的人来呀！"

发狗得了父亲的指令，箭一样向外跑去，去喊人来。

屋里剩下的人就开始堵管涌了。用了家里的所有棉絮，仍然无法堵住，水已经冲出了大门，水把屋里的东西都漂浮起来。几个人站在水里，一个个英勇悲壮，哪还管得了床上垂死喊叫的病人。病人的床也浸在水中啦，病人知道屋里发生了什么怪事，被道士的刀呀火呀又惊又吓，床下水声哗哗，更是让人胆战心惊，这就加速了病人走向死亡。

水已经像喷泉暴发了，大堤危在旦夕！堤内的整个县城，县城里的十来万人，都将因这个假道士的瞎说沦为水鬼，葬身鱼腹！

终于听到堤上响起了杂沓的脚步声、铜锣声、叫喊声。大门打开，一队解放军战士冲了进来，每人背着草包，纷纷往管涌里投去。更有许多人，在江边去探寻与老甘家管涌连着的水头，又向江中投草包、石头。就这样战斗了两个多小时，终于把水制服了。

老甘的家哪还叫家，这是一个战斗的工事，还是一个不错的工地，一些人高举石硪，高声唱道：

太阳高照正当顶哟，石硪助我举千斤哟，号子震动天和地哟，要把水患一扫平哟！……

病人呢？老甘的老婆欢喜呢？那个叫呀，就像是在地狱里受阎王小鬼折磨。鬼真的到家里来了，掐她的喉咙，掏她的五脏哩。

老甘在那儿束手无策。就听见警笛一阵狂响，警车停到老甘门口，从车上下来两个警察，抓住老甘就戴上了铐子。

老甘与警察扭打起来，他不服。他高喊："为什么要抓我？"

"嘿嘿，不抓你抓哪个？"两个警察，将这个浑身泥浆的船工推上了警车，"你真能挖啊，竟敢挖长江大堤，好本事！"

三

老甘没关在派出所，倒是关进了县防汛指挥部的一间仓库里。那里面堆满了草包、洋锹和苫布。

老甘像一头被关进笼子里的野兽，在那里面跳了脚骂，蚊子像轰炸机轮番向他轰炸，把他咬得抱头乱跑。他后来向外头的人求情：

"放了我！我家里有个快死的病人！出了人命，老子拿你们的头抵的呀！"

无论他是骂人，是求情，是摇窗，还是跌脚，守他的人完全不理他的茬。他骂累了喊累了，就躺在草包上昏昏睡去，他这几天太累了。

一觉醒来，天已大亮，铁门被"哗"地打开，一眼就看见了桑姐，还有一个人，眯着眼，卷着裤腿，抽着烟。

这个人是个副指挥长，也姓桑，叉着腰，满嘴燎泡，进来就说：

"你挖的堤？好啊，嗯，好啊。"

这人歪着头看老甘，老甘也看着他。老甘还没有完全醒来，他还在梦中，头沉得像一块石头。梦中，他的老婆死了，老婆一会儿长着獠牙，一会儿像蛇，从那个挖出的土坑里同水柱一起钻出来，一会儿哈哈大笑，一会儿又向他吐红芯子。老甘看这个指挥长，也像梦里的妖怪。

"是我，桑指挥长，是我一时糊涂请的人来瞎说的，不干老甘什么事，全怪我，桑指挥长大人不记小人过啊！"

"照你说那就不是故意破坏堤防？"桑指挥长对桑姐说。

"老甘可是老党员，二十多年的先进工作者，他有个什么仇，桑指挥长！"

"我是故意的！"老甘这时说了，"我就是恨你们！我老婆住院花了两万多块钱没处报一分钱，你们不管我们死活啊！你们有种的把我拉出去毙了，有种的拉出去呀！"

"老甘你胡说什么呀！老甘！"桑姐吼他。

"好！判你十年八年！"那个姓桑的气得双手直颤。

"不不，桑指挥长，他是恨他们社赵书记。那个赵书记让大家都恨他，好好一个船业社，后来一改制，他一个人买啦，所有船工都成了他的长工……"

桑姐是后一脚离开的，她离开时狠狠掐了老甘一把，低声却恶狠狠地说："你这个船古佬……"

后来赵忠就来了，老甘的老板、书记、社长。赵忠挺着个粗大的甲亢脖子，鼓起眼睛，进门就说：

"你当着县领导的面告我刁状啊？未必挖防洪大堤也是老子指使你干的？你啥不好挖，偏要挖国家的命根子？叭！"

一个巴掌扇过来，老甘接了个满腮，根本没防备。赵忠也是驾船出身，攥过舵盘使过桨的，出手忒重，当即就把老甘的脸打肿了，嘴里流出咸咸的血水来。老甘好半天才回过神来，说：

"你、你打我？你敢打我？！"

"敢打。不打还翻了天了！"

"你凭什么打我？"

"就凭这只手，这只手痒，咋的？你还敢还手？"赵忠摇着手说。

众人把发疯的老甘拉住，这才避免了一场战斗。赵忠临走时说：

"你欠打，挖长江大堤……"

最后，老甘被拘留十五天。

老甘投进了县城郊外山上的一个拘留所，每天为拘留所挖石头，刨场地。等他回到家，他的老婆欢喜已经变成了一张照片，挂在灰皮剥落的墙上。屋里呢？还有许多未清扫的白蚁残骸——那天刚好挖穿了一个白蚁窝。难怪的，家里的木头都被白蚁蛀穿了，原来白蚁窝就藏在自己家里。老甘回来就要发脾气了，家里这个样子，连一口热饭也吃不到。女儿友珠哪会做饭，过去老婆欢喜宠女儿，家里的一切事都是她亲自动手，女儿就像是家里的长客，长期袖手旁观的。他吼："你们收收屋子啊！""你们想饿死我啊！"

老甘万般绝望，泪水纷飞，康船长就来劝他了。康船长把他拉到江堤街"和谐社会小酒店"里点了个牛杂火锅，两个人在江风中赤着膊喝起酒来。康船长说，欢喜嫂子的丧事桑姐都打理了，现在就等着你把她接去合一家了。船业社哪个不知桑姐贴金养汉是为啥呢？还不是想有一天与你合一家，扶个正，机会来了，老天照顾她，也成全你们！实话说，桑姐配你有多的，你想想你是个啥人，一个船古佬，还是个穷鬼。凭什么人家要巴结你，不就是救了人家一条命吗？人家就非要一辈子当你的奴狗？老甘说："你不要开玩笑了，我不会与桑姐合一家的。"康船长当场就摔筷子了，说："你这个混蛋，你误了人家一辈子，等你二十年哪！"老甘就是摇头。康船长说，当然，欢喜嫂子刚死。老甘说，她死了一百年，我也不会再找人的！康船长说，守身如玉啊，佩服佩服。

话说到这份上了，说不下去了，康船长还是要讽刺一下老甘，指着他的脸说："你这人，该打！"老甘说："为什么？"康船长说："该让赵忠那老狗日的打，生得贱呗。"老甘说："不就是赵忠借了你五千块钱没还吗，恨他！"康船长说："你喜欢他，不恨他，除了你，全社的两三百人都恨他，就你喜欢他跟他穿一条裤子。"老甘这时就跳了起来，说："老子比你更恨他，欢喜的两万多块钱的医疗费压在我头上，一分都没报哪，欢喜死，听说他就上了一百块钱的人情。他儿子结婚，谁上的少了五百块？这号人，当了老板心就咋恁硬了呢？咱们过去是跟他一起创业的'三朝元老'啊！"康船长说："这就对了，你算是醒了酒。人家变了，干出压榨工人老百姓的坏事。所以老子就是饿死，也不回去上班，给你代班老子都是强忍着的，恨不得把他的渡船凿个洞沉了……"

"话说走了，话说走了，"老甘说。老甘又说："你说得起狠话，你女儿开歌舞厅，给你赚钱，我两个娃子，还在家吃老米，啃我的老骨头。"

<h1 style="text-align:center">四</h1>

　　老甘首要的不是跟桑姐合不合的事，而是要给两个娃子找工作的事，还有就是报销老婆医疗费的事，老婆过去也是船业社的正式职工。他去找赵忠，赵忠说："企业改制了，你找我要钱，我找谁要去？我自个儿掏给你？贷款都没还完。现在有六十几个退休工人，我还要养他们，死了还要我埋！我死了不知哪个埋我。"老甘恨不过，上班也打不起精神来，有时三船就作两船，不再准时开班，也不管渡船干不干净，让猪屎、驴粪蛋、乘客晕船的呕吐物就那么搁着，卖票的赵君子有时被乘客催得直跳脚，还骂她。她找不到人，船又脏，见了老甘就吼，一个漂亮丫头一副凶牙暴色。被晚辈吼上一顿，心里更不是滋味，就想康船长说的也许是对的，把他的船凿个洞沉了，把这赵君子那个丢进江里，让赵忠这老狗日的哭皇天去！

　　有一天，老甘就反驳了赵君子几句，赵君子就哭起来，跑了。后来，赵忠就别着两条腿从江边过来了，上了船，就对老甘说："老甘，干还是不干的？"

　　这句话老甘没有准备，口就哑了，不敢回话，赵忠就丢了支烟给他，说："熏熏臭。"赵忠点上烟，走了走舱里，捂着鼻子，上了驾驶室，说："老甘，你驾船，未必还要我给你洗舱不成？你这么报复我的？咱们可是屙尿和泥巴的老哥们，有话就说，有屁就放！"

　　老甘说："都放了。"

　　"这样，"赵忠说，"我能做到的只能让发狗到渡船上来上班，半年去考照，考不上没钱，考上了发工资。"

　　这是一桩大好事。老甘不知道老板赵忠为什么今天突然发这个善心，他还一时没反应过来，赵忠就下船走了。

　　这可是好事啊，发狗以后就有工资了，家里就少了个负担。他过去——在老婆没死时——是不想让儿子上船的，行船跑马三分命，就这么个儿子，口里不说，在心里，都是把他当命根子捧着护着的。可是现在没有办法了，人得活命，找个工作不容易。因从小把儿子娇宠了，由着他的性子去，成了个野娃子，读不进去书，混了个初中毕业。那怪谁呢，怪自己的遗传不好，祖宗三代的驾船佬儿，都是大字不识。从来没怪过儿子。不读就不读。可是儿子水性又不错，上了船有天生的平衡能力，这又继承了老子的优秀基因。但老甘特别是老婆欢喜是决不让儿子玩水的，说有个水煞关。为玩水，儿子发狗不知挨了多少打。打归打，照玩不误，儿子天生亲水。但儿子从没想到驾船，大人不让，自己也没这个动力，他认为驾船的低岸上的人一等，船业社的人走在县城，比打工仔好不了多少，让人瞧不起。都知道船业社是藏污纳垢之地，犯罪的多，不良少年多，父母长年在船上，缺少管教和家庭温暖，孩子很早就成了社会上的人，哪还有不学坏的！所以老甘想的是驾船到他这一辈止。现在，他又不得不改变主意，让儿子到船上混混看，当个见习水手。儿子是大人了，他能照管自己，他得找口饭吃。

回到家，他以为说出这个之后儿子会反对的。儿子喜欢岸上的花花世界，县城越来越热闹，到处是台球桌游戏室，网吧录相，想玩什么玩什么。当然，自母亲死后，发狗就很少外出了，也懂事多了。而且老甘回去一说，儿子竟点头同意了。

"又不跑长水、开拖轮，在渡船上，还是每天回家，上班下班，搞得好，一年后一个月起码有六七百块钱工资……"

"行了，我去。"

不要老甘多说，他发现儿子真的懂事了。儿子虚岁已有二十，是哪天生的（生日）老甘记不住，这事都是他妈记的，每年生日下面煮鸡蛋。这些事，以后要让他老甘记了。那天，他没有想起来。他只是看着儿子，看着头发柔软鼻子通红的儿子，心里有一线近近的、浅浅的暖流。

儿子似乎天生是块驾船的料，他学得非常快，从第二天上船开始，他拿靠球，使尖篙，吹哨子，精精神神的，就像个老水手。而且不到一个星期，他就帮他爹老甘拿起了舵盘子。他趿着拖鞋，穿着沙滩裤，有时赤着膊，露出一身晒得黑黝黝的肌肉，喝使上船的乘客遵守纪律，连驴子都听他的。人年轻，就是有煞气。何况他看起来就像个社会上的小哥哥，一脸的严肃，那些进城的乡下人哪个不怕他？他手上拿着帆布手套，有时把手套塞进牛仔裤的屁股荷包里，有时候还歪叼着一支烟——烟是乘客敬的。有时，荷包里还有几个桃子苹果之类的玩意儿，也是乘客塞给他的。有时候，还倒提着一支扑腾哀哀的土鸡——还是喜欢他的养鸡专业户给他的，要跟他拉交情。这只鸡，他就丢给了卖票的赵君子。赵君子这丫头喜欢吃鸡，特别是乡下养的土鸡。赵君子吃了发狗的土鸡，就让发狗去考证。

半年后，发狗成了有证船员。

就在发狗拿到驾证的那一个月里，老甘的身体出现了异样，就是眼前看东西有了黑影，不知是些什么秽物在眼前晃来晃去。刚开始他还以为是驾驶室前的玻璃没擦干净，反复擦过后还是如此，那些东西依然在眼际飘来飘去，有的像蛇，有的像蚊虫，摇摇摆摆，挥之不去。他在船上，看到整个江面上都是这种东西，他上了岸，前面也依然是这些东西，这些东西他走到哪儿跟到哪儿。发狗也不知道是咋回事，他姐姐也不知道，姐弟俩就给他们死去的妈烧纸，以为是妈在与爹开玩笑。纸烧过了，爹依然没有好转。又去给江边的冤魂水鬼们烧，一直烧给了清朝的八十一童生——乾隆癸未年九月，荆州府试毕，八十一童生由对岸渡江回县，"昊天不吊，骤然变色，风烈雨猛，白昼如黑夜之状；水涌浪高，江面起数尺之波。艄公仓忙于棹上，叹长江之难过；诸生痛哭于船中，苦一命之难保。一时沉殁，满船皆灭"。从此渡口"露冷闻凄声，天阴则魂哭"，那些呜咽的悲声，据说是八十一人的精魂所聚。一九七九年的记忆同样惨烈。那时翻船湾已是机渡船，不过还竖有桅杆篷。那时的老甘还是个年轻水手。驾长老何喝了些酒精兑的酒，又贪快走扣，满腮出角，致使机船翻沉，死亡十七人。老甘当时年轻力壮，水性好，逃出了劫难，还救起了三人，老何也救起了数人，但自感罪孽深重，爬上岸后又重新投水自尽。桑姐就是那一次翻船时，被老甘从水底下救出来的一个，而桑姐的丈夫却在那次事故中沉入水底。这些古今冤魂们，是不是现在突然出来要兴风作浪，想来加害老甘？——老甘确实感到了它们的威胁，老甘看着前面的航道看花眼了，看到的是一些捣蛋的鬼影，它们紧紧跟着老甘，不离开半步，从早晨睁开眼睛就跟着他。跟得他惶恐不安，有时候甚至因害怕大喊大吼："你们不要缠我呀！"

桑姐就知道了。

那一段时间，老甘没去桑姐那儿，总是躲着她。驱赶这些"鬼魂"的时候还喊"这是报应，这是报应"。可桑姐终于知道他这个事了。是有一天友珠碰见她，给她说的。友珠这孩子很乖巧，面对着母亲生前的情敌，没有白眼与唾弃，倒是"亲热"她。左一个"桑姨"，右一个"桑姨"，喊得桑姐心里甜蜜蜜的，就给友珠买这买那。衣裳、鞋子、袜子、零食和上网吧的钱。友珠有什么办法呢？待业在家，手中空空。一个妙龄女孩，正是花费的时候。桑姐又很喜欢她，这孩子天生是个美人坯子，她爹不给她钱，她就很可能会变坏，找其他男人要钱，那就要付出代价，说不定会受骗。那天桑姐给了友珠钱，友珠就说到她爹近来的怪事。桑姐是个有点信神信鬼的人，心想该不是上次老甘他们挖出了什么脏东西真把他缠住了？就弄了些纸啊香啊去老甘老婆欢喜坟头去烧，又去渡口烧，还要自己死去的丈夫别找老甘的什么岔，说老甘没有做什么对不起她的事。

烧过了，也把老甘的眼睛看过了。突然想到她丈夫生前在乡下也给人治过类似的病，乡下叫"挂影"，就去找丈夫留下的医学书来对照了看，一看，就对上了，这挂影就是医书上说的飞蚊症，书上讲，是酗酒过度所致。这就说明了，最大的罪魁祸首就是喝酒。老甘抱着酒瓶晚上喝，中午喝，连早上也喝，叫"喝早酒"。这喝早酒是近些年从荆州城传出来的，男人不论老少，一碗面一块锅盔，也能喝个三两二两，啤酒则是一瓶两瓶，全当水饮了。到医院去看医生，医生说出一个惊人的事实：近几年患飞蚊症的呈几何数增长，吃药也效果不大。后又去中医院看中医。一个老中医了他们一个偏方，还必须每天用热毛巾敷眼睛，酒则是必须戒的。

桑姐买来了药，给老甘煮水。酒闯的祸，不戒也得戒，可老甘戒酒就等于是戒命（他自己的话），一辈子没离开过酒，没了酒，舵盘都掌不到感觉了。在桑姐和儿女们的劝说下，只好戒了两顿，一天一顿，一顿不超过两盅。

这样过了一段时间，飞蚊症依然不见有大的改观。老甘在亲人们的强烈劝说下，完全戒了酒，可眼前的"妖魔鬼影"依然时常跑出来。有一次，他差一点与去三峡的旅游客轮撞了个满怀，要不是发狗飞快地抢过去舵盘，打正方向，否则后果不堪设想；又有一次，老甘拿舵，撞上了航标艇，导致前舱进水，不是几十个乘客轮流舀水往岸边开，还抛下了十几筐橘子，那渡船的一劫是躲不过的。

　　这一年，老甘保持了二十多年的"红旗渡口"给取消了，老甘也不是劳模了。劳模不劳模的，老甘无所谓。老甘说："老子当了这多年的劳模，得的钟有十几口（奖品）。"

　　赵忠在老甘的第二次事故之后，气咻咻的，发誓要他下岗，"回家抱孙娃去"。

　　为了还老婆治病欠下的债，他也不能下岗回家呀。而且回了家，什么都没了，赵忠只给几个中层干部办了养老保险，几乎所有船员都没保险，更不消说缴社保基金。赵忠称，他继承了船业社过去的欠债达几十万元。只有鬼才相信。他在县城最新最好的"荆江豪庭"小区购买了一套两层的豪宅，穿的绫罗绸缎，吃的山珍海味。

　　怎么办呢？桑姐让他去找赵忠说情。老甘跟康船长不是一个个性吗？都是那种饿死不低头的货。"让我去给赵忠磕头，这比砍我的脑壳割我的卵子还难受！"老甘不去，就是不去。桑姐怎么劝说，也无用。桑姐就让发狗去。这发狗近段跟赵忠的女儿赵君子打得火热，两个人年龄相仿，还是初中同学，且都是那种读不进去书的蠢货。船家子弟很少有爱读书的，不知为何。

　　发狗提去了茶叶，加上赵君子说了几句好话，赵忠就把老甘安排到沙市的一个砂石码头上守趸船去了。

　　守趸船是一份清闲的差事，工资虽比当驾长少，但总是可以养活自己。这样，老甘就要把渡船全部交给儿子了。现在，真正能胜任这个摆渡工作的，也就只有发狗——老甘的儿子和徒弟了。自从一九七九年那场翻船灾难后，这个渡口就一直是老甘服务的处所，也是专属于他的，他在这里为两岸的人来来往往摆渡，载人也载畜，载花轿也载棺材，载晴天也载风雪，二十多年来没有出现过任何事故，虽然船已老了，舵已旧了，但风里来雨里去，风雨无阻，没误过人的事，没给船业社和赵忠增添麻烦。现在，真要交给儿子，老甘却又放心不下，儿子一个人，他老甘不在身边，遇上什么险情，儿子能够单独化解吗？这个翻船湾，只有我才能镇住的。儿子只有一个，吃水上的这碗饭，那是要把脑袋掖在腰带上的啊！如今这年头，江上乱啊，个体、民营船舶增多，为了挣钱，人们拼了命，船也没空闲修理、刷漆，不少有着安全隐患，行船者又不讲规矩，瞎开乱撞，无证驾驶的也不少，船劣、技孬，超载，事故满江。儿子要是有个闪失，我咋对得起他死去的妈？

这个晚上，运砂的船将把老甘载走，载到沙市去。在渡口，桑姐给他提着行李。他们看到从薄薄的雾气中，从朦胧的月光中，发狗的最后一班夜渡开回来了。

江面上响着夜航船的汽笛，沉闷而深远。江涛击打在岸石上，发出森凉的哗哗声。航标灯在江面上像些神秘的水兽的眼睛，像古老传说的时隐时现的光芒。鸬鹚和芦雁在沙洲上唳叫。他们看到，年轻的发狗，独当一面驾着渡船回到了岸边。

儿子什么话也没说。他扎了锚，接过他爹老甘给他的一支烟。桑姐说："发狗成大人了。发狗成了船长了。"

"就是个摆渡划子的。"发狗说。

两支烟头在黑夜里一闪一闪。

老甘说："一定要慢些开，不能装就不装，不要跟乡下人吵架……"

"也不要喝酒。像我一样，喝成这样死不死活不活。"老甘又说。

"喝酒是最误事的，那一年，出事就是因为何驾长喝酒了……咱们是罪人呀，人家坐你的船，就把性命交给了你，你不能把别人的命不当命，那样也就是把自己的命不当命……悔之晚矣！……"

"过去的事就不要提了。"桑姐说。

老甘就要桑姐把火纸拿出来，说："发狗，你在这里磕个头，让何驾长保佑你，让百贵叔（桑姐丈夫）保佑你，让八十一童生保佑你。"

发狗不太愿意，迟迟没有动作。火纸烧起来了，老甘去拉儿子，才把儿子拉动。儿子这次算是听了老甘一次话，把膝盖屈起来跪了下去。儿子是不信这个的，跪的时候还傻笑了半声，没让声音完全发出来。他磨磨蹭蹭跪下时，运砂的船就来了，就有人向岸上喊："老甘！甘驾长！"

火被江风吹得歪歪欲倒，忽明忽灭，纸灰很快就被风吹走了，而船的隆隆声向岸边贴来，盖过了一切人声嘈杂，祭奠的氛围没了。新的生活又开始了。

——老甘踏上了运砂船。

老甘走的时候，大声对发狗说："多听你桑姨的！"

五

老甘交代两个孩子：多听桑姨的。

桑姐想，他们会听我的吗？

有过短暂的缱绻温存，在老甘离去的前夜，那也是两个头发花白的半老男女的温存，没有提与他结婚的事，桑姐决不会提，这些年都是如此。所谓结婚，也就是搬到一起，桌子上多双筷子，床上多个枕头。老甘的言语中多次暗示：他这个身体，不敢拖累别人了。用贬低自己的身体来婉拒她。为什么不能堂堂正正做他的老婆？为什么偷偷摸摸（半公开的吧）地为他献身，贴金养汉？他嗜烟好酒，欢喜根本不会撑持家务，安排家庭，两个孩子身上，桑姐都不知道花了多少钱，这是有目共睹的事实。年轻的时候，能怀上的时候，也给老甘怀过，可老甘非得要她去打掉。桑姐说："我又不要你养，不要你认。"可老甘不干，发脾气。桑姐多想有一个自己的孩子，老甘的孩子，救命恩人的孩子。可老甘反对，桑姐只好含泪一个人偷偷地去医院把孩子打掉了。现在，自己相好的两个长大的孩子，会听她的吗？或者说，老甘是要她去他家打个照应，慢慢与孩子融为一体，让他们认可后再说吗？

她没有地方可问，可说，在她的日杂店里。

有一天，她买了两条鱼，对上船的发狗说："我这两条鱼，别人送的，给你和你姐做吃了。"友珠不知去了哪里，发狗就把自家的钥匙掏出来，交给了她，这个叫"桑姨"的她。

就是从这一天，桑姐才有了钥匙，捅开了老甘家的门。

那是一贫如洗的家。桑姐去收拾厨房，厨房乱七八糟，碗堆在洗碗池里，抹布油腻腻的，盐、油、辣椒粉、味精，好像是用了几十年的，灶台下的酱坛子堆满灰尘，还有一些空瓶罐全占满了角角落落。这就是邋遢的欢喜工作的地方，既不会收拾，也不会调理，一家人弄得灰头土脸，自己也是个木头木脑、满脸病态、不爱整洁的人，唉，哪知她是有重病的人呢！如今那个人走了，桑姐自信比她优秀一百倍，却不能堂堂正正地成为这个屋子的主人。

她做好了鱼，也收拾好了厨房。她还把几个房里的被子、衣物都洗了。

又洗又晒，发狗和友珠就回来了。他们看到了什么呢？他们看到的是一个整洁的家，一桌热腾腾香喷喷的饭菜，看到的是一个比他们母亲还慈祥还和善的女人，而且美丽、健康、善解人意。

这一顿吃得相当爽快。

这一天，桑姐仿佛找到了感觉，做晚娘（后妈）的感觉，也找到了家的感觉。

这以后的一连几天，桑姐都要给两姐弟做一顿好吃的，还给他们买一些日用品，包括袜子、内衣。不知为什么，她特别喜欢发狗，这娃子好像很懂事，自父亲患了病之后，仿佛变了个人似的。她给他买了旅游鞋。有一天，她看见他跟赵君子在那个售票室里，就想，这不错啊，如果他们能玩在一起，老甘不跳起脚庆贺！得促成这事，哪怕有一线希望。于是就在晚饭后悄悄塞给了发狗一百块钱，说给赵君子买点吃的——女孩子喜欢吃点零食，把发狗还弄了个红脸。

发狗有他父亲优良的船工品质，在风里浪里讨生活的人，是让人喜欢的人，也能锻炼人的意志和美德，桑姐就是这么认为的。在风浪里平心静气地劳作，增加着人生和生活的资本，一个男人应该这样。在江堤街的日杂铺里，桑姐可以看到翻船湾那条漆成蓝白相间的轮渡。顺发狗就在舵楼子里，像他当年的父亲一样，威风凛凛地鸣笛启航，穿行在令人揪心又柔软的波涛间。他的身上散发出的光彩，可能是因为勇猛和无畏吧。

可对友珠，她渐渐发现这孩子有好逸恶劳的倾向，在某些方面，继承她妈欢喜的缺点，既不善收拾，也没有目标，不灵巧，且懒散。按老甘的想法，他希望这个女儿能找个放心的男人过过去自己的生活就不错了，没什么可挑剔的，不要科长局长，不要百万富翁，不要医生教授，当兵的，开车的，甚至街头摆摊修锁的，都行。船业社的男孩子没有一个有出息的，女孩子十有八九名声不好，容易跟社会上的坏人混在一起。

要将友珠弄到康船长女儿的巡洋舰娱乐城去当一名收银员的想法，是在桑姐见到康船长女儿"巡洋舰"之后。这女子一身白生生的肥肉，谁见了都想啃一口，后来就跟了一个商人。那商人在这里开了一个酒店。后来，就投资给"巡洋舰"开了家娱乐城，人的诨名成了娱乐城名。"巡洋舰"，桑姐是看她长大的，看她成为一个问题少女，十七岁就跟人跑了，一年后回来抱了个胖小子。这胖小子一直叫她阿姨，后来就成了商人妻，就成了县城屈指可数的富婆。看来这个社会很荒唐啊，老辈子的道德清规一点都不管用了，现实把传统颠覆得底朝天，就像翻船一样。

"好啊，友珠，没问题，要她来找我就是了，"胖妞"巡洋舰"爽快地答应说，"我们还是同学哩。"

她所说的那个中学，因高考升学率一连十五年保持零的纪录而名声在外，后只好宣告倒闭，合并到另一所中学去了。

两天以后，友珠就走进了"巡洋舰"的"巡洋舰"。

这个"巡洋舰"外观就是一艘巡洋舰。走进去，暗如鬼火的灯光，男的女的都穿着海魂衫。里面的无数包厢，就像地窟，里面有许多穿着暴露的女孩。空气不流通，充斥着一股浓郁的、沉闷的阴霉味，也有点像男女性器官的气味。

友珠是明明去当收银员的，可她的衣裳却越穿越薄，衣领越来越低，妆越画越浓。

桑姐慌了。她发现，这个丫头有五个夜晚没回来。而且就算回来，也很晚很晚，到转钟两三点钟，坐着出租车，车内还有男人护送。

桑姐问她是不是在收钱，怎么这么晚才下班。友珠说她现在是当迎宾小姐。因为收钱收过几次假钞，还错了，就这样当迎宾小姐了。——她说这些的时候，嘴里喷出一股烟味，一股男人才有的烟味。老甘她爹说话就是这种味。

"你抽了烟？"

"别人给的一支，好玩。"

这个丫头的肚脐眼露出来，低腰裤——说得难听一点，连阴毛都掩不住。这是作孽啊！她的乳房有一半在外头，像两个藏了一半的肉包子。这地方是能露在外头给人看的吗？没生娃子的女人这地方是不能给人看到的。可现在，这地方就像旅游区，是专供人争相观看的。那嘴巴，湿润润的——是一种湿润的唇膏——仿佛是专门号召男人去咬的。

桑姐决定这天晚上去侦察一下，看看友珠究竟在那个"巡洋舰"里干什么。

迎宾小姐分成两边八个，细细地看，却没有友珠。这证明友珠在讲假话，诓她的。那些小姐问她，她说她是"巡洋舰"爸爸的朋友，她爸爸要她来的，就在里面。这些迎宾小姐就没阻拦她，她就往"舰"里走去。吧台里收银的人中，也没有友珠。重金属音乐打得人头皮发麻，一些人在里面群魔乱舞，一些披着长发的男人弹着电吉他，打着架子鼓。还有个不男不女的男人在那儿张牙舞爪发神经一样地唱着歌。

"这就是这一代年轻人的生活？"老知青桑姐往里面走，那些包厢还真有新奇的名字，全叫"舱"：俄罗斯舱、法国舱、美国舱、英国舱、瑞典舱、韩国舱、印度舱、马达加斯加舱、埃及舱……这些"船舱"啊关着门，门里有人，有歌声。所有唱歌的人都在引吭高歌，尽兴抒情，都在向专业歌唱水平的境界攀登。

就有人上来问她是哪个包厢的，她不置可否。问的人就知道了，就说："是来找人？"

桑姐就直说了，说："我是来找甘友珠的，有点急事，能不能叫叫甘友珠？"

那人说："甘友珠啊？"想了半天，说没这个人。又说："姓甘的？是不是说的'汽垫船'？"

汽垫船？什么汽垫船啊？桑姐感到这个黑影幢幢的地方邪乎得不行，就像自己也患上了飞蚊症，就说那、那汽垫船在哪里咧？那人上下看着桑姐说："您找她干什么？您就没她的手机吗？"桑姐摇摇头，说："我记不住，我找她有急事的。"那人竟摇头说不晓得。

她就自己找。桑姐往深处走，推门看。桑姐可能是此生头一遭看到这样的包厢，推进去就把里面的人吓一跳。都在抱着搂着坐着，男男女女扭成一团，有的在抽烟，有的在唱歌，有的在跳舞，灯光更加暗淡，空气更加污浊，有的干脆就等于没有开灯。但每个包厢都是满当当的人，女孩子一概的都像是贱货，男的有老有少。她也不怕他们的惊讶与恼怒。她只是要找友珠，老甘的女儿。她的心里充盈着知晓真相后的激愤，就像看见了一群被剥光衣服的男女，在那儿干着疯狂无耻的勾当、伤风败俗的事。她知道，世界疯了。可以想见桑姐当时的绝望和伤心。她冲进一个叫"墨西哥舱"的包房去时，一眼就看见了友珠。就是那个漂亮得像小妖精的姑娘，老甘的女儿，正坐在一个四十来岁男人的大腿上，其他的女孩也都一样。

"友珠！"

当时的气氛就凝滞住了，唱歌的戛然而止，跳舞的抱着造型，都朝门口的桑姐看着。

"友珠！"

想不理她的友珠这时候不能不理了，从男人的腿上移了屁股到沙发上，突然一改平时对她的礼貌和笑意，脸就像一块搓板那样又硬又皱：

"你来干什么啦？"

她起身就过来用身子对着桑姐，想是把她的视线遮挡不让她看到包厢里的一切吧，说：

"人家有事，我又没干坏事，你没事就走！"

友珠想去关门，可桑姐这时哪能让她关门，将自己拒之门外？她紧紧地抓住门沿，一只脚不出去，与友珠僵持着。她毕竟年纪大了，而友珠是年轻人。她说：

"友珠，回去，你回去！"

友珠只想将她推搡出去，把门关上，说：

"我又没干坏事，我现在回去什么啊？"

"你爸回来了，要我叫你回去的。"桑姐端出了她爸，这是急中生智，也是要吓友珠。

友珠一听这话，愣了，脸看着白了。她在桑姐脸上捕捉此话的真假。友珠很快就觉出了桑姐的话是假的，是吓唬她的。

"我又没做什么坏事，你不要管我好不好哦！"友珠跺脚。

包厢里的男女都起身了，要离开这里的意思。友珠这下可恼了，这个来找自己的女人要坏她的事，也可能给她的小费还没拿到呢。反正她这时候就不让那些男女离开，桑姐卡在了门缝边，与友珠僵持。

"滚啊！"

桑姐真的被推出来了，她向后仰倒在走廊里，屁股坠地，那身子就不能动弹了。

骨头老啦，哪受得了这种摔打！可怜的桑姐在昏暗的走廊里一动不能动，一动腰那儿就像断了一样疼痛难忍。包厢里的音乐又响起了，像鬼哭狼嚎。

可她坐在地上，不知道把自己怎么办才好。后来走来一个女孩，她向女孩招手，女孩帮她站起来。这很困难，但她还是站了起来，她咬着牙流着泪，一步一步地向外走去。她在想，这怪谁呢？怪自己啊，不是我说情把她弄到这里的吗？如果老甘知道了女儿在这儿干的事，他会原谅我吗？

桑姐一步一挨地走向大街。大街上华灯熠熠，县城的夜晚依然还在商品和欲望中挣扎，表现出它们的良好体魄。用灯红酒绿、不舍昼夜来形容令她陌生的当下生活是太贴切不过了。她拖着疼痛欲断的身子，爬上江堤，回到自己的家。她走到台阶上，连开门的力气都没有了，就那么靠在墙上，坐着，冷汗已经干了。江风吹拂，江上只有航标灯眨着眼睛，渡口那艘发狗驾的渡船靠在水边，一盏桅灯孤零零地亮着。

"老甘啊老甘，你叫我怎么办啊？……"

六

没有几日，老甘果真在桑姐的念叨声中回来了。

老甘回来，是因为差一点淹死了。

在沙市的趸船上，老甘的飞蚊症越来越厉害。他又不会做饭，就只好上街买些五颜六色的卤猪肉、卤肠子，加上花生米，加上无法戒掉的一杯酒来打发时光。趸船上太闲，一天就两三条船，接接缆绳，搭搭跳板，剩下的就是枯坐看流水了。这样无聊的日子不靠酒来打发靠什么呢？又没有人劝阻他，酒瘾就这样犯了，蛇影就蹿出了酒杯，在酒杯里进进出出，把他弄得昏昏沉沉。有一次接船拴缆时，千万条蛇影从空中蹿出来，他怎么也接不住缆绳，砂船差一点流走了。最后抓住了绳子，却掉进江里。好在船工都有好水性，等人把他拉上来时，眼前还是金蛇狂舞，他就说："我不行了。"

孩子们和桑姐重新迎接和看到的是一个满脸萎黄、双目呆滞、步履蹒跚的糟老头子。这个几十年的劳模，几十年风来浪去的雄起起的船工，不知被什么打倒了。一种叫长江的水浇灌塑造了他，而另一种叫酒精和时间的水摧毁了他。一个船工的晚年如此丑陋，一个人会如此快速崩溃？这个岁月是不是太无情了？是岸边的一块石头也会被风浪啮啃得千疮百孔，只剩下嘶叫声。

你驾驶着船在长江上劈波斩浪，你拽着惊涛骇浪的脊鬃像一个前无古人后无来者的骑手，你的头发被风吹起，你手拿舵盘，或是手握长篙站立船头，你身手矫健跳下江滩，你的脸和手臂被阳光晒成黑炭一样闪亮的颜色。你吆喝着，唱着船歌，你牙齿洁白，呼吸悠长，肌肉结实得像花岗岩……这一切，只是长江需要你时给予你短暂而丰厚的待遇，当长江不要你了，你就成了一堆浪渣水沫，像一只垂死的螃蟹，甚至瞅不见自己的归宿，带着遗弃的迷茫，穿行在阴霾和雾气的江面上，像孤魂野鬼……

"我回了，我不行了，硬是不得活了……"他说。这位父亲和一个女人、苦苦相守的老情人说。

友珠怀着惶恐的心情迎候着父亲的回来。那个时刻，想当自己晚娘的女人，用她的呵护，也用阴险的等待，企图感化和达到目的的寡妇桑大娥，谁知会不会出卖自己，让她成为那个酒鬼父亲的棒下物、刀下鬼！

她不会向那个女人求情，也不会恫吓她。在这一点上，友珠还是个孩子，善良之心未泯。有娱乐城和社会上的小哥哥，知道那个晚上一个想当自己后妈的女人来搅了她的场子，问需不需要给点颜色看，友珠说："这事与你们不相干，滚一边去！"

她没有去"巡洋舰"了。她观察着桑姐和父亲的动静。她照顾着父亲。

那个叫桑姐的女人腰部好像受伤了，走路的时候或干活时都弯不下腰来，像一根棍子。可她依然带着一点悲伤的笑意，竟将老甘带着住进了县里最大的医院住院部。

钱从哪儿来呢？依然是这个女人全付。她不付，难道赵忠付？赵忠说了，斑鸠下地——各顾各（咯咕咕），狗子舔鸡巴——自己舔自己。

这一次使用的是激光治疗与吃药相结合。活该他幸运，来了一个支援老少边穷地区的省里的眼科大夫，还是个博士，要亲自操刀为他做一个手术——博士一共为该县做八例患飞蚊症的手术。这个县邪乎着呢，人们拼命喝酒，政府的人不说，连蹬三轮车的，嘴上刚刚长毛的，都拼命喝，喝早酒，闻所未闻哩。中国历史六千年，没有喝早酒的习惯。还有更邪乎的呢，这个县的人现在串门，进了门，没茶水喝，进门一杯酒，谓之喝冷酒。再准备上桌，十盘八碗，那就是喝热酒。早酒、冷酒、热酒，男人的眼睛全喝坏了，处处杯弓蛇影。这八例属半免费治疗，老甘只花了一千多块钱，就将眼前的飞蚊游蛇去掉了七八成，基本上就恢复了。可酒精中毒是全身性的，蹒跚痴呆无法用手术去掉，双目无神也无法去掉。他只能在家里慢慢调养，哪儿也去不了了。

谁也不敢相信的是，友珠到船厂上班去了。上班干什么呢？上班抓麻瓤。抓麻瓤是干什么的？就是把麻用铁齿抓成细如头发的丝瓤，再调和桐油，塞船缝的。这是一项古老、原始、笨拙、肮脏的活计，新建和修理木制船舶，都是用的这种东西，自古如此，还无法用其他东西替代。就像古代人穿丝麻，现在最好的依然是丝麻。

每天呛一鼻子灰尘，穿着旧衣服，在那个江边的破工棚里，同一些婆婆姥姥们抓麻瓤，看她们吐痰，在棚边撒尿，就像一群流浪的乞丐。"我可不是乞丐啊！"想到在"巡洋舰"里吃香喝辣，装假睫毛，抹高级香水和保湿霜，吃乌龟脚鱼，穿时尚靴子，有人给买两百多块钱一件的内衣。这样的抓麻瓤，一个月，赵忠才给三百块，一个人每天要抓五十斤，少一斤扣五块。有一天，友珠倒贴了二十块。这真是笑话啊！她在心里泼辣辣地骂。"莫不是桑姐这狗日的婆娘报复我的？上了我的签子？"可一想，爹并没有打骂我，什么也没说，就像什么也不知道。

她在心里乱骂，可是到了这船厂的麻瓤车间，友珠完全感到天黑了，做了亏心事，又不敢拂逆父亲的意志。在那飞扬的灰尘间，友珠忍泣工作。这时，好想找一个男人嫁了算了，找一个对她好的、不是太有钱的平常男人。这种男人往往靠得住，对她贴心贴肝，被她指挥调遣，对她忠心耿耿，过点小日子，平平淡淡，干干净净，光光明明，那就是最好的生活了。

这时，船厂的一个小车司机走近了她，有事没事找她聊天。有一天，非要请她去吃烧烤。这一天的烧烤，吃的是假冒傣家的"傣家"烤肉，肥的瘦的还带皮，用竹片夹着烧成的一大块，价钱是十块钱，还免费送一瓶啤酒，吃得舒服死了。江堤街上那油渍污腻的小桌子小凳上吃，洗碗碟直接在江中洗，餐巾纸用的是擦屁股的筒装手纸，可这么吃也比在最好的的酒馆吃的美妙几百倍，超爽，辣得人想飞起来。

这个男人开着船厂的车要她学车，说学了车可买个小面的载货载客。还没有作好准备，这个男人就对她动手动脚了。她又不是守身如玉的女孩，可不知为什么，她却突然对这种直奔主题的男人厌恶了，于是她在车上与那个男人撕打起来，阻止他的进攻，并且扇了那个男人一耳光。那个男人说："汽垫船，你装得蛮像哪！"友珠掩着撕开的衣裳说："你妈才是汽垫船！"

桑姐来伺候他们，甘家老少三个人。面对每天灰一身汗一身的友珠，她当然没什么话可说了。可看到友珠这个样子，她又于心不忍。有一天，她就给老甘说了，说让友珠去帮她照看日杂店去。老甘觉得这个好，就征求友珠的意见。哪知友珠坚决不去，说就是在麻瓢车间呛死，也不会去看日杂店。

友珠已经无法回过头来，对劳动的厌恶差不多要成为这一代人的特征，企图以不经风吹日晒和艰苦奋斗就想过一种吃香喝辣穿好住好的生活。可是，她命运不济，老天爷不支持她。

后来，友珠在娱乐城里的一些不光彩的事情传到了船业社，闹得沸沸扬扬。老甘只好将友珠送走了，送到长沙大女儿的身边。那个大女儿就像失踪了不存在一样，连她妈死也没回来奔个丧。"你让她来吧。"大女儿在电话那头说。

他们乘搭深夜的客车去了岳阳，再转乘火车去长沙。一路，都是由弟弟发狗和桑姐护送的。他们怕友珠想不开，中途有个什么三长两短。

七

老甘决定走了，女儿在社里丢人现眼让他不好做人。家里也就只剩下发狗一个，一家人天各一方，吃饭就在桑姐那儿吃了。桑姐照顾发狗可谓无微不至。可是，他的感情也遭遇到了顽强的狙击。狙击手就是赵忠。

作为一个有证船员，肩负着来来往往乘客的安全，他兢兢业业，不光是为了自己和赵忠，最主要的是想得到那个小妖精赵君子的青睐首肯。两个人二十啷当岁，正是情窦初开的年龄，很容易搞到一起。有一天，在那个卖票的小屋子里，发狗就吻了赵君子。不知怎么，他就吻了，赵君子就接受了发狗的亲吻。也没有什么大的波澜，也不存在刻骨铭心。两个细伢就走到了一起。当然，这很难说就是恋爱。两个人之间的巨大鸿沟是存在的。一个是老板的女儿，一个是普通工人，且只能算临时船员，打工仔；一个家财万贯，一个一贫如洗；一个是千金，一个是狗毛；一个在云端，一个在尿浆里。但是青春是无所阻挡的，青春，无所事事的无聊的青春，让晚上的赵君子自然跟发狗牵手走到了一起。青春就是个结伴的过程。发狗能带她到哪儿去呢？电影院，网吧，台球室。

　　这事桑姐全盘掌握了。她全看在眼里。那个渡口和渡口的售票小屋在她日杂店的视野之下，何况发狗还在桑姐这里吃饭，每一点情绪的变化她都能感受到。她能说什么呢？她只有祝福。如果这一桩婚事能够玉成，对甘家那是多大的好事啊！有好几次她都想问问，但终于还是无法开口。这事与她有多大关系呢？人家会认为你狗拿耗子多管闲事。

　　这件事情可能没有那么简单。发狗的工资是有限的，现在虽说加到了五百块钱一个月，但除了吃饭、穿衣，他哪还有零花钱呢？衣裳还不敢穿好的，不像赵君子一身名牌。这丫头喜欢穿运动服，耐克、阿迪达斯是她的日常消费品牌。发狗是无钱给赵君子买耐克 T 恤、阿迪达斯运动鞋了，可就算是看电影、泡网吧和吃烧烤的钱也是够他受的。而且走出去，发狗穿的是廉价的五十块钱一条的休闲裤，旅游鞋是硬邦邦的底子，也就是几十块钱的价位。不过，他还是在某一个月咬着牙，买了一双减价的耐克鞋。

　　这还不是主要的问题。赵君子那丫头年纪还不大，还没有学会势利，与一个人相好时不会太在乎他的穿着打扮。一个年轻人，要是爱了，对方打赤脚也会喜欢，或者对方缺胳膊少腿也要死爱。问题是赵君子的父母和姐姐姐夫。他们走得太近的事就让赵君子家里知道了。有一天，赵忠从别家打麻将出来，已是深夜，看到自己的宝贝小女儿也从外面回来，在那个江边的碎石路上，两个人手挽手，男的竟是发狗。赵忠是有身份的人，当时没发怒，回去就对赵君子说："这是不可以的，除非我死了。"赵君子笑嘻嘻地说："我又没说跟发狗谈朋友结婚。""那叫什么？"赵忠问。他是指他们手挽手，又不好说出口。赵君子明白，就说，玩玩。"玩玩？"赵忠大呼不行，"这是可以玩玩的？你是个女孩子，你玩玩吃亏的是你！""哈哈，我吃了什么亏？"赵君子好笑，笑得腰都弯下了，"老脑筋，现在是什么时代了！"又说，"就是不好，结了又不是不能离，老 × 的姑娘离了四次，第五次结婚，还不是很快活！""快活？好，我看你怎么个快活！发狗那个家伙，是绝对不可的。"

女儿的毫不在乎让赵忠一时无计可施。是啊，年轻人在一起玩玩，又未尝不可。赵忠也不是蛮封建的人，年轻时因为驾船，码头上到处跑，也是个寻花问柳的老手，各个码头，湖南湖北、宜昌黄石、九江安庆，情人一大排。可是，我赵忠现在是什么人？可不是下三滥的船工船古佬了，我赵忠是一个打领带的人，是有固定资产达六百万元、年创利税二百五十万元的老来俏的民营企业家。老甘父子不过是我的工人，莫非想摇身一变成为我的亲家？我呸！

这一天，赵忠摇摇晃晃就来到了渡口。他爬上那艘没有油漆的黯淡无光如驴屌的渡船，看了看甲板、驾驶室、机舱，挑不出来毛病。他只能在内心承认，发狗这狗日的还真继承了他爹甘启虎的优良品性，爱船如家，爱船如命，兢兢业业，恪尽职守，是一个未来的、新兴的先进工作者。

"嗯……唔……有什么安全隐患必须尽快上报安监组。"他说。

发狗点点头，毕恭毕敬。因为，在他的心中，慢慢滋生出一棵幼芽，这就是：此人——赵忠书记将会成为我未来的丈人，我孩子的外公。

这棵幼芽是多么美丽，多么诱人啊！它要长成参天大树，郁郁葱葱，招人现眼，让地球人都知道！

哪有什么安全隐患，这个船就是未来他家的船了，赵君子家的财产不就是我家的财产吗？——基于这样一个心中的幻景，发狗真的是把这艘在父亲手中破败的渡船收拾得干干净净，就像呵护赵君子一样呵护它。可是——

他听见赵忠书记说："运砂船上缺驾驶，今天晚上运砂船来，你就上船。"

发狗当时脑壳就"嘭"地一下发胀了，就像装在坛子里晒久了的酒糟。这不是把他和赵君子活活拆开吗？阴险的赵忠！"不，不能，我不能去运砂船！"

发狗问为什么。

赵忠说，不为什么，下午就有人来接手了。

发狗没找到赵君子，他给赵君子打手机，赵君子不接。好歹对付了一趟轮渡，下了船就去找赵君子。售票室是另一个人了，说是赵君子有事休息。他不敢去赵家，给赵君子发了条短信，说："你爸要我上运砂船，请一定帮我说说不让我去，我不想去。"也没见回信。发狗就沿着江边的防浪林漫无目的地跑开了。他不想驾船了，如果是这样，他坚决不会去运砂船上的，那就成了跟爹一辈子一样四处漂泊的船古佬，那样赵君子就更瞧不起他。后来收到的短信证实了，短信是："家里不让与你一起玩。""能不能见面，我给你说几句话？"——他发信。"短信就行了。"——对方回。

赵君子对他从来就是爱理不理的，由着性子来。热脸贴冷屁股的事无数次了。这事一直以来就像走钢丝，或者真真假假。

"若我也不在家，家就全空了，家就没有了。为什么会这样呢？"发狗一个人在家望着母亲的遗像。这房子也不能算房子，船业社当年给船上的人临时安排住宿的砖房，已有十年没维修，屋顶是从堤上吹来盖满的灰尘，至少一寸厚，上面长着些蒿子瓦松，窗户的窗齿锈得一层层掉皮儿，墙上石灰驳落。"这就是我们的家，一个干了一辈子的船工的家。这个家也不让我住了，要我到船上去流浪，一辈子像条无家可归的鱼。"看看左邻右舍，全是孤老——船业社有五十多个孤老，因为在船上待了一辈子，女人都不愿找他们，这么一晃就老了，就剩下自己一个人，加上一双喝麻了的眼睛，挨着日子，孤苦伶仃。

发狗没有上船，找了个理由请了个假。主要的是赵君子不理他了。这使他坐立不安，像丢失了什么最重要的东西似的。这些事他都没给桑姐说，他也走进了"和谐社会小酒店"，像他的爹一样，叫了个农家小炒肉，来一瓶啤酒，喝得酩酊大醉，然后出来，在屋檐下对着长江大堤撒尿，也不管有人没有人。

他还抽起了烟。他买了包红金龙的烟，五块钱一包的，还买了打火机，叼着烟，与人打台球。他的球技不错，情绪却很糟，老是指责别人犯了规，宽大的喉结常常滚动着无与伦比的愤怒。焦虑，痛苦，郁闷无处发泄，有一天，竟跟一个也是很横的三十多岁的男人打了起来。那男人很胖，两人争执推搡时那人一下子就坐在了地上，这就恼羞成怒了，就爬起来挥起球杆朝发狗砍。发狗挨了一杆，就这么出了手。那个胖人动作不灵活，活该挨揍，但那人也不是软脚蟹，两个人豁出去了，都想把对方搞死算了，手下没留一点余地，甚至动起了砖头。拳头都擂破了。后来，终于有一个老头冒着生命危险上来把他们给拉开。其余的看客要么是怕遭误伤，要么是来当免费观众的。

当两个人被拉开时，那个胖男人伤得不轻，就拨打了110，发狗的牙齿也打断了一颗，耳洞里不知为何往外咕噜咕噜地冒血水。

警察来了，是这儿的一个片警，许多人都认识，爱扇人耳光。一来就冲着发狗扇了他两耳光，说，又是船业社的，到岸上来闹事了！

发狗就这么被打了，眉骨伤口的血刚凝固了，一下子又被打裂了。发狗捂着流血的伤口，一路极其痛恨地走回家去。

船业社的就不是人吗？船业社的流氓、小偷多，也不会个个都是坏人！把驾船的不当人！

"我也要当警察！！"

——这天晚上，发狗伤痛难眠，听着老鼠在梁上奔跑的狂飙声，他突然滋生出了这么一个比喜马拉雅山还高的念头。

"当然，如果我是一名警察，赵忠敢对我发号施令，把我赶到一条运砂船上去？赵君子会拒绝我？"

"我要当警察！"

八

他把这个想法非常慎重、郑重、庄重地告诉了桑姐。

也把桑姐吓了一大跳啊！

"哪里有这种可能呢？你如今去找一个工作都很难，一个枯老百姓，想当警察，这不是比登天还难吗？"

一个人想窄了就会出偏。桑姐看着发狗这孩子青肿的脸和有伤痕的眉骨，加上一双充血的眼睛，她知道他遭受了委屈。从渡船上下来，这其中的原由桑姐也略知了一二，明显的，赵忠不会同意，不会让发狗和赵君子走得太近。她知道发狗的痛苦正是在这里。她知道这孩子在本质上是老实的，应该不会强迫赵君子做那种事。因为赵君子感觉上是对发狗没那么贴心。但是也很难说，现在的年轻一代对男女之事没了那么多禁忌，叫什么"一夜情"，在网上认识，开个房，就做了，第二天分别时连对方姓什么都不知道。但是——桑姐想——不管怎样，一个女人若把自己最宝贵的东西给了一个男人，总会对他有些依恋的，或者说就默认了是他的人。在那个时代确实如此。想到自己，不正是这样的吗？

……那是即将回城的一九七七年，酷热的夏天，作为知青的桑姐，竟被人强奸了。那是不堪回首的夏季，在每天四点半的钟声里被生产队长驱赶着去秧田扯秧，当地无数的夜蚊和蚂蟥开始袭击一群陌生的人，吮吸她们的鲜血，这群人就是知青。桑姐的腿特别爱逗蚂蟥，只要一下水，蚂蟥便纷纷向她游来，爬上田埂，满腿是密密麻麻的蚂蟥，让人恶心。她不停地拍打，鲜血直流，奇痒难挨。大家都说她的一双腿香，她的肉是香的，而许多知青却很少被咬。

她因此走近了大队医务室的赤脚医生马百贵，这个乡下的医生给了她一些避蚊虫的药水，让她擦在腿上和手臂上，不收她的钱。这个姓马的是个钉头细脑的乡下人，他看上了桑姐，那一身细皮嫩肉使他冒着坐牢的危险想法要得到她。他明白桑姐满腿蚂蟥叮过的红斑和疲倦、痛苦的神情，给她出了个主意，说："我在这里给你吊几瓶葡萄糖，你给队长讲就说病了。"葡萄糖是补充体力的，马百贵不收她的钱，又可以休息。她感激他，没有在心里问问这个医生为何对她这样好。

她记得那个下午，从大队医务室简陋的病床上醒来，看到了马百贵在整理他的裤子，而她竟然赤裸着下身！床上黏乎乎的到处是血，那种鲜红的、曾被牢牢紧锁的血，就那么洇进了乌漆麻黑的床单。

她号啕大哭，她听说过从少女到真正的女人要经过的痛楚的一夜，那应该是人生的记忆。可是，她没有记忆，她已经被姓马的乡村医生麻醉了。那本该让人记取的刻骨铭心的痛楚，在她身上没有出现——这是女人一生中最痛苦也是美好的记忆啊！……

在薅秧草的农历八月的一天，桑姐站在水田里，看见路上有两个穿公安制服的人押着马百贵。百贵穿着一件到处是洞眼的红背心，像个失魂落魄的人，在乡亲们的注视下贼似的向长江渡口走去。他是罪有应得，他犯了强奸知青罪，至少得关个十年八年。那时候桑姐手抓一把稗草，她看见了百贵的老母亲和他的妹妹在后面送着，哭着，在凹凸不平的乡路上趔趔趄趄。桑姐站在泥水里，远远近近的人以为她会在这个难堪的时候倒下去，倒进沤着腐

175

殖气味的烂泥田里，或者跑到没人的地方去抽打自己两耳光。乡路旁，一丛丛茂盛的茅草摇曳着，时不时地遮挡了人们的视线，就在那一行人即将消失的时候，桑姐突然从田里踏着淤泥冲上田塍，她手上的稗草忘了丢掉。她像发疯一样地去追赶马百贵和押他的公安人员。坚硬如铁的车辙硌着她的脚板，她的那个草帽飘向脑后，帽绳勒进她的脖子。

"……你们不要抓他！你们不要抓他！是我愿意的……我找的他！……"

她的脸白得像一张纸，她拦住了他们的路，她手上的稗草一直紧紧地攥着，她反反复复地说是自己愿意的。她翻供了，她要留下马百贵，不让他因为自己的揭发受牢狱之苦。

后来呢，后来她搬进了马家，心甘情愿地成了马家的媳妇，成为乡下人……

就是这样，那个闹得渡口两岸都知道的强奸知青案，成了这样的结果，哪个不说桑姐是个傻瓜。然而，谁又说得清这其中的缘由，时间长了，连桑姐本人也感到迷茫。

她真的想教发狗去这么得到赵君子。可她如何能说得出口？她的暧昧的阴暗的身份，一个长辈，能这么唆使一个男孩去干这种丧天害理的坏事吗？她自己的这一辈子不就是这样被毁的吗？

她焦急万分，不知道怎么去帮一帮老甘的儿子，也就是自己以后的儿子。

她给他说："这事要慢慢来，你拗不过单位的，还是先到运砂船上干一段，不然你就下岗了。如今先有了工资能吃饭了才能想点别的。"可发狗不，不上去。他坚称还是想当警察。

把这样的大事托付给她，是对她的信任，这让桑姐没来由地感动，可感动之后还是束手无策。

九

桑姐就像病了一样到处求爹爹告奶奶。就是把发狗弄到派出所守门，也是好的呀。听说有合同警，也就是临时在派出所听个差，这也行。这种听说就访到了在航标艇上看守航标的老姜。他也跟老甘跟康船长是一拨的，安排到航道局去看航标，听说也是他有个在公安局工作的侄子。也是个爱吵吵嚷嚷的喝得像卤猪肉的酒鬼。船上的人都是些酒鬼；跑下江跑重庆的长水，几天几夜不上岸，只有喝酒。

"那就合同警。"老姜说。这个老姜，是个老艄夫，没结过婚，看着桑姐找来，眼里燃着十八九岁后生们才有的亮光和欲望，满脸的胡子，硬蓬蓬的，看桑姐，就像看一个小姑娘。这老姜怪怪的，还养着一只呜呜乱叫的猫，看着桑姐提来的泡有多种虫蛇的药酒，还有一条红金龙烟，说："你这么客气干什么，桑姐，桑姐呀！"

桑姐是大家都叫桑姐的。桑姐讲完就尽快走了。老姜的一口应承让她好高兴，也疑惑。太阳热辣辣地在航标艇的甲板上燃烧，猫系在绳子里呜呜大叫，桑姐热汗滚滚，老姜穿一件短裤。老姜也就五十来岁，肌肉十分发达，驾船的嘛，劳动人民。

第二次，桑姐给老姜送去了一对藤椅。藤椅是四川藤椅，做得很好，是桑姐托四川的船买来的。老姜说，发狗的事已经说了，他侄子还问郊区的派出所行不行。桑姐说行啊行啊，哪儿都行。

第三次是送的两千元，是她半年摆这个杂货摊积积攒攒的收入。老姜看到钱，说都是熟人熟事的，还要这个干什么，那边有了些眉目，等等再说。那天还有些风，老姜在笨手笨脚地切菜自己做饭。桑姐就说："我来给你炒菜。"就在艄楼狭窄的厨房里捋起袖子洗手切菜。可老姜一把从背后抱住她，就把她扳倒在那走廊的甲板上。甲板是木头，还很干净，只是猫食盆给打翻了，猫在哭似的大叫。老姜很有一把力气，加上衣裳穿得少，极易得手，老姜就得手了。老姜还说过一些"跟我一起过"之类的胡话。桑姐在丈夫马百贵死后的这二十多年里，不知道遇见过多少次这类的骚扰，也不知多少次拒绝，化险为夷。可这一次，她却很难有力气拒绝，她知道，自己不算什么，就当是做出牺牲，只要换来发狗的幸福，她这个差不多日落西山的身子又算得了什么……

可是，钱收了，人占了，却没了下文。说是侄子很忙，要研究。老姜说："到我那儿去坐坐。"桑姐再不会去了，至少没有进展她就不会去了，她说："你得催催啊，拜托你了！"她说了不下一百两百遍，可老姜总是说慢慢来，这么大的事儿咋能一口吃个饼。

177

友珠悄悄回来了一次，带回了个男人，男人戴着大板箍（戒指），友珠说是洗脚城的老板。友珠听说弟弟发狗在岸上瞎蹿，也没上班了，赵君子甩了他了，就很恼火，给了弟弟两千块钱，不就是几个钱吗，他们就是仗着有几个臭钱。"我这次回来——她悄悄地给弟弟说——就是怂恿这个大老板，来买下巡洋舰娱乐城的。"

发狗带着两千块钱去约赵君子，他想可以给她买个什么东西，这个女人好虚荣，又会乱花钱。买一双名牌鞋子？买一个戒指？买一瓶香水？买一个手机？——两千块钱，姐姐给的两千块钱，全做辣椒也不辣，填不满赵君子的血盆大口。人家的这个船业社是花多少钱买的？四百万！可船工们议论，至少也值一两千万，赵忠买了个大便宜。一个千万富翁的女儿，会在乎你这点小钱买的物品？

工人的儿子发狗还是怀着美好的希望去精挑细选了，他在没有穿上一身警察服装前，也想用他看来是一笔大钱去征服赵君子，如果赵君子一心想跟他好，她老爸又奈何得了她！但是赵君子的不即不离始终是发狗心中的痛。

他挑了一个戒指。对，一个戒指，一个镶嵌有人工红宝石的白金戒指，一千六百元，不知是真是假，但是在大商场买的，余下的钱可以与她去喝一顿，再去蹦蹦迪。这一次，他想与她摊牌："要我吗？要就去给你爸说说，别让我上那流浪汉一样的运砂船，就在这儿摆渡，依然是你卖票来我开船……"

这当然是在当不上警察的情况下，退而求之。

就像心中怂恿预感的那样，不成，赵君子不要他的东西，这东西如果接受，那就是定情之物。

当然不是这样。只是预感的灵验是以另一种更令他无法接受的情况出现的——赵君子早就对他没了兴趣，当她正式谈婚论嫁，她寻找到的是一个与发狗完全不同的男人：一、年龄成熟，是个大学毕业已有数年的近三十岁的微微有些秃顶的男人；二是有极好的工作平台，在县电视台，而且还是一个什么样的制作编导；三是人家家庭，老爸是县商业局的副局长，老妈是一个什么公司的总会计。总之，人家是高山，是金子，发狗不过是一坨狗屎。在那样的男人面前连自卑都没有勇气，更不要说要与他争个鱼死网破了。而且，那个人还有车，那个人会开车，那架势就是个把贫苦老百姓不放在眼里的有钱阶级。发狗是看着那车那人将赵君子载着，当着他的面走掉的。他喊："君子，我找你有点事。"赵君子看了他一眼，总算看了他一眼，却连一句话也没有，鬼魅地笑了一笑，就钻进了车里。车是有阴暗车窗的车，进了车就隔开了外面的世界。那是一个发狗不知也未体验过的世界。而发狗所处的世界，被那车和赵君子甩下的世界，灰尘弥漫，遗物遍地，杂乱无章，污水横流。高贵的车辗在上面，把车外世界的人溅一身。

发狗没有溅一身，他只是看到他们绝尘而去。这个人的来龙去脉是以后打听到的。过去，他抱着眼不见心不烦的心态，以为自己糊里糊涂地过，别人也就糊里糊涂地过。殊不知，如花似玉的赵君子是不会这么糊里糊涂空耗时光的。名花终要有主，绝不会去傻傻等待他——等他有了钱或是当上了警察再走向他。

发狗的梦也就渐渐地醒了，可心态不平衡。他找过她一次，找过她两次，找过她三次，找过她很多次。有几次找到了她，有一次非要把那个戒指给她。那个被他的手摩挲得有些污黑的小盒子，上面还一根缎带，还一个心型的图案。可是，赵君子不要。她不要他的这份礼物就已经是铁了心了。

悲伤和绝望就像长江的暗流，在他的胸中翻滚冲撞，漫无目的，发出哀鸣的惊涛拍岸声。他的姐姐倒是胜利在望了，姐姐并没有出面，而是由戴大板箍的长沙老板去收购因吸毒而至门庭冷落的巡洋舰娱乐城——果真，要改成"汽垫船娱乐城"了！

可发狗觉得这世界若失去了赵君子，所有的幸福都不存在了。过去跟她在一起并不觉得，一旦失去，就凸显她无与伦比的重要性。

一个人在心中折磨自己是十分危险的，没有送出去戒指是一桩丢人的事，他不会告诉任何人。"赵君子是一切"的这种意念每时每刻攫住了他。想着她的吻，想着与她的一切美好的交往。回味加深了失落的痛楚。他的心在刀尖上行走着，跋涉着。

十

想把赵君子杀掉是源于外界力量的推动和内心的逼近。他不是一个具有暴力倾向的孩子。虽然跟社会上不三不四的人玩过，但总是尾随其后，没有什么登高一呼的坏心思，不善于制造事件。因此，他是一个性本善的人。

滞留在岸上的他，那几天敏感焦灼，魂不守舍，这时父亲回来了，是康船长将他邀回来的。康船长因为女儿"巡洋舰"吸毒而气得胆结石发作，住进医院，动了一个手术花去了五六千元，时间仅仅七天，拆了线就出院了。因为赵忠无法给报销，这就将事情推向了摊牌。船上的人既暴躁又能忍，因为身体好坏事没找上自己，牢骚归牢骚，也就相安无事。可这次，康船长恼了，本应给咱们办社保和医保的，却以种种借口啥也没办，竟然给上面汇报说已办了百分之八十。康船长邀约了三四十人，占领了翻船湾渡口。

这渡口可说是县里最繁忙的第一渡，又是赵忠的"摇钱树"。断了这条交通线，县城的农副产品供应、肉食水产供应就断了半壁江山。大伙儿还不是想这下让赵忠就范，也让县里对船业社的事引起重视。

几十个老头子和接近老头子的男人，坐满了渡口那条唯一的进出通道，再往上，是一块跳板，也坐上了人；再往上，就是那条皱皱巴巴的铁壳渡船，船上也有人占了，驾驶室也有人占了，唯一的目的就是不让开航。

码头上人喊马叫，鸡鸣狗吠，两岸候渡的人像旋涡一般激荡着。这已经是枯水季节了，不知道为何突然来了这么些老头子把持了渡口和渡船。后来有人看见康船长和老甘。老甘！老甘啊，甘驾长，这是何事啊？——人们喊叫着，喊得最凶的是那些等着三杆子们贩驴过来的屠夫，是水产市场的鱼贩子，因为三杆子们在对岸快急疯了，急得快跳河。又没有大桥，一个县不可能修一座长江大桥。可这些从不显山露水的、老实巴交的、即将死去的老家伙，今天就要搞倒赵忠，不搞倒赵忠，大伙儿就没好日子过。管他娘的，大不了拼了！拼了！凿他的船，把他的船凿个洞，让船翻了，让这几十年的红旗渡口毁于一旦。警察来了又奈他们何？

——赵忠知道是康船长串连怂恿的，真正的叫来了警察，七八个警察，这一次不敢扇老船工的耳光，只是在那儿规劝，动口不动手。警察让这些老家伙们一点儿也不害怕，倒是看到赵忠后把心中的怒火更烧燎起来了。

"砸！砸他妈的个船！"

"把驾驶室掀翻……"

赵忠在那儿上蹿下跳，手舞足蹈，手上挥舞着一支烟，他在给那些老头们说好话、求情，像一只热锅上的蚂蚁。这让发狗多高兴啊，那汹涌澎湃的人群，就是在替发狗出气。砸，把赵忠砸得个稀巴烂！把他一家砸个稀巴烂才解恨哪！

最后是怎么散的，最后渡船又怎么开的，这发狗不清楚。反正，县交通局又从其他渡口组织了两条船来增援，才把两岸壅塞的数百乘客疏散运走。

到了晚上，气氛有点紧张了，警车的警笛再一次在老甘家门口响起，发狗看到来了几个警察，像上次挖堤后一样，将他的父亲老甘抓走了。同时抓走的还有康船长等四五个人，这些人是领头者，也有砸了东西的老头。

这一次，赵忠与所有人都撕破了脸；这一次，发狗在全社船工的眼里看到了愤怒，大家在议论纷纷，在谴责赵忠的行为，毕竟是你不仁，休怪船工们不义，他们也是万不得已啊！

听说老甘又被抓去了，桑姐赶快跑过来。这一次，她是没办法把他给弄出来了。

发狗一个劲儿地给赵君子发短信：你不该抓我爸。你不该抓我爸。你不该抓我爸。你不该抓我爸。赵君子不会给他回信，可发狗就是这句话，这条短信，拼命地发。

当然不是赵君子抓的，这或许与她无关。但发狗认定了是"你"，"你"代表了"他们"，那些人，与他越来越远的那些人。

如果赵君子回一个短信，向他表示一下与她无关，或者略作解释也就不会有以后的事，然而没有。已经有了如意郎君的赵君子是不会给发狗回信了，这不可能了。

这一天，发狗突然来到桑姐家说是来吃晚饭的。桑姐来不及做，她自己一个人常常是炒几个辣椒就对付一顿，就赶快到餐馆去端了个肉丝。这些天她因为自责，没办好发狗的事也不能救老甘出来，就没管发狗的吃喝。看着他失魂落魄的样子，又不忍说破那个结局——她还托人去问了，可恶的老姜竟然根本没给他侄儿说，桑姐给的钱就喂了狗。哪知道老姜是个无赖呢？

"再慢慢找，不要灰心，有办法的。"她说。

发狗已经在桑姐的眼里看到了那个结局。也许，他压根儿就没作打算，这是不可能的，也是不可以的。像他这样的家庭，这种文化水平，顶多只能出一个船工。再则，赵君子如今就根本不爱警察，她爱的是电视台。县电视台正在播放当地的新闻。发狗恨不得把电视砸了，就从江堤街出来，走上长江大堤的斜坡，就见赵君子骑着一辆电动车迎面而来。他刚刚喝了些酒，视力有些吃力，但对赵君子还是能一眼认出的，这样就拦住了她。果真是她。

赵君子只好停下车，下来了。两个人没有讲话，就那么站着，偶尔看一眼对方。这样会增加仇恨。

"你爸爸不是我抓的。"后来赵君子就这样说了。这样说等于是句废话，发狗的愤慨岂止在这些！可他找不出什么话来给对方说，他因为喝了酒，眼里本来就有些灼热，现在又有一盆火到来，把他整个身子都似乎点燃起来了。他想说："你应该……"他想教训她，可又想乞求她。但什么也无法说，这是选择语言艰难的时刻，让他十分难受。

她知道他的难受，赵君子。她知道他受到了委屈，这时候，一个女性的某些东西就回来了。她竟然说："好吧，到那里站一会儿。"她的手指了指驳岸。那里堆着许多木材，有一个场地，一个能让汽车下去的斜坡。

他们像两块沉重的石头往那儿走去，赵君子推着她的宝蓝色的电动车。

这时的江边当然少有行人，大堤上也时常出现行人和车辆的空档，发狗像过去他们曾经相好时一样，或者因为心切，站定后就去抱她并且想亲吻她。但是这样的日子已经远远地过去了，赵君子不会再让他近身。一个强烈地渴望，一个强烈地拒绝，说了什么话已经不重要了，结果是推搡，是撕打；不是水乳交融，而是水火不容。赵君子在挣脱发狗的时候要推车走了，可发狗不让；那时候他是不会让她这么走的，这么走就意味着永远地走了，意味着留下他一个人，成为沙洲上的一只孤雁，凄厉鸣叫。他不放，并且将手伸到了她的下身——这样的征服是不得人心的，是无法得逞的。他把她往木材堆的暗角处拉，也只是拉，也没有下好企图强暴她的决心，完全是酒劲儿上来了。正因为发狗的行动中有怯懦和犹豫的一面，赵君子才完全不怕他，并且在气势上完全占了上风，最后一声"我要报警了"，发狗不知是要去闷她的嘴，还是去夺她的手机。她的上衣撕开了，掉下两颗纽扣，红色的胸罩在暮色中像一丛鲜花凸出来。"君子你跟我，君子你跟我，你跟我……"

决不屈服的赵君子在发狗的怀里像发疯的猛兽让发狗彻底绝望了。在最后一刻，他的心里明晰起来：完了！眼中喷着酒火的他从皮带上触到了他平时又当刀使又当改锥的一把小水果刀——只有这个了，只有这个作为他的最后的了断，用铁，用刀，用血，用疼痛来了断这折磨了他许久的一段甜蜜也痛苦的初恋情缘。这也是在走投无路时的一条路吧，也是一个年轻人，一个年轻船工想要极端表达的一种方式吧——他的刀朝她的下腹部捅去，隔着衣裳朝身体里捅去。

一声尖锐的喊叫，赵君子就倒在了木材堆旁，双手还扶着那巨大的圆木筒，断断续续地说：

"发狗，好……好……你……好……"

发狗就走了，对方软了，发狗就胜利了，至少这一局。

风暴过去了。发狗跳下驳岸，下面是软泥和沙子，他拍打了一下手，往江滩上走。猛一抬头，就发现渡口那儿停泊着一艘崭新的、淡蓝色的钢质渡船。他的心尖怦然一动。他忽然有了一股上船的冲动。

老船没啦？新船下水了。这是好事，父亲在这里几十年创下的红旗渡，也应该换船了，应该有点红旗渡的样子。

他爬上新船。

哦，舵楼好高啊，三块大玻璃显得视野开阔，一览无余。舵楼外，还有一条行走和瞭望的护拦道；船侧的龙骨更加坚硬，双十字系缆桩，工型索耳；更令人叫好的是自动绞车，不需要人力拉缆了。它的舵轮、滚筒、导向轮、舵柄，都透出时代的气息，简直有点时尚。舵楼里的装修甚至有点奢华，墙壁上还有一件女体的挂饰，不过很抽象。

发狗陶醉地看着，摸着。月亮升起来了。一轮黄澄澄的月亮从江面上冉冉升起，照得大江波光粼粼，整个江面上好像撒铺了碎金，到处闪烁跃动，好像要把人往高处抬升一样。人会浮起来，船也会浮起来，船浮向了月光中，浮向了像蓝玻璃一样的夜空中……

警察上船来抓他的时候，他正在那舵楼里，坐在高凳上，手放在舵盘上，舵盘染着鲜血，玻璃上也溅着鲜血——他正在用那把水果刀割自己的手腕。

十一

发狗要被送到对岸的劳改农场，在那儿服刑。

发狗在一个薄雾笼罩的早晨跟几个劳改犯一起踏上了这艘新轮。他戴着手铐，头上刮得光溜精亮，走慢了一步，就被公安干警呵斥着往船上赶。

他的父亲老甘和桑姐站在跳板旁。他觉得鼻子好像塞了什么东西，他瞅瞅父亲，瞅瞅父亲身边的桑姐，嘴唇动了动，似乎要喊点什么，但新船启动的轮机声把一切都压下来了，那种声音很大，很粗暴，表示着它强劲的马力。"你们回去吧！"他可能说了这么一句。

"好好改造！"他听见桑姐挥着手说，"争取减刑！"

他的父亲老甘只是站在那儿，脸上的肌肉一下下痉挛。

现在开船的是从外地请来的师傅。新船的轮机声愈来愈大，带动着螺旋桨。船拐了个弯，划了一道亮弧，就向对岸驶去。发狗本来是想喊一声"桑姐"的，他早有这个准备，但是他不知道究竟应该喊她什么好，老远，他的嘴还在蠕动着……

他从来没喊过她。从没有。

他是去江北农场劳改去的，这一次他判了四年，因为他没有全力以赴，那一刀探得很浅，只划开了赵君子的皮肉，未触及内脏，没有大碍。

就在发狗去劳改后的那年冬天，他的姐姐友珠竟抱着一个小孩回来了。小孩是她的，她与那个洗脚城老板的，可老板不要她了，给了她十几万块钱，算是补偿。生过孩子的友珠更丰满了，更像个汽垫船。穿得珠光宝气，浑身闪闪发光，就是眼睛无光。

她是先到桑姐那儿落脚，让桑姐再慢慢告诉她爹老甘，好有个缓冲——那孩子就放在桑姐那儿了，压根儿就没抱到船业社来。老甘发了一顿闷脾气，也就接受了。孩子是个丫头。老甘终于有了外孙女。桑姐也就有了外孙女，或者说孙女，反正，这丫头片子自会说话后就叫桑姐"桑奶奶"了。

友珠拿着那个男人给的十几万块钱，还是想干一点事，她看中了桑姐的这个两层小楼，要把她的日杂铺改造成一个小茶楼。既然江堤路有了餐馆，有了网吧，有了桌球室，就应该有茶楼。既然县城有了大量的娱乐城，有了洗脚城，就应该有茶楼。这个茶楼就叫"江风茶楼"，要的就是江边吹来的自然风。

友珠已经是见过世面的人，她有了自己的想法。茶楼投资少，员工稍作培训即可上岗，有简单的茶道表演、简单的果盘制作，就可以开张了。

说干就干，桑姐没有任何反对的理由。而且，这样就可以堂而皇之地让父亲与桑姐住在一起合成一家了，房子的租金都不需付。桑姐与父亲，既给她带孩子，又给茶楼打打照扶，二楼顶上加了一层简易的房子，作为居住。

很快，茶楼就开张营业了，而且生意不错。这友珠不知是从哪儿学来的，将茶楼弄得十分有文化且时尚，里面贴满了画着卡通人物的稀奇古怪的名言，都是关于友情、婚姻的，连卫生间里也是。还有留言簿，还有一些她在各地照的照片。这个女老板真是漂亮啊，这个女老板真是很有品位啊。

没有办法，无论老甘怎么客套都不行了，撵走桑姐，要来她的门面，就是以不情愿的老甘与桑姐的结合作为交换的。友珠恶毒啊。为了儿女，老甘还有什么话说呢。可那个没爸的丫头让老甘很不舒服，虽然桑姐将其视为宝贝。因为桑姐一辈子没有孩子，甚至没有生育。

老甘退休了。赵忠总算将老甘交给了社保部门，让他去领取屈指可数的几个退休金。老甘却不愿待在这所谓的江风茶楼里，不愿带那个无根无据的丫头，也不愿喝那里面的茶。

他自有他的去处。

那就是江边居委会开的新风茶社。里面乌烟瘴气，全是退休的老头老太，加上修船的船工和淘金的人，一块钱喝一天，茶是粗茶，还有书可听，书讲的是老书，《七侠五义》《封神榜》之类，说书人都是些不爱洗澡的江湖艺人，衣领黑得像炭灰，饿了门口有个卖锅盔的炉子，一声叫，就把锅盔送来了，热气腾腾，外焦内软，比鞋板还大。里面嘈嘈杂杂，到处是老腔老调、咯痰不爽的声音，热闹极了。

有点痴呆（喝酒后遗症）的老甘还是被桑姐照顾得很好，打个盹也给他披件衣服，竟问他："为什么总不要我？"

"哪敢不要你，我做了太多的坏事，害了人，才落下妻亡子坐牢，还得了个私生（孙）子，报应呀，造孽呀……"

他就说了，就道出了隐情，原来——

一九七九年的老甘是个路见不平拔刀相向的老甘，是个疾恶如仇、年轻气盛的小伙子。对于桑姐和马百贵医生的事早有所闻，水灵灵的县城姑娘，成了那个作恶多端未得到惩罚的乡下人的媳妇。渡船翻沉的时机来了，他救起了令人同情的桑姐，当他再一次潜入水中，他又与马百贵遭遇。这一天，是桑姐和她的丈夫在县城进药回去的时候，没想到碰上了这次劫难。老甘那时看到马医生浮出水面，张着嘴喊了句什么，老甘没有听清，他觉得那一张用麻醉药骗奸知青的小脸无比丑陋，他当时只要伸出手抓一把，那张小脸就不会沉没于江底，但他迟迟没动手。他看着一股急流把马百贵卷走，老甘心里愤愤地说："让你到东洋大海去……"

"我可能做错了事，以后，我就知道我帮了倒忙。多少年来，百贵的冤魂都在我耳根上喊叫……其实，只要抓上一把，我没有……老婆死了，儿子坐牢，有个没父亲的外孙女，这都是报应……"

老甘喝了些酒，就把这些说了，说了心里就舒坦了，搁在心里二十多年，说出了，就放下了一块石头。桑姐当时脸就白了："真的？真的？百贵这么死的？那你又何必把我救起来，让我遭这后半辈子的罪啊！老甘哪，老甘，你毁了我一辈子的幸福……我喜欢百贵，救人一命，胜造七级浮屠，你为什么见死不救啊？！"

桑姐在楼顶的平台上哭啊，对着长江，哭得死去活来。后来，拿了些纸，就下楼去了，去渡口烧。

老甘也烧，跪着，对长江跪着。纸烧完了，火熄了，灰冷了。桑姐要他起来，说：

"走啊，回去啊！"

于是他们两人一起向江风茶楼走去……

（原载于《北京文学》2007 年第 9 期）

投亲记

一

李小碧到这个楚地县城来的时候，十七岁，她是来投奔她的叔叔的。

她踏入这个县城，想去掉无所依托的陌生感。狭窄的街道、陈旧的楼房、拥挤的人群，使她感到晕眩恍惚。那时候，她背着一个黄色大帆布包，满面灰尘。她在桥头的小面摊上吃了碗热干面，发现这儿的面怪，没有汤，但有芝麻香，二两粮票，一毛三分钱。小碧吃完之后，拿着空碗，倒了半碗开水，慢慢喝，饱了，也不晕了，坐在脏凳上，她劝自己，在哪儿都一样生活。

小碧按过去通信的地址找到了叔叔的家，叔叔住在义子李振祥的家里。小碧的叔叔写得一手好字，曾做过新中国成立前县衙的录事，也就是抄写公文的小职员，新中国成立后到医院做了勤杂工。当小碧到来的时候，她的叔叔已经因年老体衰在家闲住了。

小碧不看不知道，一看吓一跳。她发现，叔叔到了被人唾弃的边缘。叔叔又脏又老，他认出了小碧，喊小碧为"丫头"，并且要李振祥拿肉票去割肉。

小碧看见了李振祥的两个儿子在锅里抓饭吃，这使她千里迢迢来投奔的热情骤然冷了。她万万没有想到湖北楚地竟有抓饭的习惯，虽然餐桌上有肉。也许是好久没吃肉了，两个小孩用手抓得更快，三把两下菜碗饭碗就空了。

李振祥的媳妇不好意思，不轻不重地抽两个小孩屁股，然后对小碧说不好意思，孩子没有家教。还有叔叔钓的几个小鲫鱼，小碧喜欢吃这儿的小鲫鱼，清甜可口，可鲫鱼刺多，小碧不小心卡着了喉咙，后来还是想法把刺吞了进去。

吃过饭，李振祥对她说："小碧妹妹，你就跟嫂子睡吧，我在堂屋搭个铺就行了。"小碧说："这哪行，还是让我睡堂屋吧。"小碧的叔叔说："又不是一天两天，把厨房后面那间拣出来，让丫头住。"

于是，小碧就住进了厨房后的杂屋。她躺在又潮又黏的被子里想，李振祥和他的媳妇全是王八蛋。小碧知道李振祥是个孤儿，八岁的时候被叔叔收养。叔叔终身未娶，就收养了这么个儿子，把他吃把他喝，然后让他接媳妇，生娃儿。李振祥现在妻儿满堂，全是叔叔挣来的，可是小碧看到，这一切与叔叔无关，叔叔其实是个孤老头子。

听了一夜老鼠叫，第二天就要叔叔和李振祥帮她联系生产队。小碧来的目的很明确，是当下乡知青的。小碧在她的家乡安徽已经下放了，下放在一个既无米吃又无柴烧的深山里，天天啃苞谷砸石头，以泪洗面。小碧的父亲已经死了，母亲退休在家。母亲说："那就到你叔叔那儿去，那儿是平原，吃米饭，乡下也很富。"小碧想到平原荷锄劳动的情景，想到月上柳梢，日出湖滩，有西瓜的夏夜和渠水绕稻田的秋天，于是她就只身跑来了。

小碧的叔叔没多少旧交，还是四处找人。于是，找到了离小城八十余里的一个公社。那儿水旱田掺半，有许多瓦屋，工分值划五毛多钱十分，问小碧愿不愿意，小碧说愿意，这工分值比她那个山里高出一倍多，于是拍了电报，要母亲把她的迁移证寄来了。入户的事由李振祥去跑，小碧在李振祥家里帮着做饭洗衣，等待手续办齐。

一个月以后，小碧就落户到这个叫团坡公社金洲大队的地方，七生产队。

要到队里去了，李振祥的媳妇说："再玩几天去也不迟。"小碧说："不了，我要去了。"她不愿再待在李振祥的家里，有寄人篱下的感觉，虽然这个家是叔叔一手创造的，但这个家与叔叔没丝毫血缘关系，叔叔差不多成了一条不中用的老狗，迟早会被一脚踢开。

二

金洲七队有当地县城下放的知青五人，其中两个女的。有武汉下放的知青四人，也有两个女的。小碧没有住到知青点去，她是通过大队党支部书记的关系来的，支部书记让她住到了一家姓朱的人家里。朱五十多岁，有一老婆也五十多岁，还有一个女儿，二十来岁。朱家里清静，有米和菜吃，有床睡，还是红砖瓦屋，什么也不缺，不需找邻居借水桶或者箩筐。朱家的门口还挂着"光荣军属"的牌子，朱家的儿子在洛阳当兵。当兵就算是见过世面的人，所以朱家在七队是殷实户。

小碧就住在朱家当兵儿子的房里，睡在朱家当兵儿子的床上。小碧把朱叫朱伯，把朱的老婆叫朱妈，把他们的女儿叫草妹子。因为草妹子的父母和乡亲都叫她草妹子。

小碧整理好房间就要去挑水，朱伯说："哪能要你挑，让草妹子去挑。"小碧说："您别小瞧我，我挑得起。"她说普通话，像广播里的声音一样，她长得很白，圆脸，小辫，完全是从天外来的洋学生派头。知青点的那几个女孩子，却都粗鄙不堪，有的瘦高，有的矮胖，有的不漂亮还爱放屁。小碧就不同了，小碧说普通话，像从北京来的。其实她是安徽人，投亲靠友来的。

吃朱妈烧的饭，发现很对胃口，韭菜炒蛋，酱拌蒸辣椒，油也重。朱妈说："小碧呀，好吃你就多吃点。"小碧已经吃了两大碗，不好意思添第三碗，但她又余兴未尽，还是到厨房，铲了两锅铲锅巴。她把锅巴咬得嘣嘣响，锅巴很脆，用铁锅做的饭，锅巴又黄又脆，比世间什么东西都好吃。她想，就吃朱家的锅巴算了。

草妹子给她打来了热水洗脚，在油灯下，她泡着脚，感到找到了个好房东。书记真好，朱家真好，这里的人真好，这地方真好，到底是平原。

知青点那边可就惨了，小碧不跟他们住是对的。刚开始，队里还派人给他们做饭，后来不派人了，让他们自己轮流做。油少，菜少，吃了又没人洗锅洗碗，于是吃饭时间少了，睡懒觉时间多了，男人女人都比赛睡觉。队里分给他们的自留地，犁不会犁，耙不会耙，又没种子撒，荒了，藏田鼠和蛇。

不吃还是不行，一个灶你烧我烧，只下自己的米，单干了吃饭，菜就到生产队去偷，到社员自留地去偷。有狗打狗，有鸡捉鸡。有人管，他们就扬言，谁管杀谁。都怕杀，便不管了。把狗拴着，把鸡也拴着。

小碧下地跟他们一起。队长说："知青干最轻的活儿，你是知青，也干最轻的活儿。"小碧选种，把瘪黄豆择出来，一天可以挣十分工。小碧翻稻场，照青，等等。春暖花开的时候，她拿着根竹竿，去照紫云英，防猪吃。她戴着"广阔天地大有作为"的草帽，穿着布鞋，挺起胸走在田埂上。阳光灿烂，和风习习，她的头发迎风飘扬。

跟小碧在一起的是爱英，爱英说土话，是叔叔县城下放来的，爱英爱放屁，是装卸工的女儿，她把队里分的粮食全背回家给弟弟妹妹去吃，自己天天煮红薯，所以放屁。爱英笑眯眯的，可长得又瘦又丑。

武汉知青吴威对爱英很好，给她靠板裤穿。靠板裤，即小脚直筒裤，靠板裤前裆安拉链，爱英在七十年代初穿前裆安拉链的裤子，需要豁出去的勇气。但吴威鼓励爱英穿，吴威说："不破不立，你个斑马的怕哪个？"爱英穿了靠板裤，就跟小碧一起照青。

爱英对小碧说："当地人很恨我们，又防我们。为什么让你住在他们家去？这个斑马的有鬼，你跟他们是亲戚？"

小碧说："不是亲戚，是书记队长安排的。"

爱英说："噢，老子晓得了，你是通过后门搞来的。小碧，你得当心呀，有鬼，有鬼。"

小碧说："没有吧。"

爱英说："农民比我们鬼，我们总有一天会走的，哪个还对我们真心不成？生产队根本不管老子们死活，巴不得老子们屎壳郎搬家，滚蛋。"

小碧说："滚蛋就是招工吗？"

爱英说："今日不招，明日不招，总有一天会招。不过我看你呀，你的命肯定比我们好，到时他们推荐你去读大学。"

小碧说："是这样？"

爱英笑眯眯地说："没什么，混呗！吴威昨天在三队吃了鸡，今天说捉两只鸭回敬他们。小碧，晚上到知青点来吃鸭掌。"

小碧想了想，说："好吧。"

小碧回去跟朱伯讲了，说晚上到知青点去吃饭。

小碧去时，已经有了几个不认识的人，都是别的生产队的武汉知青，有男有女。吴威向他们介绍说这是小碧，从安徽投亲靠友来的知青。介绍完了，就吃鸭掌。

鸭子一锅煮，又没什么作料，不好吃，在朱家吃惯了好菜的小碧不稀罕，她就看他们喝酒，听他们唱歌，什么"扬子江畔，是我的故乡。雄伟的大桥，横跨龟蛇山，想了故乡我泪水流"，唱着唱着，有的人就哭了。还有男的哭，好伤心，有人把碗砸了。

吃了鸭，他们要打扑克，小碧对爱英说："我先走了。"爱英说："小碧，你怎么不合群，打打扑克嘛。"小碧说："我不喜欢打扑克。"爱英只好说："吴威，喝死了，还不起来送送小碧！"

吴威把小碧送出来，走了几步，爱英又跟上来了，说："吴威你回去，我送。"

吴威不走，说："个斑马怕我把她吃了？"

爱英说："老子还不晓得你德行，小碧啊，你不要上他的当，武汉伢没一个好东西。"

路上，小碧说："爱英，你跟吴威谈朋友了？"

爱英说："谈个鸡巴！吴威很坏，我晓得他就是玩我，可我喜欢上他了，你也得小心他点。"

小碧说："爱英你不跟我谈这些，我还小，你放心，我不会夺你的所爱。"

爱英说："你敢，如果你跟他玩，老娘就用镰刀砍了你，哈哈。"

小碧说："我什么都不懂，我还没谈过恋爱，没有谁会爱我。"

爱英说："你狡猾狡猾的，你明明是通过关系到这里来的，你今后前程远大。"

小碧说："你们还有个家可以回去，我在这里，连家也没有，哪有什么前程。瞧你们，多热闹，我却孤身一人。"小碧不禁潸然泪下。

爱英挽起她的手说："你哭什么，学咱，快活一天是一天。"

到了朱家，爱英就走了。小碧去推门，门给留着。小碧轻手轻脚地走进房里，摸到桌上的火柴点燃煤油灯。仔细瞧瞧房里老式的柜子、农具、老鼠打出的地洞，想，命真苦哇，凭什么把我们赶到遥远的乡下来呢？

风吹着窗外的楝树，簌簌直响，小碧突然感到自己像茫茫黑夜里的孤魂。

三

草妹子每天早晨将洗脸水端到她的床前。草妹子早晨起来很早，煮洗脸水，热饭。洗脸水里总是落有一些灶灰，可小碧依然过意不去，对草妹子说："我又不是来做客的，以后还是我自己来吧。"

草妹子说："这像什么话，你不是客，难道我是客？"

小碧说："你今后出嫁了，再回娘家来，不就是客了吗？"

草妹子说："小碧姐，好羞人，我才不出嫁，永远不出嫁！"

草妹子其实大小碧的，草妹子却叫她为小碧姐。草妹子是乡下姑娘，又没读书，当然跟她不能比。

草妹子照小碧的样子梳头，照小碧的样子打香肥皂，穿衬衣时也敢把领口的最上一颗扣子敞开了。草妹子还经常跟她一起睡，缠着小碧谈城里的事。小碧告诉她，应该穿尼龙袜。草妹子第二天就去卖鸡蛋，买了一双尼龙袜。草妹子说："我怎么生在乡下了，没享一天福。你们还上幼儿园，唱歌跳舞，我三岁就收鸡屎。"

草妹子谈到她的哥哥，说她的哥哥是炮兵，还去过北京，便拿出她哥哥寄回来的照片给小碧看。她的哥哥叫满强，满强的照片很多，都穿军装、戴军帽，长得很厚实，一副乡下挑大粪的青年模样。在天安门，他手捧红宝书，目视左前方，憨头憨脑的。草妹子说："我哥哥当兵两年了，现在是副班长。过去在队里是民兵连长，支书很培养他，发展他入党了才去当兵。"

草妹子对有这样一个哥哥很骄傲，可小碧什么感觉也没有。草妹子还说："好多人给他作介绍，支书也给他介绍了几个，他却瞧不上，不是嫌这个黑了，就是嫌那个轻浮，真不知道他要为我找个什么嫂嫂。"

小碧那时还小，不知道草妹子话中的意思，她也不知道住在一个没订婚的农村军人房里意味着什么，虽然爱英也在先前说过，支书把她安排到朱家，是不是有别的打算。小碧很糊涂，小碧还不到十八岁，认为男女之事，离她远着呢。

在小碧住到朱家四个月之后，满强突然探亲回来了。

小碧那天收工回来，看到朱家有许多人，也有大队支书，大家围着一个穿军装的年轻人。小碧马上就清楚了，这个人是满强，是这家的主人。

支书看见了小碧，马上拉着她对满强说："这就是安徽来的知识青年李小碧，住在你们家里。"又对小碧说："这是我们大队过去的民兵连长满强。有出息啦，在部队提干啦。"

满强跟小碧握了握手，很得体，很有风度，满强毕竟在部队混了两年，举止跟本队的青年完全不同了，有大家喜欢的军人派头。

接着，支书又继续跟满强谈这谈那。满强是支书过去一手培养的，满强回来，支书焉有不陪之理，那神情，就像看自己的儿子。

小碧来到她的房间，发现满强的包包裹裹全堆在她的床上，军装也跟小碧的衣裳放在一起。小碧忽然好不舒服。她突然明白这个房间本来就是满强的，她不过是借住在此。小碧无家可归的情绪一呼啦漫上心头。

她赶紧收拾自己的东西，女孩子们的东西，然后把她的帆布提包拉上了拉链，一副准备离开走掉的劲头。

她内心惶惶的，来到后面的厨房，朱家父母正杀鸡剁肉，草妹子在灶膛添火。小碧说："我……我来拔鸡毛。"

朱伯说："你一边歇着去。"

草妹子说："小碧姐，这儿有新泡的芝麻茶，你喝碗芝麻茶。"

小碧说："我口不渴。"她发现，在这个家她碍手碍脚。

朱妈说："小碧呀，满强一回来就忙昏了头，忙得顾不了你，你别见怪呀。"

小碧说："我不见怪。"

这时，堂屋的大队支书摸到厨房来，找添茶的壶，草妹子忙说："支书，您坐，我来。"

小碧拿住了壶，说："我去添茶吧。"

支书说："小碧，在这里习惯吗？"

小碧说："蛮习惯的，谢谢支书。"

支书说："广阔天地，四海为家。现在满强回来了，他对你住在他们家表示欢迎。满强听我的，他不敢不欢迎你。没事的，你放心住，别去知青点，那全是些烂……我就不说了，你心里明白。"

小碧说："谢谢，谢谢您。"

支书哈哈大笑说："又不是在我家，左一个谢谢，右一个谢谢，要谢，谢满强，谢草妹子和他们的父母。"

朱妈插话说："接都接不来哟，要不是毛主席号召知识青年下放，我们哪有这个福气待小碧这个远客！"

小碧被说得不好意思，说："只是给你们添麻烦了。"

吃饭的时候，大家都说满强和小碧，都是大队干部。说满强是村里最有出息的小伙子，为村里争了光，说去了两年就穿四个荷包（军干服）了。说小碧是知青中最好的，又标致又听话，其他知青无法管教，个个偷鸡摸狗，乱搞男女关系，只有小碧为人正派晓义，老老少少都喜欢她。

支书说："安徽来的，是远客。我们这儿的规矩，远客三杯。"说着就给小碧斟酒，三个杯子满满的，放到小碧面前。小碧连忙摆手说不会喝酒。支书又说："你不喝我们就不喝了，我们得罪满强算了，不管他探亲不探亲，我们走了。"

支书爱闹，逼着小碧喝，小碧正在为难时，满强站起来说："小碧住在我们家，是我们家的福气。我是第一次认识小碧，小碧在我们家做了许多活儿，我爹妈和妹妹都说她好，为了向她表示感谢，这三杯酒，我代她喝了。"

于是，满强端起杯子就干，三杯干得滴酒不剩。

支书说："好哇，小碧有人代酒，我们没人代酒。"举起一杯酒又说："谁给我代？啊？"

这玩笑开得委实太大了，把小碧弄了个满脸通红。朱妈忙解围说："你们饶了人家姑娘，大老远来的，你们男人要喝就喝，我们家酒不缺。"

草妹子也说："小碧姐，我们吃我们的饭，他们全是酒疯子。"

果然，他们闹到两三更才一个个离去。

小碧有些困了，小碧对草妹子说："我准备到知青点去睡，东西都收好了，你送送我，草妹子。"

草妹子说："这哪行，这是怎么了？你睡你的，我跟我妈睡，我哥跟我爹睡，你睡你的床。"

满强听到，也过来说："你去睡！你去睡！"

朱妈也过来把小碧推进房，要她去睡。

小碧没办法，只好回房去和衣躺下了。小碧睡得迷迷糊糊，听见有人推门的声音，一下醒了，坐起来，原来是满强。

"把你吵醒了，实在对不住，我来拿点东西。"满强说着，就去桌上翻他的那些包裹。

满强也说着普通话，不过说得不准，依然带有湖北的土音。小碧下床来看着他翻寻东西，他说："乡下还是苦吧？"

小碧说："不觉得。"

"还是苦，"满强说，"城乡差别太大了，我在城里当兵，我算是深深体会到了这一点。也不知上头将你们下放是为什么，又不是没饭吃，来改造啊？"

小碧说："接受贫下中农再教育，真的有必要，过去在城里太舒适了不对，其实乡下也不错，比城里好。"

满强说："你政治觉悟蛮高的。好了，好了，你睡，不好意思打扰了你，你能适应乡下艰苦生活，很不简单。我家里人有不周的地方，你千万要原谅。"

满强说话的口气不太自然，最后匆匆出去又绊上了门坎，差点摔跤。

四

在满强回部队去半个月之后，小碧收到了一封寄自河南洛阳的信。信封上标有"朱寄"。小碧感到诧异："满强跟我写信？！"

小碧一个人躲着其他知青拆开信，信是用部队的公用信笺写的，字很刚，横七竖八，毛毛糙糙，满强没读多少书。信上称小碧为"同志"，主要写他顺利回到部队，投入秋季训练。说到她住到他家，是他家的光荣，有什么照顾不周到的，敬请原谅，大多的话都是满强在家里跟她说了的，只不过重复了一遍，还有些错别字。

小碧把这封信塞到口袋里。

回去后，她问草妹子："你哥哥回部队后给你们来信了吗？"

草妹子说："来了，今天刚收到。信上要我爹妈好好照顾你。"

小碧说："你哥哥给我写了一封信。"

草妹子听说后，高兴得跳起来："真的吗？给你写了信？我哥哥跟我一封信都没写过。"

小碧掏出信给草妹子说："信上又没写什么，你看看吧。"

草妹子说：" 我不看，我哥哥跟你写的信我怎么能看！小碧姐，我告诉我爹妈去。"

小碧看着草妹子高兴得要死的样子，心想，可能她误解了，她只怕是以为我在跟她哥搞对象吧？

小碧的心里极不舒服。

晚餐对小碧格外一档子，就像她是第一次来朱家一样，父、母、女三人对她分外客气，"吃呀吃呀"，总是这样说。小碧扒着饭碗，发现自己的碗底还埋有两颗荷包蛋，棉油煎的，焦黄焦黄。她很不好意思，说："我不喜欢吃鸡蛋，草妹子，给你吃吧。"

小碧把鸡蛋搛到草妹子碗里，草妹子又搛过来，说："我妈给你煎的，今天非吃进去不可。"

小碧只好吃，说："你们吃什么我吃什么，多好。再这样，我都不知道怎么报答你们了。"

朱妈说："孩子呀，一个人在我们这里，无爹无妈照应，我们就是你的爹妈，这是应该的。"

第二天挖沟，草妹子跟小碧一起挖。草妹子问她："小碧姐呀，跟我哥哥回信了吗？"

小碧没想这事，她无话跟满强说，口里却这样道："上工呀，没时间到大队部去发信。"

草妹子："你写了我去发。我反正要到大队代销店去买草纸的。"

小碧说："等两天再说吧。"

草妹子说："我明天好事（月经）就要来，今天非得去买纸。这样吧小碧姐，沟我帮你挖，你回去写，写完了，中午我帮你去寄。我哥哥肯定盼你的信。"

小碧说："这有什么盼的呀？"

但草妹子推着她回去，她只好回去了。

回去坐在桌前，找了两张信纸，提起笔来，一句话也想不出。写什么好呢？第一次相识？小碧终于想到，这一家毕竟对她有恩，跟那些知青比，她过的是上等人的生活，哪像下乡，完全是做客，家务事完全不让她干，连她的衣服朱妈也总是寻出来帮她洗。于是就写了一些感谢的话。写了不满一张纸，装进信封，找了几颗饭粒封了口。

中午，小碧把信交给了草妹子，让她发了。

可是不久后，小碧又收到了满强的信。信上说，收到了小碧的回信，他们的训练很累，但很有意思，说他依然时时思念家乡，思念家乡的父母、妹妹、大队领导，也说思念小碧。说他的父母、妹妹都没文化，但心好，不要跟他们计较言语上的事。满强的信还说小碧的字写得真好，要小碧经常给他写信，他要学小碧的字，拜她为师，信上说他马上要提升班长了，这是部队领导对他的培养，他只有好好带兵来感谢。信上还写了他与战友们的一些琐事，说很有趣，但小碧觉得没什么趣。信写得很长，有五张纸，拉拉杂杂。小碧读一个男性的这么长的信，是头一遭。小碧读了就读了，还是塞进抽屉里，并且又跟草妹子说了。

没等小碧回信，满强又寄来一封信，信是从开封寄的，开头把"李小碧同志"改称"小碧同志"，信上说他在开封出差，住在旅社里没事，问上次的信收到没有，很挂念。说到开封的一些名胜古迹等。

小碧想，写这些信做什么？小碧一共收到满强三封信了，晚上夜深人静，小碧一个人，哪儿也不能去，浑身筋骨酸痛，没事，只好拿出这些信来读。

读过之后还是决定回信，于是小碧又回了一封信，依然称"朱满强同志"，信写得比上次长些。小碧权作练字，混时间，写了就寄了，也不知道自己在信中究竟写了些什么，事后觉得好笑。跟男性写信，没任何感情色彩，她只是觉得好玩儿。

但小碧与满强的信来信往的事让许多人都知道了。满强的信来，由队长或者会计从大队部拿回队，在田头这个抢那个抢，虽没敢拆开，但被泥巴手摸得黑乎乎的，到小碧手上，都皱巴巴的了。"满强给小碧的信！""一个月几封哪！"大家都这样说说笑笑。

爱英有一天问小碧："你真跟满强谈朋友了？"

小碧说："哪儿的话。我怎么会呢！"

爱英说："是啊，怎么会呢，那不是一朵鲜花插在牛屎堆上了！你一看这么精明灵动，你会跟乡下人结婚，扎根农村一辈子？你要找部队的嘛，不是一个班长，至少也是团长！"

小碧承认她跟满强通过信，说信中什么也没说。乡下人见识浅，以为男的跟女的通信就是那回事，好笑，她不解释。

爱英说："你鬼精。"

小碧说："这是什么话？"

爱英说："写了几封不中用的哄人信，就换来了吃喝呗。"

小碧没想爱英如此刻薄，小碧脸都白了，说："爱英，你不能这样说。我又没骗他们家，给他们许诺什么，支书安排我住哪儿我就住哪儿，我又不是不给钱，年终结算全部给他们，我又不白占人便宜。如果你们这么认为，我干脆搬到知青点跟你们一起住算了！"

爱英说："哟，火了，小碧发火也可爱。是说你命好，夸奖的话也不会听！老子要是有你这么漂亮，住支书家，还跟现在的男朋友打鬼吗！你要搬来好呀，那苦死你，天天涮盐罐子下饭，你细皮嫩肉，受不住，还是享你的福去吧。你要是搬来，那几个男伢不打得鸡飞狗跳，头破血流？不过，小碧，不是我一个人这样认为，知青最了解知青，大家背后是在为你担心，怕你……犯了傻，跟乡下人结婚。满强现在虽在城里当兵，但从哪儿来回哪儿去，今后还是要回来。除非他是连长，你可以随军。"

"行了，"小碧说，"我不喜欢听这些，你们是吃了闲饭操淡心！真是的。"

小碧一个人气冲冲地走了，走到队屋后的树林里，一个人悄悄地哭了。

小碧首先想到的是要对草妹子说，让她给她哥哥去一封信，告诉他别再给她写信，可回去后又改变了主意。

小碧摸摸朱妈给她洗过又浆过的被单，摸摸晒过的铺草，松软暖和，想，她家会怎样认为我呢，那不要得罪了她们吗？除非我不再住她们家了，我住知青点去。那我要置一套锅碗瓢勺，要买油盐酱醋，我哪儿弄钱去买这一套生活用品？知青一个月的生活费七扣八扣，到手的才十三块五毛，还得买衣裳穿，年终分配又没到，还不知道是否超支，知青们说他们年年超支。再者说，到知青点去住，只有吃光饭，没有菜。

他写信就写吧，自己把握准就行了。别人怎么想是别人的事，嚼舌根去，不理会！

五

但是小碧不知道，草妹子已把她当作嫂嫂看，草妹子父母把她当作媳妇待了。至少，他们把她当作未来的嫂嫂或媳妇，不为这个，他们干吗对她如此热情呢？

小碧蒙在鼓中，也不全蒙在鼓中，她已经十八岁了。

一晃，就到了年底。小碧分得六十斤糯谷、二百斤梗稻，要朱伯和草妹子拖回来。都拖回来了，他们把这全堆在她住的房里，说："队上有手扶拖拉机去县城，你把它拖到你叔叔家里去。"

小碧很吃惊，说："我在你们家吃了喝了，这都是交给你们的粮食指标呀。"

朱伯说："看这孩子，我们家还少了你谷吃！你能吃多少！这些都拖回你叔叔家去给他们吃新米，我们不能要。"

小碧慌了，说："这哪行呢，我一定要交。吃饭不交粮食，哪有这个理！"

草妹子说："小碧姐，别犟了！我爹是说一不二的人。"

"那不行，那不行！"小碧死活不干。

接着结算。小碧没超支，还进一百三十多元钱。小碧刚来时问过大队支书，该每月给朱家多少伙食费。支书说，年底再说吧。到了年底，又找不到支书的人。她想，反正上面发给知青的生活费一月也是十三元钱，这年终分配的款，正好给他们，当然这不够，可她只有这些钱，全给了，朱家吃了些亏，跟他们说明白，想他们会理解的。于是，当晚小碧就把这些钱全掏出来放到朱伯面前的餐桌上。哪知草妹子一下站起来就把这些钱死活塞到她兜里，说："小碧姐，太小瞧我们了，我们哪能要你的钱呀，你拿着买点衣服去吧。"

朱妈也说："菜都是自家种的，我们又没出钱买，怎好意思收你的钱！"

朱伯说："讲钱，我们应该付你的，你帮我们喂鸡喂猪，在菜园浇水锄草，你说我们该怎么算？孩子，一年辛辛苦苦忙上头，这百把块钱，过年的时候给你安徽的娘买点东西，还有你叔叔。孩子，你们来乡下受罪呀，风吹日晒的，如果在城里上班，一个月不是几十块！你拿着，我们不会要你这点血汗钱的。"

一家人把小碧说得泪水冒边了，她只好先拿着，想到时用这些钱给他们买点什么。

过了两天，小碧从知青点开会回来，发现房里她分的谷不见了，只剩下两箩筐秕糠。草妹子对她说："小碧姐，谷我爹给你在队里机房打了米，刚好有个手扶拖拉机去城里，我爹让他们带给你叔叔了。"

小碧说："草妹子，这哪行呀！实在是不好的，这实在叫我过意不去。"

越是这样，小碧越心不安。她有一种欠疚感，甚至觉得自己在欺骗他们，像爱英所说的一样。小碧知道他们有那方面的想法，可这完全不可能，简直是天方夜谭。

她决定上趟公社集镇，第二天一早就向队长请了个假。在镇上，小碧给草妹子父母各扯了一套涤卡布做衣服，给草妹子买了一件春装，一双白球鞋，两双尼龙袜子，还给朱伯买了两瓶酒。把队里分的一百多元钱全买完了，这才觉得心里轻松了些。

回去她把这些东西给了他们，一家人推托不要，最后还是收下了。

年关已近，小碧是准备回安徽去的，但突然收到妈妈的一封信，信上告诉她，妈妈感到孤单，又找了个伴，新老伴有两个孩子，妈妈已经搬到那边去住了，希望小碧能回家。"碧儿，原谅妈。他对我很好，你又不在身边，妈有个什么病痛没人照料，又有高血压，死在家里都不会有人发现。妈老来有个伴，也免去了你的担心和赡养。妈只觉得对不起你，对不起你死去的爸爸……"

妈要她回去是真心的，妈把路费也寄来了。可小碧捧着这封信，默默地流泪。她想念妈妈，可她决定不回去了，不回安徽。她有点恨妈妈。

知青点的人都走光了，小碧路过那儿，看到破烂的门上挂着一把锁，她心里异常凄凉。回到哪儿去呢？现在只有一个地方，这就是叔叔家，可一想到叔叔家里，她无法迈步。

晚上吃饭的时候，草妹子问她："小碧姐，听说你要回安徽过年？"

小碧说："我不回安徽了。"

朱妈说："那就在我们家过年吧。"

小碧摇摇头，"我到叔叔家过年，我想看看叔叔。"

草妹子说："城里过年热闹些。可我们舍不得你走，你一走，我们过年多没意思！"

朱伯说："别拦她了，她叔叔也盼着她呢，去看看叔叔、哥嫂和侄儿，一年就这么一回。平常生产队活忙，难得有个节见叔叔。"

临走的那天晚上，朱家给小碧准备了两大块糍粑，十多斤豆皮，还有一刀腊肉。朱妈说："这是带给你叔叔的，就说我们代问他老人家好，如果不嫌弃的话，有空来乡下走走。乡下虽说没个什么吃的，但安静，人少，对老人有好处。"

朱伯说："要他把孙子也带来，开春了，钓钓鱼，活动活动筋骨。我这人，就爱热闹。"

小碧一一点头。

六

回到小城叔叔家过年，小碧拿回来这些东西，叔叔高兴，李振祥和他媳妇也高兴。在此之前，他们也收到了小碧队里送来的粳米和糯米。

小碧回来，发现叔叔又老了许多，天天晚上哮喘。她告诉了叔叔安徽家里的情况，叔叔叹着气说："丫头，你爸爸死早了。"

小碧说："妈一个人也可怜。"

叔叔说："你当时一个独女，怎么下放呢？你不下放，你妈也不会老来嫁人。"

刚来小城时，叔叔的确没问小碧为什么下放的事。叔叔没问这，她也不好讲，抱怨什么呢。再说，百分之九十五的同学都下放了，而且现在都是在老山沟里接受再教育，天天修梯田锤石头啃苞谷，连米饭都没得吃的，她至少比他们强多了。

小碧问起叔叔的病，叔叔说："是个老病，不碍事的，人老了，都哮喘。"只是叔叔提到李振祥的老婆，说她对他太坏，平常粗言糙语。说李振祥还可以，毕竟把他从小养大了，只是李振祥耳根薄，把老婆没办法。而两个孙子也坏，听他们娘的，经常被指使了找他要钱，几个退休费，全贴进去了。

小碧听着这些，看着叔叔苍黄浮肿的脸，心中直发暗。她有什么办法呢，她自身难保。接他到乡下跟朱伯朱妈一起住，有个照应？但那算什么？不能往下想。

初一早晨，小碧正在熟睡，李振祥的两个孩子就来给小碧拜年，小碧知道，是来要压岁钱的，小碧给他们一人五元。两个孩子拿着钱，欢天喜地地走了。

小碧被吵醒了，只好起床，给叔叔请了个安。过年的日子，天又冷，可李振祥媳妇舍不得生个火盆，一家人只围着个小蜂窝煤炉子，弄得屋里一口呛人的煤气。小碧不好同两个孩子抢地方，吃了李振祥端来的两块糍粑，就出去溜达了。

小碧来到街上，街上行人稀少，冷冷清清，不像过年的样子。小碧走到商场门口，商场竟然开了门，写着什么过一个革命化的春节不休息，还意外地碰上了爱英，正挽着吴威的胳膊。爱英先看到她，像八辈子没见到了似的："小碧，是你，你也回来了！"

小碧说："只许你们回来，我就不能回来吗？"

爱英说："又长了一岁。"

小碧说："大家都长了一岁。"转过去问吴威："在爱英这儿过年，没回武汉去吗？"

吴威说："过了正月十五再一起回武汉。"

小碧说："那你们几时回队？"

爱英说："不过完正月谁回去！"爱英又说："走走，小碧，到我家里去玩。"

小碧去后，看到爱英家里很挤，也没有什么家具，可爱英很热情，端茶、端糖、端瓜子点心。瓜子没嗑几颗，又要小碧吃饭。

上桌的只有爱英和吴威陪着吃。爱英给小碧倒了点红酒，爱英也喝，小碧于是也喝了。

爱英倒翻过酒杯对吴威说："当着小碧的面，说娶我！"

吴威鬼着脸说："大年初一提这个事做么事？"

爱英说："老子让你说了假话遭雷劈。"

吴威说："今年是要招工了。"

爱英咬牙切齿地小声说："你想甩了老子，割掉你鸡鸡！"

吴威对小碧说："她要招我为女婿。"

爱英说："武汉什么卵的好，你有能耐推荐你上武大华工，你一个初中一年级肄业的，没这个命。你打架斗殴，能让你回去扫街扫厕所就不错了。"

吴威说："那也比你这个县城好，个斑马的是个苔，武汉三镇九省通衢，有长江大桥黄鹤楼。你这里有啥？一条街屙泡尿就走完了。"

爱英说："你等着！小碧一看才是大学生，咱们还是干工人阶级的好。"

小碧说："你们莫笑话我。"

吴威说："老子不信不能快活一辈子。"

爱英说："偷鸡摸狗最快活，没出息的。讲真话，论招工上大学，小碧肯定比我们先一步啦，好不公平，大队支书为啥不喜欢我？"

吴威说："你整天放屁还喜欢你，老子不是鼻炎也喜欢不到你……"

小碧摇摇晃晃回去后倒头睡了半天。

初二，天气奇冷。初三的早晨一起床，雪都平了门槛。小碧在门外刷牙。听到李振祥老婆对李振祥发脾气说："有个煤炉不够了吗，发什么火盆，柴烧完了都不吃饭了。"

李振祥压低声音说："人家小碧妹在咱们家，不烧个火盆，哪像过年的样子？"

李振祥老婆说："还过什么年，明天你们单位我们单位不都搞开门红上班了吗？"

小碧听着他们的争吵，心里不是滋味。

中午吃饭，一个藕汤，一盘冷猪肝，一碗酱。李振祥老婆说："什么都吃腻了，下雪天，喝点汤暖胃最好。"

小碧只有喝藕汤。她不喜欢喝湖北藕汤，还是一碗碗地灌。喝到最后，肚子还是咕咕叫，她最想吃的是大蒜炒腊肉，朱伯给她的腊肉，他们为什么不炒呢？既然吃腻了，吃点大蒜开胃不很好吗？可李振祥媳妇不要开胃，要暖胃。

初四，雪越下越大。初五早晨，雪住了，天晴了，门外杨柳突然从雪堆中冒出了青芽。小碧待不住了，她好想回生产队里去，待在李振祥家像坐牢一样。她真的想回队，想朱伯朱妈草妹子，想那一家人。于是，小碧收拾了东西就向叔叔告辞。叔叔说："丫头，这冷的雪天，还玩些时候嘛，乡下这天气也不会上工。"

小碧说："队里初四开门红挖沟，知青都要回队，不回去，影响以后招工的。"

小碧说走就走，收拾东西直奔乡下。走的时候，她对叔叔说："开春了，您到乡下玩玩吧，如果有手扶拖拉机来，我让他们把您接去。"

叔叔说："算了，你在乡下就可怜，我哪会去给你增加负担！"

小碧不好说她找到了一家好房东，这是不能说的。她就说："那您多保重，有病要吃药。您的那几个退休费，自己先买点什么的吃吃，别光顾他们，我有时间再回来看您。"

七

小碧坐汽车到了公社，然后再步行回队去。

田野上白茫茫一片，昏黄的太阳照在雪野上。路上的积雪还没有融化，小碧踩着雪，拢着围巾，一步一步地走向在田野中的村子。

当她出现在朱家父母和草妹子面前时，一家人都惊呆了，然后是欢喜。

"回队了！好哇，好哇！草妹子，还不给小碧倒茶，抓米子糖、云片糕吃！"

"看，脚都湿啦，快烤烤火！"

一家人围着小碧忙，小碧坐在树蔸火塘边，喝着茶，吃着米子糖、云片糕，一会儿手脚就暖了，心也暖了。他们问了些城里她叔叔家过年的事，她也问了村里及朱家过年的事。朱妈说："这几年过年，又不兴玩狮子龙灯，在家干坐着烤火，刚才还在念叨你呀，你就来了，真好，真好，真好。"

草妹子也说："小碧姐，想死你了，就像走了一年似的。"

小碧没有说她来是因为在叔叔家待不住，小碧也是说想到乡下来看看是怎么过年的，又怕队里开门红。朱伯说："这大的雪天，开什么工呀，队长还好，要大伙儿歇几天。"

吃饭的时候，朱妈、草妹子为小碧做了一大桌菜，十盘八碗，有她想吃的腊肉炖萝卜、腊肉炒大蒜，有鸡，有鱼，有肥肠，这才像过年，这才是真正的过年。小碧吃得很顺味口，小碧尝到了当地真正的年饭。还有米子糖、云片糕、雪枣，都是朱家自己做的，都给她留着，堆在盘子里要她吃。

晚上，小碧听着风吹冻树枝吱吱扭扭的声音，在厚厚的棉被里睡了一个好觉。

过了几天，队里开工了，知青们果然一个也没来，只有小碧一个人跟着社员们一起下地干活。

那天中午，大队支书来到朱家，进门就要喝酒。支书来朱家主要是找小碧的，支书对她说，大队小学差个老师，大队决定让小碧去学校教书。

教小学可是份美差，好多知青都没敢想，在学校里不必再每天赤脚栽秧割谷薅棉花了，每天可以穿得周周正正、清清爽爽。支书告诉她，一天记十分工，还有九元的菜金补助。

小碧没想到她会受到这种优待，可她口里说："我能教好吗？"

支书说："该打的打，该骂的骂，对待我们乡下的野孩子，只管厉害一些。至于教好教差，我相信你。"

正月十三开学。小碧吃住依然在朱家。

小碧去学校，学校七八个老师，都是拿工分的。校长给她一个办公桌，桌没有上漆，歪歪扭扭，不知上过多少锗扣又撬掉了，千疮百孔。

小碧教二年级语文，因为小碧普通话说得好。

学校全是土墙屋，所有的窗子都没有玻璃，用塑料布蒙着，许多地方塑料布也破了。学生的桌椅不像桌椅，破破烂烂。操场上，泥泞坑洼。

小碧对孩子们很好。看着这些穿得十分陈旧的学生，看着他们惶恐的眼睛，她对他们滋生出一种疼爱感。

小碧去学校半个月，就收到了满强的信，信直接写到学校，那肯定是草妹子在给她哥哥写信时告诉他的。信里将"小碧同志"换成了"小碧"，说她教书是太好不过了，跟孩子们在一起，很有乐趣。信上说，支书总算答应了，因为她教书的事，是他给支书写信时提的。

小碧收到这封信，才知道自己当老师有这么个弯子，是满强从中帮的忙。

小碧很感谢他，从内心里感激他。于是，小碧回信向他表示了感谢。

五月，满强又意外地回家了，这次不是探亲，据他自己说，是出差路过武汉，就顺便回家来看看。

满强回来，给草妹子和小碧带回了两件女军装。满强说，是用男军装找部队的女战士换的。满强还给小碧带回一支铱金笔，满强说："你现在当老师了，我把这支奖品笔送给你，希望你把孩子们调教好。"

小碧看到笔杆上刻着"奖给朱满强同志"的字样，小碧最后收下了。

满强还对小碧说，他经过县城时去战友家，也到小碧叔叔家看望了她叔叔，买了点心和酒。小碧说："这多不好。"

满强说："老人嘛，去看看。"

小碧问到叔叔的身体，满强说："还好。你叔叔要我向你说，在乡下好好干，别惦记他。我对他说了，你现在当大队老师了。"

小碧轻声地说："谢谢你的关心。"

满强说："这没什么。"

满强回家的第二天晚上，说要到支书家去坐坐，要小碧陪他去。小碧不好推辞，只好拿着电筒跟他一起去。

支书家住在三队，走了一个多小时，才到支书家。支书见满强回来了，高兴得不知要怎么办，把他们迎进屋里，满强也给支书带去了两盒武汉点心。寒暄了几句，支书就对满强说起小碧："是个当老师的料子，满强呀，现在你放心了吧！"

满强说："那我代小碧向你表示感谢。"

支书说："感谢什么哪！"又对一旁的小碧说："满强这孩子是我看着

长大的，为人厚道、诚实，爱帮助人，小碧呀，他虽在部队，对你关心得不得了，生怕你劳动吃不消，所以就向我提出让你教书。这片热心肠，我还不成全吗！"

时间不早了，满强和小碧告辞出来，走到大队的水渠上，夜风轻，杨柳唱，月光白，满强总挨着小碧走。在过小桥的时候，满强对她说："咱们坐会儿吧。"

小碧只好同他一起坐在桥栏杆上。满强伸过手来拉住她的手说："小碧，教书辛苦吧？乡下的孩子都很野的。"

小碧说："还好。"

满强摩挲着她的手，突然扳过她的肩，要亲吻她。

小碧有些慌乱，小碧把头摆来摆去，最后还是被他制服了，可小碧闭着嘴唇。后来满强又把手伸进小碧的衣服里面去，被小碧抓住了，小碧说："这多不好。"

满强住了手，说："小碧，在部队我老是想你，这次我是请假回来的，就是专门为了回来看看你。"

小碧说："你不是说出差吗？"

满强说："出什么差呀。这个秘密只有你知道。"

小碧说："我们回去吧，天太晚了。"

小碧回到家，把房门紧紧闩上，在被子里发起抖来。她有一股强烈的不安全感，小碧的心提在手里，不知道要交给谁。小碧发现，跟满强在一起极不安全，小碧害怕满强，虽然满强和他一家对她很好，无微不至，可她心里惴惴不安。

一个晚上都在噩梦中游荡，几次醒来，胸口突突跳。

第二天早晨起来，小碧到后院厕所去，看到满强正坐在灶门口，一个人傻笑。满强有一口极白的牙齿，一笑，牙齿就露出来了，格外显目，瘆人。小碧吓了一跳，她慌张走过厨房，满强发现了她，从傻笑中醒过来，又朝小碧笑了一下，小碧也跟他笑了一下。

小碧没吃早饭，匆匆去了学校。在去学校的途中，想着厨房的情景，她十分惧怕，上课也老想着这事儿，满强一个人在那儿呆呆地笑是为什么呢？

小碧脑子里乱糟糟的，满强的那副神态使她不得安宁。

中午，小碧就在学校里吃饭。她想，我应该搬出朱家了，应该马上搬！

放学后，小碧不想回去了，就到知青点去。小碧去后才知道，知青们有的上了水利工地，有的干脆没到队里来，只剩下爱英和吴威一对。

小碧去时，爱英和吴威正在挑灯做饭，问小碧吃了没有，小碧说没吃，爱英便要小碧跟他们一起吃。

小碧在吃饭前看了看那些房间，都挂了锁。吴威的一间床铺上没有被盖，被盖原来搬到爱英的房里去了。爱英和吴威已经公开同居了。小碧本来有心想搬到知青点的，但看了看，住哪间呢？住吴威那间吗，多不好，小碧如搬来，爱英和吴威是肯定心里不欢迎的，小碧来会扰乱了他们同居的好梦。她最后决定还是搬到学校去住。

吃饭的时候，小碧同他们说了，准备搬出朱家，到学校去住。爱英说："朱家不好吗，热水热饭，学校晚上又不开伙，你吃什么？"

小碧说："向你们学习呗，艰苦奋斗。"小碧指了指碗里的青菜。

爱英问她："是不是跟他们闹了矛盾？"

小碧说："没有。他们待我很好。"

爱英说："发生什么事了？满强不是回家了吗？"

小碧说："是的，与这个没关系。"小碧不愿说出满强对她的非礼以及满强令人不解的怪异表情。

但是爱英从小碧脸上猜出了点什么，爱英说："你搬出来是对的，你迟早要搬出来的，现在不搬，只怕以后想搬都搬不出来了。"

爱英的这话让小碧心里一震，更坚定了要搬出的决心。吃了一碗寡淡无味的饭，看到爱英和吴威一起亲昵地收拾碗筷，她只好走了。

小碧游荡在村里，不敢回去，怕见到满强。但村里黑黢黢的，到处是鬼火，她害怕，转去转来，还是转到了朱家，只好硬着头皮进门去。

满强不在家，草妹子对她说："饭闷在锅里哪，小碧姐。"

小碧说："我在知青点吃过了。"小碧洗也没洗，倒头就睡。

迷迷糊糊的时候，有人敲房门。是满强。满强小声对小碧说："开开门，小碧，我明天就回部队，我跟你说几句话。"

小碧对他说："我头疼得厉害，明天早晨再说吧。"小碧没有开门。

小碧点着灯，一夜都点着灯，看着灯摇曳的影子投在墙上，谛听房门外的动静。

半夜，小碧又听到了叩门声，很小很小，小碧听见了，但装着没听见。后来，叩门声没了，可小碧无法睡着，眼睁睁地等待天明。

小碧天一亮就去了学校。上第一节课时，满强背着包来到学校，站在她的教室门口喊她，她只好从教室出来。

"我走了，能不能把我送到公社车站？"满强说。

小碧看着他，他没有什么异样的表情，依然如故。操场上有老师和学生很多人在上体育课，教室里书声朗朗，小碧心境平和了，说："对不起，我正在上课，我不能送你了，你慢走好吗？"

满强说："你恨我吧？"

小碧说："我恨你什么呢？"

满强说："我的心思你不知道，以后写信再谈吧。"

小碧笑着说："那好。"

满强说："我有时候恨我，真的，小碧，你不知道。我也不好意思跟你说。算了，再见吧，你去上课，我走了。"

小碧转身进教室，向他招手再见，看着他低着头往公路走去。

八

小碧搬到学校里来了。行李很简单，七八十斤。草妹子非要给她挑，她只好让草妹子挑。

临走时，朱家父母一再挽留，说是不是他们待她不好，是不是饭菜不合口味，是不是满强这孩子说了对不起她的话，做了对不起她的事，小碧都摇头否认。小碧只是说，学校工作太忙，要上早自习，每天赶早太辛苦。小碧有点舍不得这一家三口，可她去意已决，不得不如此。

朱家父母要小碧星期天还是回来吃饭，要小碧经常来看看他们。朱妈说着泪水出来了，小碧听着泪水也快出来了，但她忍着了，她发现与他们有了感情，她心如刀割。

在学校住宿的只有一个老师，小女孩，刚高中毕业，姓李，是大队长的侄女，小碧就同她住一间房。小碧没有床，用砖头和棍棒搭了个简易的床。

小李见小碧跟她住一起，欢天喜地。小李不在学校吃饭，在家吃饭，只是晚上住在学校。学校中午有人烧饭，晚上没人，但锅灶是齐全的，小碧就自己动手做饭。队里分的谷打成米，挑到学校来，用桶装着。一个月半斤油不够，但学生的家长有时送她一瓶油，所以小碧的生活基本能自理。学校有菜地，只是全是蔬菜，特别是辣椒多，她只好吃辣椒。

草妹子没忘她，草妹子有时候到大队来就给她端一碗菜来，都是荤的。草妹子说是娘让她端来的，说她爹娘抱怨小碧不去看他们。她就说每天晚上改作业本，备课没空。

小碧真没有回去看朱家父母，她有时候忍不住想去，但还是制止住了自己。

满强果真回部队就来信了，称她"碧"。满强给小碧写信，学校老师都知道。满强在这封称"碧"的信中，字字血声声泪表达他的悔恨和思念，但字字吞吞吐吐，满强临走时说恨他自己，不好意思说出口的话，信上也没写。

其实满强不好意思说出的话，是他知道自己的病。他的病是去部队后才犯的，他脑瓜子有时不管用，无法控制自己，发呆、傻笑、走路跌跤，算来这是小时候与人打架当头挨了两砖头的缘故。满强被打昏后一天一夜没有醒来，家人泼大粪，灌尿后才醒过来，醒来后七天不能言语，之后除了头时常疼，却没有什么怪异表现。没想到去部队后，竟出现了这些症状。满强在部队发过几次，经常吃药，这一切都瞒着家人，当然小碧就更不知道。那天晚上在桥头与小碧亲热，遭到拒绝后，他的自卑竟误以为是自己的病犯了。第二天，果然犯了病，他清醒之后才觉得事情糟了。他想告诉小碧这一切，可没有告诉。

小碧出于礼貌，还是给满强回了信。

在学校里，小碧没有什么好衣服可穿，就穿上了满强送给她的那件女军装。女军装式样很好，衬出小碧秀美的上身，谁见了都说好。同寝室的小李说，小碧像个部队的文工团员。在七十年代初穿着军装，是最时髦的衣服，小碧更美了。

学校就在大队部旁边，支书经常见到小碧。支书见到她后，看见她穿军装，就问："是满强给你的吧？"

小碧笑而不答。

支书接着说："满强心真好哇，满强再回来，我也找他要件军装穿穿，威武威武！"支书还喜欢问："满强有信吗？满强只晓得给你写信，差不多一个月没给我来信了。"

小碧对这种问话十分头疼，小碧讨厌支书总是向她打听这事。

就在小碧去学校没一个学期，传来了招工的消息，条件是要下乡满两年。小碧加上在安徽插队的时间，早超过了两年。

小碧满以为大队领导是会找她的，但始终没有找她。小碧看着许多知青在活动，便硬着头皮去找支书。可支书笑着反问她："这次全是武汉、宜昌的，你去那些地方干什么？"

小碧说："哪儿都可以。"

支书说："算了吧小碧，咱不会亏待你，咱先把那些武汉的家伙们打发走。他们在这里多待一天，咱就提心吊胆一天。"见小碧一脸闷闷不乐的，支书说："招工的机会有的是，你先在学校好好工作，听领导的话，一切都有个安排的。"

小碧见没有希望，心都凉了，踽踽地回到了学校。

贫下中农开座谈会，队委决定，填招工表。知青们在大队来来往往，其中有吴威，却没看到爱英。这一天，小碧带着全班学生到一队支农回来，小李告诉她，说爱英来过，找她，要她回来后去她那儿一下。

小碧洗了个头脸，就忙往知青点赶去。

一盏小煤油灯下，只有爱英，正在一个人流泪。见到小碧，她"哇"地大哭起来。"你来了好，吴威要走了，回武汉，小碧，吴威一走了之，老子怎么办呀？"

小碧说："他这次能走吗，不是刚跟队长打了架吗？"

"他肯定能走。他到支书家拿刀子抖狠了。支书怕硬的，就一口答应了。武汉离咱们这儿好远，咱还在乡下，他吴威瞧得起咱们吗？小碧，你是个老实人，我跟你说，吴威这狗东西如果不要我，老子就完了，跟他刮过三胎，子宫都刮破了，已经不能生伢……"

211

这是在情理之中的事，小碧不吃惊，小碧看着面目有些憔悴的爱英说："我跟你做伴哩，我不还在乡下吗？"

"有人搞鬼，"爱英说，"小碧，你这次没填表，你不知道是什么原因吗？"

小碧摇头说："我不知道。"

爱英说："咱们都是苦命，小碧，谁叫咱们是女人身啊！"

小碧忙问："你说说，这是什么意思？"

爱英说："你本来这次可以走的，你表现比我们好，大队不让你走，说你是满强的未婚妻，是金洲大队的媳妇，他们要留你。"

小碧的脸一下白了，说："真的吗？是谁这么说的？"

爱英说："那我就不知道了。小碧呀，我晓得你当时住在朱家，他们就没安好心，是想给你作介绍。"

小碧站起来，腿和手都在颤抖，说："那我去问问支书，看是谁说的，谁在放屁。"

爱英拦住她说："这使不得，别把事情弄糟了，你得慢慢来。小碧，告诉我，你跟满强是不是有了什么事？"

"没有，绝对没有，那只是有人希望这样，可我怎么会同意呢？我搬到学校就是明白拒绝。"

爱英甩着泪说："只怪咱们太软弱。我当初如果不跟吴威上床，他现在走，老子无所谓；你当初如果不住朱家，不跟满强信来信往，事情会成现在这个样子吗？"

小碧有点猛醒，小碧发现这一年多来被人骗了，一步一步入了别人的圈套。设圈套的是谁呢？小碧后悔，但想到当时的处境，却都像是早安排好了的，悔不转来，也没有理由悔。

小碧深一脚浅一脚走回学校，小碧觉得什么都破灭了，下一步路在哪儿，茫然无措。

九

小碧还是在用土砖砌的讲台上，告诉那些乡下的孩子怎么样组词。小碧还是晚上一个人挑灯做饭，吃干爆辣椒。

满强复原回来了，满强的病不允许他继续待在部队。可满强是光荣回来的，村里的人谁都不知道他是生病的缘故。

但是纸包不住火，没一些日子就都知道了，都在疯传满强得了精神病。但大部分时间，满强还是跟正常人一样，思路清晰，见人就拉呱，谈笑风生。回来后，满强挂了个大队副书记的职务，照样开会、检查工作。

满强经常到学校来找小碧，小碧不太搭理他，甚至想方设法躲着他。对草妹子送来的菜，小碧也放着不吃，小碧说学校有菜，要她今后别送了。

就在这期间，满强的病又犯过一次。关于小碧冷淡满强的事，大队领导也知道，满强犯了病，躺在大队卫生所的病床上，要人去喊小碧，但小碧没去。因此支书断定，满强的病是因为想小碧想成这样的。支书说："这是相思病。"私下对人说，满强成了"花痴"，那个李小碧不同意，满强又看上了她，怎么得了！

支书相信，要治好这个病，只有小碧才行。支书决定给她做做工作。

支书找到小碧，诚恳地对她说："小碧，这事瞒过天，瞒过地，瞒不过你了。可满强这孩子原来好好的，人见人爱，小碧，你说咋办呀，唉！"

小碧说："您问我哩，我问谁去？我又不是医生，还是大队出钱把他送到沙市红卫医院去治吧。"

支书笑笑说："这哪成，去医院只会越治越重，他心里的负担也受不了。听说发病了就把你手脚给捆着，关在屋子里，打针。那针呀，越打这人就越傻。再说满强很轻微，犯的时候稀少，他现在要根治，只有你。小碧呀，你救救这孩子吧，他好端端一个人，硬是想你想成这样子了。"

小碧听了很气愤，说："支书大伯，照您这样说，他的病是我给弄出来的，不是天大的冤枉！"

支书连连说："我没这个意思，我是说，你只要答应这桩婚事，他的病就会好，这比什么药都灵。我们这周围有几个，病比满强重得多，一年四季说胡话的人，一结婚，就全好了。"

小碧说："那就让他结婚嘛，我反正不会跟他，支书大伯，我与他没感情，你们千万不要逼我。"

支书说："感情不感情，我看他家里人对你是好得不能再好了，我看也般配。满强一表人才，又在部队当过兵，班长复员，现在是副书记，文化也不浅，小碧呀，解铃还须系铃人，大伯我求你了。"

小碧说："支书大伯，您说这话叫我太为难，这事怎么能强迫呢，这可是终身大事，强扭的瓜不甜。"

支书说："孩子，我不是以支书的身份在求你，咱不能眼睁睁看着满强给毁了，咱们大队不能没有他，他可是我的接班人。老话说，救人一命，胜造七级浮屠。这样，你先答应下来，大伯我包你不会在农村干一辈子，招工你还是上去，至于以后你跟满强有怎样的结果，那在于你们了，只要他的病先好。你说这样行吗？"

支书把所有的话都兜底说了，支书走的时候，要小碧想几日，看想不想得转。"孩子，你托人到咱们大队来，满强一家待你如家里人一样，我也待你不错，这都不说了。知恩必报，这也是咱中国人的好传统，这方面你也想想吧。"

当最后只剩下小碧一个人时，她冷静下来想想刚才的那场谈话，她这才知道，她是一个无处诉说委屈的人，在这个世界上，她是个没有谁能保护的人。许许多多的感情，需要的也好，不需要的也好，统统都是在阴险地加害于她。

小碧在那个砖垒的床上哭了，哭得很伤心。

在小碧没有给支书最后回话的那几天夜里，小碧老是梦见叔叔。梦见叔叔喊她，梦见叔叔莫名其妙地在一个森林的小木屋外晒衣服，她十分奇怪。没几天，小碧就接到叔叔去世的电报，是李振祥打来的，要她速归。

叔叔死了。本来小碧还想着哪一天招工上去后，想法照应叔叔的，可叔叔竟然辞世了。小碧无法克制那种更加孤零零的感觉，她马上乘车回县城去了。

小碧回到家，看到门口堆着叔叔用过的被子、衣物及一些用具。这些东西现在成了没人要的破烂，证明叔叔的确走了。

小碧进屋，李振祥和他的媳妇及两个儿子都在，堂屋是简单的灵堂，摆着三两个花圈。叔叔摊在他自己的房里。叔叔在地上用一块长布幔着，一支香，两支蜡，幽幽地燃。小碧扑上去就哭，摸着叔叔冰凉的手。小碧揭开尸幔，叔叔穿着一身旧衣服，一双旧球鞋，胡子拉碴，头发没理。她前思后想，越哭越起劲儿。

李振祥和他媳妇进来劝她，也装模作样地哭。小碧哭累了，才问起处理后事的情况。

李振祥告诉她，叔叔准备火化，叔叔原来的医院只送来了八十元钱和一个花圈。原因是叔叔不属正式干部编制，只是合同工，单位并不包揽一切丧葬事宜。小碧知道火化自愿，没有硬性规定非要火化，于是小碧要求李振祥给叔叔弄口棺木土葬。

小碧拿出她积攒的五十元钱，对李振祥说："我叔叔从小把你拉扯大不容易，好歹人就这么一次，不能让叔叔尸骨无存，连个坟都没有。"

李振祥说，养父的确该睡棺木，但他到哪儿弄钱去呢？养父单位送来的钱买这买那都用光了，还要一两百元才弄到一口棺木。

小碧说："我就不相信你们这点办法都想不到，找你单位借着再说。"

李振祥讷讷地说："这事……你嫂子定的，我拿她没办法，小碧妹，将就着办了算了吧。"

小碧见李振祥一副霉样子，李振祥不说，小碧也知道这是他老婆的鬼，李振祥是个窝囊货。

能跟他老婆去评理吗？那只有同她吵，惊扰了叔叔的亡魂。小碧在小城不认识任何人，她去借，找谁去呢？回队去借吗？一个来回两天，叔叔不要搁臭了？

小碧想到叔叔从青年时飘零到此，养了儿子、孙子、媳妇一大家，最后他们竟让他死无葬身之地，真凄凉寒心。

小碧没了主意，不吃不喝，守在叔叔的遗体前。

快半夜，小碧在打盹时听到门外手扶拖拉机的突突声，又听到有人喊她。

小碧以为是幻觉，起身去时，满强已经走进门来。原来是满强。

小碧很吃惊，给他和师傅让坐，泡茶，不知为什么，见到他，小碧竟像见到亲人一样又哭起来。

满强对她说："人死了，哭不回来，每个人都有这一天。小碧，你要想开些。"满强又说："你走时怎么不给我说一声？大队也不知道。还是你同寝室的李老师告诉我的,我就连夜赶来了,是支书叫了一辆手扶拖拉机,派我专门来的。"

小碧谢了他。满强问起丧事怎么办,她于是把这些事都说了。满强当即表示,一定要棺葬。于是,满强拿出一百块钱来,说是大队给的,尚差的钱,他马上去找人借。他说他有两个战友的家在城里。

时已深夜,小碧要他明早去,他说时间太紧,当晚筹齐钱,一早去订棺木,并且把李振祥喊醒商量,告诉他一些打算,要求他积极配合,天亮后谁订棺木,谁看堤边的坟地,谁找人挖坟坑,以及请抬棺的"八大金刚"。另一些小事,比如怎么入殓、由谁一路放鞭、谁撒纸钱,都规划到了。满强根本看不出来有过那种病,只是让人觉得他精明能干,果断干练。

说办就办,满强深夜去敲战友家里人的门,果然借到了两百元。买棺木和另外一些开支都有了。他回来时已三点多种,陪着小碧,没眨眼。

第二天,棺木买来了,是一口杉木棺。入殓的时候,小碧又一次哭得死去活来。

送葬的路上,鞭炮一直不断,纸钱飘飘。怎么绕棺,怎么放入墓坑,撒米,供碗,完全按满强的意思,也是按金洲大队的丧俗,这方面李振祥一概不懂,袖手旁观。在河堤边,新坟垒起了,叔叔有了去处。小碧跪在坟前,把一捧土撒在坟上,她的泪哭干了,只是嘶哑着声音轻轻说:"叔叔,您安息吧,我会经常来给您磕头的。"

累得两眼通红的满强拉起小碧来,对她说:"你叔叔会满意的,你尽到了你的孝心。"

其实是满强尽的孝心。小碧跟着满强走了,一步一回头。

十

小碧感激满强,满强为小碧叔叔办丧事借的两百元钱,小碧对他说一定要还他,但满强执意不要她还。小碧说:"到年终,或者招工拿到工资了,我就还你。"满强说:"你太小瞧人了,钱算得了什么呢,我不看重钱。"

小碧也记着,大队为丧事也带给她的一百元钱,小碧依然念着支书的好,虽然小碧回学校后还是没有答应支书的要求。

小碧缄默着，死了叔叔，她更缄默了，郁郁寡欢。

支书见了面也没提这事，只是劝她保重身体，说死人的事是经常发生的，还有什么轻如鸿毛重于泰山之类。小碧在服丧，此地唯一的亲人去世，支书想提也不好意思提。

三个月过去了，小碧的眉头才有所舒展。这时候，招工的消息又传来了。

无论怎么排，小碧这次也应该走了。

但是小碧一走，留下一个常犯"花痴症"的副书记满强，这不太残忍了吗？小碧这来金洲大队一趟，还害了满强。大队干部们自有打算，特别是支书，发誓要撮合这桩婚事，不为别的，只是为了救满强，使之成为一个正常人。

这次招工指标是在县城，离金洲大队也不远。大队干部对满强为小碧叔叔办丧事的事也清楚，满强在她危难之中帮助她，尽心尽力，她不能说与满强没一点感情。于是，他们准备了开个玩笑来撮合这桩事。

在小碧还没有填招工登记表的前两天，小碧被支书请到了大队部去吃酒，说是大队渔场打了些鳜鱼上来，开开荤。是满强来接的小碧，满强只是说支书要她去吃饭，改善下伙食，小碧不好推辞，便去了。

小碧后来回忆起那一次喝酒的最初气氛，就感觉到不对头。她当时被推拥到摆满了酒菜的大队部，里面烟雾腾腾，她还看见了妇女大队长。

小碧不会喝酒，但劝酒的人不知道使用什么魔法把她劝动了，大约是要她感谢给她叔叔操办丧事的大队干部，包括满强，还有即将招工，她只好敬酒，跟着他们喝，还有妇女队长，一个长得五大三粗的大嫂，硬是跟她干了两杯。

是烧酒，喝得头像钉子往里钉，喉咙里有火往里送。小碧喝醉了晕眩，头重脚轻如踩棉花。小碧被妇女大队长扶到里间的大队会客室，小碧喘着气看天旋地转，竟迷迷糊糊地睡着了。

但是小碧在半夜时发现有人在脱她的衣服，小碧睁开沉重的眼皮，迷迷糊糊看到是满强，浮在空中一样，小碧再瞧自己，那对乳房竟在满强的手上，像是被他割下来了一样捧着在玩，满强只穿个裤衩。小碧想挣扎着爬起来，满强紧紧抱住她，他的嘴在小碧的脸上、颈脖上乱亲，舌头捣进她的嘴里。她被男人火热的身体和气息弄得软绵绵的，又踢又打。后来她知道马上要出

217

事了，骤然清醒，推开满强，下床来就去拉门。门，反锁了，拉不开。

"让我出去！让我出去！"小碧捶打着门，披头散发，但门外静静的，那一桌人都不在了。小碧还是拉着门，踢着门。

她去抓衣服，满强给她送来了，用一种可怜兮兮的声音对她说："这是他们锁的，他们开了我们的玩笑。"

小碧听到这句话，眼泪出来了，慢慢地坐到地上。只有客室的油灯在爆燃。

满强走过去，拉着她的胳膊说："你上床睡吧，我保证不碰你，我们肯定都出不去了，只有等天亮。"

小碧一动不动，满强只好去抱她，她任满强把她抱到床上。她拉上被子盖住自己，说："不许你动我，你动我，我杀了你！"她想起爱英的凶狠，那种凶狠很无望。

小碧醉得太深，扛不住瞌睡，又昏睡了。过了一会儿，小碧突然感到一阵钻心的刺痛，小碧知道出事了，满强在她身上，紧紧抱住她，气喘吁吁地说："小碧，别动，你别动，进去了……"

小碧咬着牙，掐着满强的手臂，下身被塞得满满的，心想，完了，一切都完了。

小碧清醒了，彻底清醒了，她看见满强从她身上滚了下去，小碧像死了一样，躺在床上，眼睛发直。

天亮了。满强早就穿好了衣裳，对她说："起来吧，小碧。"

小碧默默地穿上他递来的衣服，下床来，拉开门，绕过一桌的酒瓶和碗，回学校去了。

小碧这天上午没有去上课，小碧躺在床上，脑子里一片空白。

约摸十点钟时，满强来她房里。满强端来一碗热腾腾的面条，放在她桌上，说："你起来趁热吃点。"

小碧摇摇头。

满强说："既然这样了，我也是没想到的，小碧，我说一千个对不起你，一万个对不起你，也不起作用了。"他拿出一张盖有公章的纸，对小碧说："这是大队写的结婚证明，咱们去扯个证吧，好吗？"

小碧没说话。

满强又说："扯了证，咱们也不办酒席，也不搞结婚典礼，免得你为难。咱也说得过去，好歹是个大队干部。扯了证，在我家安个新房，然后你就招工走。你回城里，有房子，咱们再安个家。我去把户口跟你弄到一起，再找个工作，你看行不？"

小碧看到满强这一夜后，说话有条理了，她傻傻地想，是不是这就治好了他的病？但愿这事有神奇效力。小碧开始试试探探地想着以后跟这个人的生活，如果他没病了，如果能搞到跟我一起工作，那就跟上他过日子。日子不就是这样吗？只要安定，只要无事，每个人的日子不都一样吗？她在心里这样试试探探地安慰自己。已经都给他了，还能想些什么别的？给他了，人就要实在了。她为自己的这种想法很吃惊。只一夜，一夜之间，小碧就成了另外一个人。

下午，小碧起床，跟满强一起去公社扯结婚证。小碧坐在他的自行车后座上，在土路的颠簸中看田野的景物，看这个世界，看天看地。她安静如云。

十一

小碧招工招在叔叔的县城，做了餐馆的售票员。

小碧第一件事是去叔叔的坟头烧香，当然是满强陪着她一起去的。

李振祥一家见她招工招上来了，自然很高兴，要她住在家里，就叔叔的那间房，给她和她丈夫满强用。但是小碧谢绝了，她住到单位的单身宿舍里，在餐馆工作，吃饭不成问题，睡单位更自由。且满强依然在金洲大队，并不跟她住在一起，只是十天半月来一趟，住两天，又回乡下去。满强担任副书记，工作很多。

爱英也招工招上来了，爱英招到她父亲的装卸公司，做翻斗车修理工。爱英与吴威早就断了关系，爱英想得开，没几天，爱英就跟她们公司的一个汽车司机结了婚，是个二婚，但他们关系挺好。有时候，爱英与她丈夫一起到小碧这儿来玩。爱英对小碧的婚事不再说什么，爱英无法说什么，爱英难堪的往事小碧都知道。

　　小碧上班的事情理顺之后，就与满强一起，想法将他调上来。

　　餐馆里油水重，小碧没多时就面部丰满红润发胖了。她没怀孩子，所以也胖不到哪里去，只是在乡下插队吃青菜萝卜的痕迹去干净了。她的手又白又嫩，手背上出现梅花窝，她售票的时候笑吟吟的，从不皱眉，从不对人发脾气，这表明她过得较舒心，对自己的生活诸方面都满意。她不再说普通话，而是用一口当地的土话与人交谈。到街上，也有了许多熟人。看起来，她跟这小城土生土长的人没有区别。

　　满强的事有了点眉目，准备先转他的户口。可就在这时，他的病又犯了。这一次，跟以前大不相同。

　　跟她来给信的是小姑草妹子，草妹子哭着赶到县城，告诉小碧她哥哥的事，要小碧速去金洲乡下。草妹子说："怎么得了，哥哥看见谁都笑，还唱歌，不认识我们了。"

　　小碧听到后，心发紧，手发冷，预感到事情可能很严重。

　　小碧与草妹子一回去，进门就看到满强蓬头垢面，站在房里正唱《打靶歌》。小碧喊他："满强，唱什么呢！"她制止他，上去拉他。

　　满强看了看小碧，眼睛似乎离小碧很远，没看清楚一样，跟她傻笑。

　　"怎么搞成这个样子了？去洗洗脸。我跟你打水来，好不？"小碧扑打他身上的灰，抹他头上的草。

　　满强像见了一个陌生人一样，没感觉。

　　后来小碧还是打了盆水来，替他擦脸。擦完脸，满强要往外去，小碧说："天都黑了，去哪儿呀？"

　　满强说："我去撒泡尿。"

　　小碧跟他出去，等他撒完尿，又把他扶回来，给他脱衣服，让他上床睡下。她带上房门，出来见到朱家父母，终于忍不住哭了起来。

　　这时，草妹子也叫来了支书。三位老人劝小碧不要哭，说没想到他这次发病这么陡，这么厉害，只有马上送到沙市去诊。商量好了，由小碧和大队的另一名副书记及草妹子陪着，第二天就启程去沙市。

　　那一夜，小碧坐在满强床前，听他自言自语了整整一夜，小碧什么也没听清。早晨起来，他们把满强哄上拖拉机，拉往沙市红卫医院。

满强住院了。在最初的一个星期里，他的病有所好转，不再唱歌和说胡话，见到人只是挤眉弄眼地笑。小碧说给他治病，他说没有病，他说要回家去开支部会。她细心地照料他，要他配合治疗，争取病好后早日回去。但是无济于事，满强再三问她是不是小碧，"你是小碧吗？我的户口办得怎么样了？我要早点与你团聚"。

满强说一些哭笑不得的话，小碧就吓唬他："不是在给你办吗？别瞎说，小心打针的又来了。"

满强害怕打针，满强说："我没病，打什么针，把药给重伤员用吧。"

小碧要回单位去上班了，不能老是看护他。草妹子又是个女孩，这样，大队找了个老农民，来照料他住院。

小碧上班后，关于她丈夫有神经病的事就传开了，这以前，谁都不知道。小碧对那些人的询问烦透了，也伤心透了，她挂念着治病的满强。

一个月还不到，就有人带信来告诉小碧，说满强从医院里跑出来了，好在他还识路，竟乘汽车回到了大队。

小碧又请了个假到乡下去，家里并没有看到满强。听满强爹娘说才知道，他白天就出门去，到周围到处跑，看牛打架，看人们开沟，在湖边坐着用土块砸鸟，跟放牛伢们一起骑牛。那些人知道他是个疯子，就想方设法逗他，喊"朱书记朱书记，要你开会去"。晚上，跟鸡归笼一样，他就回家了。

小碧去寻他，走到大队，小碧看到大队部那给她留下痛苦记忆的房子，她鼓起勇气决定要找支书谈谈。

支书在大队部，支书见到小碧后，一脸忏悔。"小碧呀，这是害了你。"支书总算这样说了。小碧说："满强这个样子，一时半载好不了，最后我也只有狠心跟他离婚。"

小碧把这个想法说出来，看着支书。支书说："唉，什么病不好得，偏得了这种病。你们在一起也没意思了，要离就离吧，趁满强现在糊涂，不会给他带来痛苦。"

小碧晚上跟朱家父母谈了这件事。小碧虽然对他们难于启齿，但还是鼓起勇气谈了。

"事到如今，也不能拖累你，你还年轻，不能跟着咱们受这份罪。"他们对小碧说。

十二

小碧的离婚手续很快就办妥了。她把乡下她与满强结婚的东西全留下，一件也没带走，连衣裳也没带，全给了草妹子。

小碧走的时候，对厨房里笑嘻嘻的满强说："你别在外面跑，特别是公路上，那儿车多，我说的你听到了吗？"

满强没有反应，小碧提着包，刚走出一步，又转过身来，看看朱家父母，说："我跟他把脸洗洗。"

小碧打了一脸盆水，拿来肥皂，把满强哄着，为他洗一双沾满了泥巴的手及胡子拉碴的脸。她细细地洗，细细地擦，泪水落到脸盆里。洗完了，站起来，到外面倒水。

小碧干完了这一切，对朱家父母说："爹、娘，我走了。你们有空，到县城去，别忘了上我那儿玩。"又转过身对草妹子说："草妹子，你出嫁提前告诉我一声，随便找人搭个信，我都会来的。"

后来草妹子抱着她哭起来，一声声喊"小碧姐"，小碧笑了，说："离得又不是很远，我还是会经常来看你的。"

小碧离开金洲大队，心想："我可能不会再来了，这里的一切让我害怕。"小碧沿着当年她来的路回城里了，跟来时一样，也是一个人。

小碧回到小城，继续上班下班，又过上了单身生活，下班后，她就去看看电影。

三个月以后，知道了此事的爱英自告奋勇为小碧介绍了她的一个同学，是轻工业局的一个小伙子，叫王冲，他个头不高，貌不出众，但他老实，并不在乎小碧曾经结过婚。他与小碧看了两场电影，将小碧带到家里去吃过饭，他父母也很满意，因为小碧依然长得漂亮。

一天，小碧上街去买点东西，看到人行道上围着一圈人。小碧以为是看玩猴把戏的，好奇心使她也忍不住挤进去瞄一眼。然而并不见耍猴，大家是在逗一个疯子，疯子正在那儿正步走，口中还在喊口令，穿着一套脏兮兮的军装，小碧一下子就认出了是满强。他是怎么到这里来的？小碧的眼都直了，胸口像拖拉机突突突地狠跳，喉咙也硬着，看看周围，生怕碰见熟人，她想溜掉，可小碧迈不开脚。

"喂，唱个歌怎么样？"这时，小碧听见有人朝满强喊。

满强果然清了清喉咙，唱起了《三大纪律八项注意》："革命军人个人要牢记，三大纪律八项注意，第一一切行动听指挥……"县城的闲人们一阵哄笑，这些人太可恶了。

小碧顾不了许多，扒开人群，一把拉起满强，就往外走。她听到了后面那些不怀好意的笑声，她擦着滚滚而出的泪水，对满强恶狠狠地说："你跑出来干什么？你还不回去！"

满强不让她拉，满强想甩开她的手，可小碧死死拽住不放，她不知怎么有那么大的劲儿，硬是把满强拽到她的房间里，拽了整整一条街。她关上门，对满强说："我是谁，你晓不晓得？"

满强说："我晓得，你跟我离婚了。"

小碧说："我送你回金洲去，好吗？"

满强说："你管我？你又不是我的连长。"

小碧给他茶喝，问他肚子饿不饿，还问他草妹子出嫁没有，可他都答非所问，他说他要出去办户口，不和他废话。

宿舍楼人来人往，小碧怕别人看见满强了不好，说："我跟你一起到我叔叔坟头看看好吗？"

小碧就拉着满强，慌慌张张地出了单位。

"我还有事，我办户口去的。"满强一上街情绪就激动起来，不跟小碧一起走。

小碧说："跟我一块去办户口，我领你去。"小碧把他哄进一条小巷，往河沿走。

河堤青青，坟头草深。小碧把满强按坐在地上，对满强说："这是我叔叔的坟，还记得吗？都是你帮着打棺木埋的，满强，你记不记得？"

小碧静静地望着这个疯子，这个蓬头垢面的人，这个让她爱恨交织的人。

她的手抚着他的腮，他的硬硬的胡须。

这时，满强也在小碧肩上摩挲，满强看着坟头，略有所思的样子。小碧以为他会恢复记忆，想起什么，然后来搂抱一下她的，小碧突然柔肠万端。

可是满强猛地站起来，大吼道："不，我不死，你想让我死，你把我埋了，我不死！"说着，他拔腿就跑，在宽宽的河沿上，在树林中，越跑越远。

"满强，回来——，满强——"

小碧喊着，唤着，一屁股跌坐在叔叔的坟头，脸贴着坟上的草，呜呜地哭起来。

十三

小碧与王冲的婚事很快就定下来了。

当王冲第一次吻小碧的时候，发现她嘴里干燥，一点儿也不为之动情，而且小碧不跟王冲一起上街。小碧过去不是这样的，小碧突然变了，小碧总是推说有事，让王冲一个人去。上电影院，到商场置办结婚物品，小碧都不去，小碧不再上街。这使王冲十分犯难，以为得罪了她什么。

"上街我就头疼，心跳过速。"小碧这样说。

王冲还发现小碧常常发愣，当她跟他在一起时，她总是在谛听门外。王冲问她："你怎么了？"

她醒过神来说："没、没什么。"

王冲决定跟小碧早点办了婚事。小碧没什么要求，只是希望王冲不要办酒席。王冲家家境很好，对他的婚事他父母十分重视，想办得热闹些，但小碧执意办得简单，王冲和他家里人也同意了。

在结婚的那天晚上，送走了一些朋友，王冲就拉小碧上床，小碧坐着不动。上了床，小碧也不脱衣服，说："慌什么呢！"

王冲的兴致完全被小碧破坏了，小碧的无动于衷令王冲大惑不解。王冲只好陪她干坐着，看她穿得像开会一样在新婚的床上。王冲甚至心里想，假客套个什么呀，又不是处女，还恐惧我不成？王冲实在是有些烦了。到凌晨三点已经睡着了的王冲才被小碧拽醒，小碧抱着他，焦灼地哼着，解开了自己的衣裳。

从这天晚上起，王冲才真正地爱上了小碧，爱上了小碧如火的激情。

但是以后，这种情况只有到凌晨两三点才出现，到整个县城都熟睡之后，万籁俱静时，小碧才同他欢娱。

王冲慢慢适应了。王冲对于小碧这种古怪的性生活习性感到十分神秘，所以也不去刨根问底，这种神秘甚至为王冲带来了特殊的快感。

王冲以为，所有的女人都是这样。王冲只接触过小碧，小碧就是所有女人。

但是后来，王冲发现小碧发愣的时间很多，且小碧常常同他的对话文不对题，心不在焉，小碧只是笑。一到晚上，他与小碧一起看电视、听音乐时，小碧就像只惊鸟，时时谛听走廊外的动静。其实没有人敲门，没有任何谁来骚扰他们小家庭的气氛。

小碧的病症最初是从月经上显露出来的，小碧结婚后月经就不正常了，乱着来，没有任何规律，接着就是失眠、惊悸。王冲要她去医院看看，她不去，因为她不愿上街。

小碧除了上班，就是待在家里。小碧深居简出，丰润的脸也渐渐消瘦了。王冲弄来一些药让小碧吃，小碧就吃，吃了却不见好。

半年以后，小碧怀孕了，可没两个月，小碧就流产了。又怀，又流产了。

有一天，小碧在上班售票时，发现了过去的大队支书正来她们餐馆吃饭，小碧很热情地接待了支书，她没让支书掏钱，她帮忙付了。

小碧没问什么，小碧害怕问什么。倒是支书喝了酒，来了神，叹着气对她说："满强哪，自己的命。他死得惨了……"

小碧听了大吃一惊，"他……死了？！"

"你还不知道吧？是我要他家里人别跟你讲的，讲了免得你伤心，他是为了去找你死的。有一段时间，他有些清醒，天天找你，找他父母要你，说是我们把你藏起了。我们说你回安徽了，他不信。你还记得跟你住一起的小李吧？满强天天到学校去，把小李当成了你，不让人家上课，脚跟脚，手跟手，晚上还去敲别人窗子，弄得小李害怕得要死。老师都跟他说，说你走了，在县城，要找去县城找，结果他就经常来县城。前不久的一次，在半路上，出了车祸。"

小碧听着，后来拭了一把泪。

支书走后，小碧决定去乡下一趟。小碧向单位请了个假，跟王冲说是队上有个昔日的姐妹结婚，第二天就乘车去了。

小碧越离金洲七队的地界近，就越没了走的勇气，她问自己："我干什么来的？他死了，我还来干什么？"

小碧害怕见到熟人，也没有勇气走进朱家。她在无人的树林和田界上穿来穿去，彳彳亍亍。想："我安慰谁哪？谁这些年又安慰过我？究竟是我害了他，还是他害了我？"小碧后来发现，想这些问题也没有意思，他死了，都是过去的事了，什么都不需要埋怨。

小碧还是决定去看看满强的坟，小碧不看上一眼，心是不会安的。于是小碧问到了一个放牛小伢，总算知道了满强的坟地。

小碧老远就看到了那堆新坟，腿千钧重，挪到坟头，双膝软了，跪下来也好，坐下来也好，瞅瞅四野无人，竟放声号啕起来。这一次她哭得惨，哭得天昏地暗，哭累了，站起来，对坟说："满强，我走了。"

心情轻松了，心里也空了，像甩一坨脚下下雨缠上的泥巴。小碧往回走，看看天，看看地，心里说："了啦，这笔债都了啦，谁也不欠谁的了。"

小碧很想唱一支歌，于是就唱了一支知青时跟吴威他们学会的歌《三套车》："冰雪覆盖着伏尔加河，冰河上跑着三套车，有人在唱着忧郁的歌，唱歌的是那赶车的人……"她唱得很开朗，也很深远，是小声哼唱的。

小碧回到小城，决定把这件事告诉王冲，这块多年的郁结，总算今日化解了。她要告诉王冲这个秘密。

小碧在晚上对王冲说："我这次去，其实是去看看我原来的那位的坟，他死了，他疯了后，被车轧死了。我过去没告诉你他是个疯子，这下，他总算死了，冲，我现在才感到，我从今以后是属于你的，完完全全属于你的，再没有人在我心里……"

小碧边说边恢复了她做女孩时的天性，撒娇地钻进王冲的怀里，小碧是第一次主动做出这种亲昵的举动来。

可她发现王冲没有回报她，王冲没有疯狂地去抚摸亲吻她，王冲只是不解地看着她，久久地看着她。

"冲，你不认识我了？你干吗这样瞧我？"

"是这样的，原来是这样的。"王冲喃喃地说。

"什么'这样'？你这是什么意思？"

"没什么意思。唔，原来，是这样的。"

小碧琢磨不透他的话是什么意思。她永远也捉摸不透。

从此以后，王冲依然对小碧很好。小碧又怀孕了，这次没有流产。只是她没显出什么轻松来，还是发呆。她坐在餐馆门口的售票处，除了发呆外，却从来没错过账。她的账目清清楚楚。

（原载于《清明》2018 年第 6 期）